旺門小喜婦

下

文創風 835

白露橫江 著

目錄

第十六章

傍晚時分，胡先業焦急地坐著馬車趕回來，他讓胡仲恩留在那兒繼續商討生意，自己則趕緊回來瞧瞧小金孫。

當家的主君歸來，就算是林氏身子再不爽，燕氏的月分再不穩固，也是要一起出來迎接。她們兩個也隨著看了看二房的一雙龍鳳胎。

一貫迷信那些吉祥事的胡先業，如今聽聞龍鳳胎降臨時，天上又布滿粉紅色的霞光，是大吉之兆，登時便想著第二日開倉放糧，做些積累德善的好事。他還誇獎這男娃娃哭聲響亮，必定是將來有大作為的人物。「這男娃娃的名字，倒是需要叫我好好想一想了。」

林氏聽了這話，不自覺地摸了摸自己高高隆起的肚子，心下一片黯然。身為胡家大房長媳的她，多年來沒能為胡家生下長孫，是她自己的過失，如今無論她肚子裡是男孩還是女孩，大房都將永遠錯失胡家長孫之位。

燕氏懷孕的月分還小，看著那一小團的小人兒，心裡頭頗為柔軟，這可是她頭一回瞧見新生出來的小孩子，她還央求鄭氏，想問自己能不能抱一抱。她那一副過分小心翼翼的模樣讓鄭氏笑得合不攏嘴。

正當他們謹小慎微又熱熱鬧鬧地逗弄著小孩子的時候，一個小丫鬟跑過來通傳。「二少奶奶醒了。」

且說董秀湘睡眼矇矓，有了點精神，就吩咐小百靈叫人去把兩個孩子抱過來給她仔細瞧瞧。那小丫鬟到了乳娘那邊，就看見老爺、夫人和一屋子主子，自然是趕緊先通報二少奶奶醒過來的事。

胡先業作為公爹自然是不好進去探望兒媳，只吩咐鄭氏過去瞧瞧，還沒嫁人的四姑娘和五姑娘則早些回到自己的院子裡歇著了。

因林氏本來身子骨兒就弱，前陣子還差點小產，這會兒抱恙先回去。只有鄭氏帶著燕氏一人去裡屋看董秀湘。

董秀湘撐著精神，沒再睡過去，無非就是想再看看自家小寶寶，結果等了半天卻等來婆母和弟妹。她身子不便起身問安，鄭氏也命人攔著她，讓她好好休養著，不用見外。

「我跟老三媳婦來瞧瞧妳，妳為了我們胡家，辛苦了。」

董秀湘靦覥一笑，推脫了幾分誇讚。「母親實在客氣了，我和夫君互相扶持，此番生下我們的孩子，我心裡也是歡喜得緊。」

話語間她喘了兩次氣，嘴唇也微微有些發白，興許是身子還沒恢復過來，不過強撐著。

燕氏見一向精神的董秀湘如今整個人虛弱地躺在床上，心裡不免對生產之事有了一絲恐懼，這也是她頭一次意識到，原來女人產子，也算是在鬼門關門口轉悠一圈，危險得很。她只是默默地站在一旁，小心翼翼地上下打量董秀湘，心裡頭想著生產之事，默不作聲。

鄭氏則是格外心疼董秀湘，自從今日的龍鳳呈祥以後，鄭氏真是覺得老二媳婦就是胡家的福星，並且還是胡家大大的功臣，她只管上前關心，早就把自己當初一門心思給念哥兒討正房的事給忘了。

「小百靈啊，妳機靈點，你們家少奶奶現在身子得大進大補，妳記得多給她熬參湯、燕窩吃，正房那兒有的是血燕，妳記得去拿。」

小百靈甜甜地應下來，她心裡清楚，如今二少奶奶在夫人面前的地位已經是今非昔比了，她滿心歡喜地為二少奶奶高興。

「妳也多體諒一下念哥兒，他明日就要進貢院裡頭去考試了，不過就是兩、三日，待他回來便能夠好好照顧妳。今兒妳在生產的緊要關頭，念哥兒還一直守在外頭，也算是圓滿了。」

董秀湘一聽到胡仲念就頭疼，今兒下午她正拚盡全力生產，偏生胡仲念在外頭攪亂，差點兒讓她分心，她只能忍著疼痛，憋了一口氣把他推出去。生完了兒女，她累得筋疲力盡，只想要好好躺著安靜休息，慢慢恢復精神，再去料理家裡頭那些亂事。所以，此時的董秀湘心裡沒有半分希望胡仲念從書房出來，照顧自己的心思。

「母親，我今兒其實累得很了，原本剛醒過來就是想看一眼孩子，從生產到現在，我還沒正經看過一眼。」

鄭氏見她的體力稍弱，連起身恐怕都起不來，深知就算是見了一雙兒女，她也抽不出力氣去抱，便上前幫董秀湘掖了掖被角。「妳現在身子骨兒太弱，還是好生休息，安穩睡一覺，明兒一早喝些湯水，我親自抱著他們過來看妳，可好？」

「實在使不得，怎能煩勞母親來照顧，有這些丫鬟就成了。」

話語間，董秀湘已是咳嗽了兩、三聲，鄭氏又吩咐婆子將門窗關嚴實，千萬別透風。「生產過後是斷不能吹風的，妳們都給我用心點，仔細伺候。」

鄭氏又叮囑一些在湯水和飲食上的吩咐，才跟著郝嬤嬤離開了。

燕氏卻說要在這兒看著董秀湘睡著再回去，讓鄭氏覺得她們妯娌之間相親相愛，心裡頭一暖，笑臉盈盈地離開了。

董秀湘知道燕氏自從上次的事件以後，已經非常懂得如何隱藏鋒利的爪子了，不過從本心上來看，燕氏也確實是比以前更加收斂了些。或許是母親的身分讓她不再在意那些寵愛和偏袒，反而更加在乎肚子裡和自己血脈相連的小傢伙。

「不知三弟妹可擺平了那個姨娘？」

明人不說暗話，董秀湘知道，當初她一手送進三房裡的凝香，算得上是燕氏最大的威脅，不然也不會被香姨娘的姑母給害得險些流產了。她近來聽小百靈說過，這三少奶奶和以前相比可是大不一樣了，原本是爭強好勝、絕不服輸的性子，現在確實一切以孩子為重，為了肚中的一塊肉，竟然可以忍氣吞聲，拒絕接受香姨娘的挑釁。

「她？她怎麼配跟我鬥？我不過是不想為了這些破事，傷了我的孩子，索性讓她折騰幾日而已。」

「這可不是我認識的燕家小姐，竟然還能忍氣吞聲？」董秀湘真是咂舌。「不過為人母，妳的改變我還是能明白。」

燕雲夢不自覺地伸手摸了摸自己尚且扁平的肚子，她結婚數年，一直未能懷有子嗣，就連大夫都說她體質偏寒，不易有孕。經過漫長的調理，喝下了無數苦澀的湯汁，她才能有腹中的骨肉，自然是格外珍惜，甚至拿胡仲意出來與之相比，她都無條件選擇後者。

「那是自然。」燕氏猶豫再三，還是開口詢問了自己多日來的疑惑。「生產當真痛得撕心裂肺？我聽說妳今日攔住要衝進來的二伯，可是為何？妳不希望他陪伴在妳身側，給妳些力氣？」

燕氏言語中的猶豫和關切，實在是讓董秀湘覺得可愛。

「生產本就是咱們自己使力氣的事，只要忍住了，聽從穩婆和大夫的話，能有什麼不順利的？我是覺得男人在跟前只會乾著急，看著礙眼，索性不叫他進來大驚小怪。再說，這和日後養孩子、教孩子相比，生孩子實在算不得什麼難事，我做了頭一件事生孩子，那日後的養孩子、教孩子，就是男人的事了啊。」

明知道這是董秀湘眼睛一閉、嘴巴一張的一通歪理，偏偏燕氏還聽得饒有興致，覺得頭頭是道，巴不得好生用紙筆記下來，免得日後遺忘。

「再說這生產，本不是什麼難事，就是那些深閨夫人們太過於矯情，左不過就半天的疼法，疼過去就全都好了，要是妳哭哭啼啼，還不是讓自己難受的時間加長了？所以呀，還是得規規矩矩地聽話。」

燕氏邊聽著邊點頭，準備日後自己生產的時候也將這些都用上。燕氏是燕家的么女，董秀湘是她見過第一個從懷孕到生產的女人，她自然是對此事充滿了好奇。

說了一大會兒的話，董秀湘只覺得眼皮發緊，眼眶發痠，漸漸地就打盹兒睡著了。

燕氏也知趣地向小百靈說了兩句，就轉身離開了。

燕氏回到三房，胡仲意從燈火通明的書房裡出來，遞上了一件披風。「娘子可是去二嫂哪裡了？可是看見小姪子、小姪女粉白可愛了？」

燕氏輕嗯了一聲，並沒有接過他手中的披風，逕直回了屋裡，兩個人擦身而過。

胡仲意碰了一鼻子灰，滿臉是難掩的失落，只好站立在書房的門外，靜靜望著正房的門口許久，才轉身回到書房裡溫習。

偏房的窗戶邊站著的凝香則是眉頭緊鎖，嘴角一癟。「三少爺還是沒吃我做的點心？」

身邊的丫鬟搖了搖頭。

這已經是她連續給書房送吃食的第三十天了，三少爺那裡依然是任何回應都沒有，明擺著鐵了心地冷落她。她本就是妾室，如今不受寵愛，就連秋姨娘都開始處處針對她，常常苛責她，她在三房的日子是每況愈下了。

回到房裡的燕氏，完全把胡仲意拋在腦後，開始拿出燕老夫人捎給自己的那些孕婦手箚，仔細琢磨研究起來，深刻地執行董秀湘的重點，先忘了男人，以自己為重。

一旁看著她的丫鬟紅蕊只好搖搖頭，表示看不懂啊。

第二日清晨，還沒等董秀湘睡醒，胡仲念就在她床邊，輕輕親吻她的臉頰以示道別，隨後他帶著胡仲意，坐著馬車，趕去湘州的貢院裡，準備參加會試了。

除了董秀湘安安穩穩睡到日上三竿外，胡家剩下的沒有一個閒著。

鄭氏一清早送走兩個兒子，便開始進到佛堂裡頭去誦經祈福，燕氏和林氏還有四姑娘、五姑娘也自然被帶了進去。一家子的女眷在這佛堂裡，誦經、抄經、進香，吃食都是一應的素齋，一直待到太陽下山才肯出來。按照時間來算，這個時間，考生們也都各自在貢院的考棚裡休息睡過去了。

就是這會兒，鄭氏的心才能稍稍地放下幾分。不過她也不敢鬆懈，畢竟科考不是一天就結束了。「明兒咱們還是一大早就過來，跟我一起進到佛堂裡去祈福吧。」

眾女眷：啊？

胡家女眷在鄭氏的指引下，接連兩日聚在一塊兒求神拜佛，一起替胡仲念和胡仲意祈福保佑。當然，只有剛生完孩子的董秀湘倖免於難，而且她還不用齋戒吃素，依然是好吃好喝以補品供養著。

畢竟，胡家二少奶奶如今成了胡家的大功臣，裡裡外外多少人都指望著巴結呢！

原先還有下人們私底下議論，這長孫還是要托生在胡家的長房才名正言順，才能是正兒八經受寵的長房長孫，可如今這董秀湘產下胡家的新一代長孫，又是龍鳳呈祥一對好兆頭，自然是讓董秀湘就此在胡家的身分地位水漲船高了。

董秀湘也一點都不客氣，該吃該睡，沒對鄭氏領著諸位女眷拜神祈福的事摻和半點兒。就連身邊的小百靈都勸她。「二少奶奶，咱們這般不出力真的好嗎？您看大少奶奶和三少奶奶懷著身子都去了，尤其是大少奶奶，前陣子還差點小產呢。」

董秀湘卻只顧著嘿嘿笑兩聲，翻個身接著睡覺休養。

她可不傻，心裡對胡家的事門兒清。

胡家哪一個考生能順利通過考試，可不是看哪一房的人祈福更真誠，瞧得可是胡家少爺們平日裡用功的真工夫。

而偏偏，她對自己夫君有的是信任感。胡仲念多年讀書，自然是在科考上胸有成竹，她就算是不去唸經，結果也是會往好的方向發展，鄉試絕對過得了。

不過，小百靈沒擔心多久，科考結束後，鄭氏從佛堂出來，吩咐郝嬤嬤送了好些血燕來二房，還吩咐廚房燉了一大鍋雞湯，就著炭火趁熱就端來了。

郝嬤嬤又奉命看了好一會兒小少爺、小小姐才肯回去。

董秀湘估算著，天擦黑前，胡仲念就該回來了，趕忙簡單收拾了一番，靠坐在床邊等著自家官人凱旋歸來。

胡仲念思念妻兒心切，到了時辰就趕忙交了卷子，沒等胡仲意，自己就回了胡府。礙於規矩，又給鄭氏請安以後才回二房院子裡。

還沒進到裡屋，他就看見坐在床邊的董秀湘，雖然他娘子面色依然偏白，嘴唇依舊發乾，可是精神確實比那日生產時好了不少。

胡仲念坐到她身旁，一把拉過她的手，握在雙手裡頭好生揉搓。「娘子，身子可好些？怎憔悴了不少？」

董秀湘會心一笑，心裡還竊喜自己身在富貴人家，不需要奶孩子、帶孩子，好歹生產完了還能睡個整覺，否則還不是有她憔悴的地方。

「你可去瞧過孩子了？一個、兩個的，強健得很。」

她近幾日雖然身上無力，可還是命乳母抱來孩子，瞧著小百靈她們逗弄孩子，她自己看著樂呵。那兩個孩子竟然都是頑皮的，尤其是那個女娃娃，又搗蛋、又精明，專門對著人哭鬧。

「還不曾瞧過，我心裡更放不下妳，就連在考場裡頭，心裡都急切著想要回來瞧妳。不知道，那兩個搗蛋鬼有沒有折騰到妳呢？」

胡仲念每每回想起那日董秀湘臨盆的場景都覺得觸目驚心，尤其是她忍到最後發力時，一聲聲傳過來的號叫，簡直是朝他的心窩子插進去一刀，觸骨生涼。

接連幾日的科考，每當他稍微打盹兒，就會想起董秀湘當日疼痛的呼叫，簡直是聲聲泣血，讓他根本沒辦法平靜。也是這般聲音讓他難以入睡，更集中精力在做文章之上了。

「咱們家的兩個小搗蛋有乳母帶著，我是不累，近來還有母親和郝嬤嬤護著，我也插不上手。」

董秀湘機靈地朝著他眨眨眼，表示自己還是懂得偷懶，並不是完全勤快稱職，這才得到胡仲念一番讚賞地點頭。

「母親還每日給我送好些吃的和補品，你別看我模樣嬌柔，其實身子已經強健了，我想恢復起來也會快上很多。」

胡仲念握著她的手用了幾分力氣，又和她說了好些關心囑咐的話。說話間，立夏將夫人送來的雞湯，連著炭火一塊兒端上來。

兩個人暖意濃濃地各自飲下了雞湯。

同樣參加科考歸來的胡仲意，可就沒有這般好的待遇了。

雖然是辛苦地考了幾日，人家胡仲念有老婆、孩子熱炕頭，還有暖心的老母親牌熱雞湯，可胡仲意卻是只有書房裡一張冰冷的床鋪。

燕氏仍舊沒有打開正房的大門，沒奈何紅蕊如何明示、暗示三少奶奶，不能再把人往外推了，難不成真要再推到香姨娘那兒？

可胡家三少奶奶只是白眼一番，自己心疼三少爺就自己去照顧，別來勸她。

可憐的胡家三少爺只能吃著白米粥，看著正房裡幽暗的燭火嘆氣。

不過他還是沒忘了，自己去科考前，二哥對自己講過的話。「要是得罪了娘子，惹怒了娘子，還是需要自己真的認了錯去給追回來，這可沒什麼面子、裡子的問題，是真心待真心的問題。」

捫心自問是他自己當初惹怒了燕氏，也是他自己對姨娘助紂為虐，以至於最後演變為寵妾滅妻的局面。如今想要重新討回娘子的歡心，自然不能礙於面子，乾等著正房大門自個兒朝著自己打開了。

房中的燕氏其實不是全然不關心胡家三哥兒。胡仲意自來是好大喜功，只喜歡附庸風雅，對於科考似乎並沒有什麼真的見地。接連考了這些年，他都沒能過鄉試，成功抵達會試。而此次的科考準備倉卒，當然結果也是令人不敢多想。

燕氏心裡擔憂，估計這次科考仍舊是沒有什麼希望了。

她臥在床上，只覺得以後的日子沒有盼頭，正當她身心俱疲之時，聽見窗外傳來「吱呀」一聲。

似乎是什麼東西被打翻了，緊接著窗戶那邊傳來一陣熟悉的聲音。「娘子，妳睡了嗎？」

她轉過頭，只見胡仲意跨坐在窗戶框上，傻笑地看著床上的自家娘子燕氏。

燕氏翻過身背對著他，不久便感覺到有人偷偷摸上了床榻。

兩人一夜無話。

董秀湘喜得雙生子，還沒出月子，就傳回來胡仲念在此次鄉試高中解元的好消息，這無疑對胡家二房來說是雙喜臨門。

胡先業準備等董秀湘出月子，小孫子、小孫女都滿月，好好在府上大肆操辦一番。

董秀湘在胡家的地位也是更加水漲船高。鄭氏打心底裡覺得她是天賜福星，保佑胡家福氣綿長的根源所在，巴不得把她供奉到佛堂裡。什麼鮑參翅肚、靈芝人參的，更是如流水般送到她房裡去。

和胡仲念一起考鄉試的胡仲意，也在此次科考中成功通過鄉試，成為一名正經八百的舉人。

雖然和胡家老二的解元相比，這個舉人極其遜色，可也算是胡家的一件光榮了。

而胡仲意也靠著自己跨窗戶硬闖的本事，重新從書房裡搬回正房，規規矩矩地和自家正房娘子好生過日子。雖然也時常寵幸妾室，可那凝香姨娘的房門卻是不曾再踏足了。

這讓鄭氏頗為欣慰，原本不爭氣的三哥兒竟然能讓她這般省心了。

燕氏雖說嘴上還是對胡仲意頗為不滿、挑三揀四，可心中確實覺得自家夫君中了舉人，又和狐媚子香姨娘一刀兩斷，她心裡自然是歡喜得緊，不過不在面子上表露，端起自己正房的架子。

林氏則是身子格外嬌弱，最後兩、三個月快要生產，更是直接將能推的事都給推託了，專心養在房裡頭，生怕出什麼問題。

鄭氏覺得林氏這胎懷得艱難，而她身子骨兒又不是很結實，也就格外疼惜她，讓她不必掛念什麼繁文縟節，好生養在房裡就成了。

至於胡家原本的家務理事，她實在不願意拿捏在手裡頭。可三個兒媳婦，兩個懷著身孕，一個剛生，卻是沒有人可以交託。

原本還有兩個女兒可以託付，可四姑娘胡婕思是個自命清高的人，定是不肯沾染這俗物，五姑娘邵蘭慧又覺得自己是寄人籬下，不願意擔著中饋，生怕出了事。

無奈之下，鄭氏只好硬著頭皮將事務拿捏在手裡，另一邊去詢問家主胡先業。

胡先業雖然從不過問後院事，可對於家中人的秉性拿捏得還算是透澈，他沒理會什麼四姑娘、五姑娘，直接就說起董秀湘。

「我覺得老二家的甚好啊，她也快出月子了，到時候又是一番大操大辦，妳可以趁著這滿月酒讓她好生學學。」

鄭氏雖然對董秀湘的看法有不小的改觀，但心下還是頗介意將中饋之事交給她，畢竟門戶之別還是有的。出身貧寒的董秀湘，到底沒見過這般大的家產生意鋪子，如何能妥善安排好呢？這中饋之事，可不是要一些小聰明就能處理好的。

且說這董秀湘先前花了大錢，在城郊買了那一大片貧瘠田的事，就足以讓鄭氏憂心好些日子了。

胡先業卻不以為然。他反倒是聽聞，那貧瘠田在念哥兒媳婦的打理下，土地有所改善，已經不是原先之態。他心裡頭總想去詢問她，是不是有什麼訣竅，讓貧瘠土地變得肥沃起來？

「我覺得念哥兒媳婦是能擔當大任的。她如今給咱們胡家生下長孫，實在是應該好好賞一賞，我已經決定在孩子們滿月席上頭，賞給二房五間鋪面，當作賀禮，讓他們二房自己有機會好好做些生意，也讓仲念日後有底氣養兒子去。」

「老爺要賞，我沒有二話，就是這中饋之事，若是當真交給念哥兒媳婦，我還真是有些擔心。其實原本該交由恩哥兒媳婦的，可是偏偏她身子不爭氣，就算是生產完，也要恢復個數月才能回來幫我了。」

胡先業看著自家夫人拿著中饋之事彷彿燙手山芋之態，心裡頭就不免搖頭嘆氣。這個娘子果真是不擅長持家。

「妳若是不放心老二家的，就先瞧著她如何料理手裡頭私有的產業，日後若是有了不得之處，妳再用她便好。」

如此這般，鄭氏沒什麼可多言的。

面對高中解元之事，全家最淡然的，就是胡仲念夫婦兩人了。兩個人更加熱衷於每日一塊兒耳鬢廝磨，逗弄孩子。

董秀湘對自家夫君高中之事，早就心裡頭有數，無所謂什麼解元還是舉人的。況且就算是第一名的解元，按照她夫君的學識，也是擔得起的。

站在她身旁的小百靈經常打趣。「二少奶奶這般不當回事，不知道的還以為二少爺不是咱們二房院子裡的人呢。」

立夏沒有小百靈這般機靈，每次聽見她調侃二少爺和二少奶奶，她只會站在後頭嘿嘿地跟著傻樂，卻總是在這時候被董秀湘抓到在笑話她，給揪出來狠狠地說上幾句。

「妳笑什麼呀，難不成，妳覺得這小蹄子說得全對？妳還真是認錯了主子，怎不去給這個混丫頭做主子去啊！」

立夏每每聽了這般話語，只好憋著嘴不出聲，只是低著頭。

「二少奶奶可別欺軟怕硬啊，明知道立夏嘴巴不伶俐，還偏要念叨她，也不怕她那天捲鋪蓋就走了，不管你們一家四口了。」

每當立夏被董秀湘念叨的時候，小百靈就忍不住出手相助了，可偏偏董秀湘還不給她面子。

「那妳可要失望了呀，立夏可是家生子，她可是離不開咱們胡家的。」

立夏只好痛苦地閉上眼睛，故意裝作無辜地配合著哀號兩聲。

站在外頭服侍的夏至，每次聽到她們的說笑都會不自覺翻一個白眼，癟癟嘴，渾身不自在。以至於，她心心念念的的二少爺經過她的身旁都無從察覺。

「妳們三個說什麼，這麼開心？」

等夏至反應過來的時候，胡仲念已經踏入房內，溫柔地坐在床榻旁，看著許久不曾洗頭沐浴的娘子，濃情密意地將手撫在她冒著油光的頭髮上。

「你倒是不嫌棄自己的手上全是油，今兒晚上你可以去小廚房裡自己添一道菜色了啊。」董秀湘不滿地歪了歪頭，將自己的頭從胡仲念的「魔爪」下移走。

「不用了，待會兒我就用妳的湯水，洗洗手就成了。」

董秀湘一皺鼻子，露出一副嫌棄的樣子來。

「怎麼，還不是妳先開口的？」

胡仲念裝模作樣地還準備湊過去，卻被董秀湘一把推開了。

眼看著二少爺和二少奶奶這般親密，就算小百靈臉皮再厚，也在這屋裡待不下去，只好轉身拖著快要石化的立夏往房門外頭走。

等兩個人走出去關上門，胡仲念才湊近她的面龐。「怎這般彆扭？」

董秀湘靠著床邊不能下地也不能走遠，只能做一下聳肩這般的輕微動作，表示自己的無可奈何。「再不讓我沐浴洗頭髮，我可能下次連見你都不想見了。」

坐月子不讓洗頭髮這事，在董秀湘眼裡看來簡直就是泯滅人性啊，這不是把她這個喜好乾淨的姑娘往死路上逼？

眼看著快要出月子，她卻覺得渾身上下已經是餿到變成泔水桶了，別說讓自家官人靠近了，就算是她都快受不了自個兒。

「好娘子，為夫可是體恤妳，要不是我今兒在母親面前再三懇求，說不定妳要坐個雙月子呢。」

雙月子？連坐兩個月？

這句話簡直讓董秀湘又愛又怕，既歡喜官人幫自己求情，又後怕差一點坐上雙月子。

「我可是來給娘子帶好消息的，妳若是不肯聽，我便回我的書房去。」

坐月子的董秀湘最怕的事，一是不能沐浴，二就是不能出門的無聊。她終日被嚴加看管歇在榻上，只覺得自己渾身都快要躺得退化了。除了陪著自己的侍女，沒什麼人會在這其間來探望她。

能和自己朝夕相處的胡仲念為了春闈考試，只能更加刻苦在書房裡頭用功，每日陪伴自己的時日也不多，簡直是讓她每日裡無聊至極。

「好消息？是什麼好消息啊？」

董秀湘抓著胡仲念的袖子不放，還作勢搖了兩下，滿臉好奇，心裡巴不得是早日把自己放出去的聖旨。

「今兒父親叫我去正房和他飲茶，才將此事告知於我，他已經選定五間鋪面，說是要給咱們倆管理，準確地說，還是我沾了娘子的光，這都是體恤妳生產辛苦的。」

董秀湘抬手就是一拍腦門，一下子掩飾不住內心的笑意來。

她原來安排好些湖繡好手，在巷子深處的手工作坊裡頭每日刺繡，就是苦於沒有銀錢安排購置好的鋪子。如今，胡家的鋪面塞到自己的手裡頭經營，她自然是求之不得啊。

「官人，你說的可當真啊？」

董秀湘如期在出月子那天，拿到五間鋪面的房契，以及每一間鋪面對應的二百兩運營金，也算得上是胡先業對他們二房格外的偏愛了。

不過，二少奶奶還來不及歡歡喜喜地好好看看這些房契，就匆匆忙忙地鑽到木桶裡沐浴去了。

她在這木桶裡足足洗了兩個時辰，簡直驚呆了一旁的小百靈和立夏。尤其是小百靈，生怕二少奶奶淹死在這木桶裡，時不時用手推一推二少奶奶，試著從中得到一些反應。

她的龍鳳雙生子早早由乳母收拾好，抱到胡家的正房那邊，她自然是無須擔憂。

不過，董秀湘沐浴出來，並沒有直接開口詢問兩個孩子的下落，而是走向了房契和地圖，好生研究那五間胡家的鋪面去了。

小百靈邊搖頭邊嘆氣，這是什麼做娘的啊？

在她坐月子的時日之間，二房在京郊的土地又有了全新的變化，在經歷了漫長的翻新深耕和排水處理以後，土地的品質已經是比以往好不少，且不說變成多麼肥沃的一大片，但起碼是不愁種地，能吃上飯了。

可董秀湘還是同樣的要求，咱們還是不種地，明年也不種。

遠在莊子上的小丁子只是服從命令，繼續帶著莊子上的佃戶農家們加油努力幹活。

顯然，從董秀湘如今認真觀察五張房契以及在地圖上對應察看它們位置的模樣，小百靈可以相信，自家二少奶奶掉進了錢眼裡頭去了。

今日胡家在家裡頭舉辦滿月酒，屆時湖廣省內有頭臉的商人們大都會賞臉前來，而孩子的母親董秀湘自然是這次宴會的主角。

這位今日要在眾人面前露臉的二少奶奶，卻對衣服首飾、釵環珠翠毫無興趣，只是琢磨地契。

小百靈實在是忍不住。「我說二少奶奶，您還是收起來，留著回頭好好瞧吧！如今都等著您收拾打扮完，去正房給老爺、夫人回話請安呢，您倒是好了，孩子送過去就撒手不理會，敢情今兒下午您不前往正房廳堂裡？」

「哎呀，我的好小百靈啊，我就多看兩眼，就兩眼。」

最後還是在小百靈的再三勸諫下，董秀湘才收起房契，老老實實坐在鏡子前任由立夏打扮。

按照常理，胡家眾人是要先在正房處聚上一聚，然後才接待前來的客人。

董秀湘收拾好來到正房的時候，差不多已經全員到齊了，只是不見林氏。

「妳大嫂月分大了，再個把月也要生了，她身子一向是不爽利，我就讓她好生休息別折騰了。」鄭氏抱著小孫女，和一旁的春姊兒逗弄著，也就是一個空隙才抬起頭來向董秀湘解釋，轉而又低下頭去了。

董秀湘還沒來得及給鄭氏請安，就被她晾在一邊，心下也不知道是該歡喜自己的小閨女被她喜歡，還是該感傷自己很快就失寵於婆母。

燕氏也懷了身子，不方便伸手把孩子抱在懷裡，只好站在一邊仔細相看，只覺得粉團似的孩子越看越讓人心生憐愛，哪怕是全府上下惹人厭的胡二少奶奶的孩子。

「三弟妹身子還好？」

一個不經意之間，董秀湘就坐在燕氏的身側，還故作熱絡地和她談笑。

燕氏心裡顯然是不大願意搭理她，只是鼻子裡嗯了一聲，就又轉過頭去看小孩子了。

董秀湘卻像不曉得燕氏不喜自己一般，依舊湊過去說話。「三哥兒怎麼沒來，可是還在書房裡頭用功呢？」

燕氏顯然是被問得有些不耐煩，只好轉過來迎上她的目光，應答道：「是。」

待董秀湘張開嘴準備問下一個問題的時候，燕氏先發制人。「待會兒的宴飲還有得是二嫂嫂操勞，嫂嫂還是好生多休息吧。」

這倒是讓董秀湘無話可接了，只好悻悻地轉到一邊去。

許久沒到二房探望的邵蘭慧以眼神示意了一番，董秀湘這才起身湊了過去。

「二嫂嫂的精神可是比之前見的時候大好了呢。」邵蘭慧拉著董秀湘的手，神情熱絡，語氣關切。

「日日都好吃好喝地供養著，怎能不好呢？妳看不出來我渾身都圓滾了？」董秀湘捏了捏自己臉頰和腰身上的贅肉，一臉愁苦。

邵蘭慧掩面輕笑了幾聲。「二嫂嫂又開玩笑了。」

許久不曾見胡家眾人，董秀湘難免打量起眾人來，當然對於大家的近況，她更是好奇。「大嫂的身子當真羸弱不堪？怎好些時日都不見她了？」

「大嫂自從之前見紅以後，身子骨兒就沒好過，也是大哥疼惜，連春姨娘都送到莊子上去了，大嫂才好了不少，如今也是柔弱地將養著，待到生產了，就能好些吧。」

董秀湘心裡卻不這麼想，若是身子當真羸弱不堪，那又如何能挺過產子之痛？

「但願如此吧，若是不成，我還可以幫忙請顧大夫來給大嫂瞧瞧，那老傢伙雖然不是專門看婦產，可醫術高明。」

「大嫂自從有身子以來，就找了專門的婦科千金手，自然用不到咱們的大夫了，還是省省吧。」

董秀湘只得承認自討沒趣。

另一個讓她頗為詫異的是，四姑娘胡婕思竟然也缺席今日的聚會，就連預先留好的座位都給免了，因此燕氏的位置後邊直接安排邵蘭慧入座。

正當她滿腹狐疑的時候，邵蘭慧又湊過來低聲給她解答疑惑。「四姊姊是被拒了親事，面子上無光，她說了今後家中的事她都不打算露面，她不想讓大家知道她是個沒人要的千金小姐。」

董秀湘聽聞此事只覺得胡婕思天真可愛，難道旁人會因為妳不露面就不在背後嘲笑妳了？

「該不會是四姑娘高攀了什麼婚事吧？」

「還真是什麼事都瞞不過二嫂，前幾日母親禁不住四姊姊的勸，竟然跑去巡訪的太守那兒說親事，這不灰頭土臉地回來了，從那以後啊，四姊姊就好像是沒了臉面，竟然連太陽都見不得了。」

胡婕思一貫是個自抬身價的人，尋常富貴人家入不了她的眼。可胡家雖然富貴滔天，卻因家中沒有從官者，在湖廣地帶的權貴之家中稍稍遜色。

她和太守家公子的婚事，在董秀湘看來，壓根兒就是天方夜譚，簡直可笑至極。不過，作為胡家的媳婦，她沒把這幸災樂禍的表情擺在臉上，只是暗自在心裡笑了幾分，面上還做出一副極其可惜的表情。「哎呀，那四姑娘心裡一定堵得慌，不過也無事，只等那巡防的太守走了，事情也就平息下來了。」

邵蘭慧壓著聲音湊到她耳邊。「反正這事讓父親黑了臉，估計日後父親不會再縱容四姊了。」

胡先業或許是覺得此事讓胡家的面子上無光，直接干預起胡家內宅的事。就算胡婕思如何傲嬌，總歸是逃不過胡先業的管教。反正這個胡家的小祖宗是暫時能消停了。

董秀湘拍了拍邵蘭慧的手背。「沒她壓著妳了，妳的日子之後也會好過些。」

姑嫂兩人相視一笑。

第十七章

這邊話音剛落，胡先業就從後頭走了出來，身旁還跟著胡仲恩兄弟三人，顯然是父子四人剛在書房裡談完話，一起出來的。

既然人都到齊了，自然就無須再等，直接開席。

胡先業看著奶娘抱在懷裡的一對孫兒，心下更是樂開了花。「念哥兒媳婦辛苦了啊，給咱們胡家添丁又添祥瑞的，這龍鳳呈祥實在是給咱們胡家大大的喜氣！我看啊，該重賞！」

難得鄭氏此番坐在胡先業的身邊，也是附和著誇讚二兒媳。

「老爺，我已經吩咐人把念哥兒名下那十幾間鋪子的房契都還回去了，日後自然是他們小倆口自己關起門來料理自己的生活了。」

鄭氏知道胡先業賞賜了念哥兒媳婦五間鋪子，她自然也不能再霸著二房的東西不還給他們，索性做了個順水人情，順帶著把原本二房的鋪子還給他們。

胡先業滿意地點了點頭，他本就有心思想瞧瞧這老二媳婦到底有多大的本事，還擔心五間鋪面會不會給了太小的空間，如今加上原本的十幾間，算是剛好把事情辦到他的心坎上。

他又囑咐了胡仲念，切勿因為讀書太過忽略了妻兒云云。

原本坐在另一邊的胡仲恩，尷尬地笑了笑。「父親，弟妹剛剛出月子，如今二房的事務繁瑣，打理鋪子的事是不是太過於辛勞了？兒子覺得弟妹該好生休息才好啊。」

「哼，我覺得念哥兒媳婦看著面色紅潤，並沒有什麼大虛之象，怎就要好生休息了？雖說自古以來女子不宜拋頭露面，可我們胡家也不是憑白就辱沒了能辦事的女人。」

胡仲恩只是應答了幾聲，便不再言語了。

大家都沒把這話當一回事，反而是董秀湘心存疑慮，用飯的時候仔細打量了好幾回胡仲恩，一副若有所思的模樣。

「至於孩子的名字，我已經擬好了，待會兒滿月禮的時候就會公布，至於小丫頭的名字，我覺得還是由念哥兒夫妻兩個來定，我擬了幾個字，待會兒你們倆去我書房裡挑揀一下。」

鄭氏一聽聞小孫女，馬上喜上眉梢。「小孫女的名字一定要選個秀氣的、好聽的、有福氣的，還要順口的！」

董秀湘心裡一陣為難，難不成直接叫「秀兒」？

「母親，還是讓二嫂嫂和二哥哥自己選吧。」

鄭氏只好無奈地聳肩又撇了撇嘴角。

董秀湘斜眼看了看胡仲念，心想這麼好的機會討好婆母，可得好好利用一下啊，沒等胡仲念在眼神上給她回應，她就直接開口道：「不如，母親待會兒跟我一塊兒選吧，我一個人也拿不定主意呢，有母親幫襯，也更好些。」

果不其然，鄭氏收回原本撇出去的嘴角，笑著應下來。

胡先業又吩咐了男丁待會兒在前廳招待前來祝賀的事宜，以及對於知府大人的照顧。知府宋大人肯賞臉前來道賀，實在是胡先業萬萬沒想到的。如今新皇登基，一切的宮廷供奉都還沒定，自然是多結識官場上的人才能更有幾分勝算。原本焦頭爛額的胡先業，自然是要好好抓住這次機會，和知府大人套套近乎。

胡仲恩自然是嚴陣以待，打起十二分的精神，只準備待會兒好生招待。

也就是一盞茶的工夫，大家差不多墊飽了肚子，紛紛開始張羅起來。

董秀湘陪著鄭氏去胡先業的書房，看著桌面上的幾個字，婆媳倆好一番挑選，最終兩人一致同意，選擇了「心」這個字，既是貼心又是順心之意。

而胡仲念則被狠心地留在書房門外，連胡先業寫了幾個字都不清楚。

待董秀湘出門以後，胡仲念連忙湊過去抓著娘子的手腕不撒開，鄭氏看著兒子這般模樣只好笑著擺擺手，自己識趣地去找邵蘭慧，先一步離開了。

「你抓著我幹麼呀，沒瞧見剛才母親都瞪著你了？」

胡仲念手上不曾鬆力，反倒是加緊了幾分。「母親哪裡是瞪我，分明是笑著看我。我瞧妳是快要忘記孩子的親生父親了，選名字這般事情，妳都不準備和我商量了？」

看著自家官人吃自己母親醋的樣子，董秀湘就覺得當真好笑，她以前沒看出來，自家官人竟然是這樣小心眼的人物。

「我如何不和你商量啦，還不是母親喜歡心姊兒，我才拖著母親進去。」

「心姊兒？已經選定名字了？」

董秀湘抿嘴笑著點點頭。

「心兒，可是順心、貼心的心？」胡仲念憑空用手指在空中比比劃劃地寫著。「這字是極好的，將來她定是咱們貼心的小棉襖。」

轉念之間，董秀湘又想到自己的寶貝兒子。「哎，可惜，我現在還不知咱們的胖兒子叫什麼名字，也就是父親非要賣關子，難不成提前讓我們知道還成了罪過？」

胡仲念挽過她的手，耐心地和她解釋。「這本就是胡家定下的規矩，妳別擔憂，到時候咱們定然就知道了，這事啊，急不得。就連我們兄弟幾個也都是等到滿月禮才知曉名字，半個例外都沒有。」

董秀湘也沒什麼別的可言語，只有好生等著了。

她跟著胡仲念的步伐朝外走，一個進了內廳等著招待女眷，一個則是去外廳接待男賓。

鄭氏和燕氏，連同五姑娘和七姑娘都等在內廳裡，此時外頭已經陸續來了幾戶人家，鄭氏連忙使喚丫鬟、小廝，將事先準備好的茶點都拿上來。

董秀湘從未參與過此類活動，自然不認識這些富貴人家的小姐、太太。這要是別的場子，她興許還能躲在鄭氏身後，不探出身子來，裝作打聲招呼就過去，可如今卻是她的場子，大家前來都是為了她產下胡家長孫的滿月禮，自然是不能躲在人後。

在鄭氏的引薦下，董秀湘和湖廣的大鹽商家的小姐、太太問了安，又和米商老闆家的大夫人說了好些話。頻繁地咧開嘴巴笑，讓她的臉頰開始變得微微發痠，笑容也逐漸變得僵硬起來。

差不多一個時辰過去了，守在門口的小廝才急急忙忙跑進來傳話，說是知府宋大人帶著夫人過來了。

鄭氏連忙吩咐了胡家女眷一同去門外迎接，董秀湘跟在後邊也連忙出去。

只見一個看起來清冷高貴的婦人披著絳紅色的披風，從門外走進來，眾人都擁過來，朝著她行了拜禮。

只見宋夫人一雙劍眉，英氣煥發。「大家別多禮了，都是前來道賀的。」

眾人這才起身，慢慢跟在宋夫人的身後再進到內廳裡去。

跟在身邊的鄭氏，只聽見宋夫人客客氣氣地詢問她。「敢問，胡家的二少奶奶是哪一位？」

聽到自己被點名，董秀湘不再藏在鄭氏的身後，而是快走幾步繞到前邊，落落大方地應道：「董氏在此給宋夫人問安了。」

宋夫人轉過頭去，睜大了一雙杏眼好生打量她一番。「原來這就是送我一幅精緻湖繡的二少奶奶，我今日可是要好生謝謝了，二少奶奶可有時間和我閒話一敘？」

「宋夫人此番言語，董氏自然是有的。」

五姑娘邵蘭慧在董秀湘的背後推了一把，示意她走到前頭去，仔細和宋夫人離得近一些對話。

鄭氏見董秀湘走上前來，自然也退後一些，讓出一些距離。

宋夫人倒是不客氣，熱絡地湊到董秀湘的身邊來，仔細和她說話。「妳剛生產完，竟然也沒覺得妳身材太過豐腴，可是孕期補得不足了？」

「宋夫人多慮了，我不過是懷有雙生子，孩子吃得多些，我吃得少些罷了。」

望著兩個人看似相見恨晚的熱絡感，鄭氏在後頭只覺得實在一頭霧水啊。

眾人見董秀湘被宋夫人拉著過去聊天，大家也不敢主動湊上去搭話，只是旁敲側擊地詢問鄭氏，何事讓胡家二少奶奶和知府夫人如此熱絡，可偏偏鄭氏自己也是一頭霧水。

其實，不單單是鄭氏，連董秀湘自己也是一頭霧水，朦朦朧朧，她何時和宋夫人如此要好了？

難不成，當真是自己的那幅湖繡讓她實在愛不釋手？可仔細想來，卻也不至於此，若是當真對湖繡之事念及至今，宋夫人還不早些派人和自己詳談湖繡之事，何至於壓到今日自己的兒子辦滿月禮才來為此事而熱絡？

董秀湘冷靜片刻，才思忖道：敢情是拿自己當擋箭牌？

「宋夫人放心，我會好生護在您身邊，絕不讓別人來煩擾您。」

原本還熱絡地和董秀湘說話的宋夫人猛然聽見這句話，轉過頭看了看她，會心一笑。

「沒想到，我這小心思還是被二少奶奶給瞧出來了呀。」

發現自己押對寶，董秀湘果然立刻心情舒暢不少。

「我就說，夫人您要是真的和我相見恨晚，怎不在收到湖繡的時候就來了呢？非要等到我這兒有了喜事才來認我？我瞧著不像有這麼好的待遇。」

宋夫人見她嘴巴伶俐，性子也伶俐，竟然當真心生出些許好感來，況且，這胡家二少奶奶並不是一味巴結自己，更是讓她心裡頭舒暢不少。

「妳倒是實在，也沒順著我的話頭，故意和我套近乎。」宋夫人看了看不遠處圍繞著的那些商戶家眷，重重地嘆了口氣。「當日我和大人來到富庶的湖廣，也是做好了這般打算，我曉得必定是有不少和商戶人家周旋的機會。可我實在是沒想到，湖廣的富足商戶真是太多了。」

多少人家想要從官府拿到些好處或是利潤，有些話不能和知府大人放在明面上談，就只好從大人的家眷入手。而宋夫人自然首當其衝，只有天知道一年到頭，宋夫人要為知府大人攔截下多少的來往關係。

「可我實在看不透，宋夫人何故選了我來當今日的擋箭牌？」

宋夫人對她笑了笑。「妳可別當我是真的隨便選一選，我是當真記得妳的湖繡。這也算得上是我收過最簡樸的年禮了，我怎能不喜？」

董秀湘心裡暗自歡喜，沒想到自己費盡心思謀劃的年禮，還真的對了宋夫人的胃口。

「宋夫人是京城貴女出身，想來也沒什麼沒見過的，若是送些俗氣的，才是真的折煞了您的雙眼。」

「妳這小潑皮，是不是也開始嘴上極力賣好了？」宋夫人看著董秀湘故意裝出來的諂媚模樣，倒是一時間被逗得格格笑起來。

董秀湘也被自己的模樣給逗得抿嘴笑起來。

遠處還在談天說地的各家夫人們瞧見這邊，心裡頭都暗自認為，這胡家的二少奶奶必然是和知府夫人的關係匪淺，都好不嫉妒。

董秀湘笑歸笑，她可沒忘了自己的意圖。「宋夫人，不瞞您說，我如今正打算好好把湖繡和咱們胡家的布料好生結合一番，最好是能將湖繡加以改良，繡在衣服上，定然是更加實用。而湖繡多半是用素線，也更簡樸些，我聽聞京城宮裡頭的大娘娘就是喜歡簡樸的。」

「妳倒真會打聽，京城的事都問得到。」宋夫人喝了口茶，潤了潤嗓子。

「不瞞夫人，我原本不是什麼高門大戶、顯貴人家出身的女子，我爹就是集市上的魚販。祖父輩尚且還算是個大些的販魚商戶，到了我父親，也就是做個小本買賣，維持生計而已。可如今既然有緣分嫁到了胡府裡，我自然不想做一輩子米蟲，專門啃吃胡家的祖產。」

富貴人家的夫人和小姐們多半是自恃尊貴，她們並不願意拋頭露面，只是求得家中分到的祖產或是娘家抬來的豐厚嫁妝。像董秀湘這般主動謀求錢財生路的，實屬難得，也讓宋夫人另眼相看了些。

「京城確實是奢靡成風，而在大娘娘的引導下，豪門貴冑都開始偏向簡樸的穿衣風氣。崇尚貴氣和精巧的蘇繡與其他的繡法自然是備受冷落。而湖繡向來是以山水為主，若是妳能將它融在這衣服上頭，我認為應當是極為不容易的，當然會有很多人欣賞，倒是可以一試。」

有了這番話，董秀湘心裡是更加把握十足了些。「多謝宋夫人的提點，看來日後我還要多多請教宋夫人了。」

「妳就不怕，今兒這些夫人們回頭想找我辦事卻找不到人，就跑到妳這兒來煩妳？」

董秀湘故意做出一些擦汗的動作來。「那我可不是要幫著夫人您處理這些『牛鬼蛇神』了？」

宋夫人看似英氣，實則年紀要比董秀湘大上許多，她原本對胡家二少奶奶心存了幾分好感，又聽自家官人言語中提及胡家二少爺今年高中鄉試的解元。她心下更是急於想和這位胡二少奶奶好生結交一番，可又擔心自己太過於主動，識錯了人，便不急著和她攀交。

直到今日，兩人這番詳談，她才越發覺得自己的眼光顯然還是不賴。

「那我可是要對妳千恩萬謝了，我只求平平靜靜在湖廣吃口官家飯，什麼宮廷的供奉、京城的戶部官員，跟我可是半點關係都沒有。」

董秀湘深諳宋夫人的擔憂，只是應聲附和道：「那是自然，咱們湖廣的知府大人算得上是咱們百姓的父母官，又哪裡會有心思去想什麼京城的事呢。」

她們兩人聊得熱絡，旁邊觀看的人們心裡頭妒忌，而鄭氏這些胡家女眷則是心裡頭鬆了一口氣，總算是搭上這知府夫人啊。

知府宋大人只是稍微坐了坐，就回府衙準備處理公文去了，僅留下宋夫人在胡府上慶賀。

慶賀的儀典也是中規中矩，並沒有過分奢華，胡老爺就是加厚胡家下人們的紅包，又給湖廣地帶的一些粥棚送了好些糧食和棉被，藉以接濟窮苦人。

董秀湘終於在正兒八經的滿月禮上聽見自己兒子的全名，胡以銘。

按照胡家家譜，孫一輩是從以從金的。

銘，明旌也。常用來形容器物或是碑碣上面記述的事實、功德的文字，或是鞭策勉勵的文字。

選擇這個字來做名字，看得出胡先業對這個長孫的器重，也讓董秀湘和胡仲念替孩子覺得倍感壓力。

不過值得高興的是，她總算知道日後該如何稱呼自己的兒子了，再也用不著整日寶貝寶貝地叫著。

眾人陸續散去後，已經是臨近天黑。忙碌了一整天，胡先業和鄭氏都已經累了，只把收拾整理的活兒交給得力的郝嬤嬤，就吩咐大家各自休息去了。

董秀湘剛出月子，也不能勞累，便乖巧地和胡仲念帶著兩個孩子回二房去。

「告訴乳母，別把銘哥兒和心姊兒抱下去，就帶回我房裡，我和二少爺要好好陪陪他倆。」

近一個月來，董秀湘被關在房裡坐月子，既不讓出門，也不讓多與孩子親近，她實在是掛念孩子。胡仲念更為可憐，大半時間都用來溫習書本，完成書院先生吩咐的課程，好不容易有空也是回房裡照顧娘子，鮮少有時間親近孩子。

如今，兩個人都有空，可得和自家的孩子好生親近一番才是。

「我瞧著母親好像格外喜歡心姊兒。」胡仲念還記得今兒晌午，聽聞自己也能去給心姊兒選名字的時候，鄭氏的那股歡喜勁。

董秀湘如此聰慧敏感，自然不會比胡仲念體會得差，她自從剛生產完，看著鄭氏對小孫女的那股熱絡勁就看出來了。「當初大嫂生春姊兒的時候，可是這般歡喜？」

胡仲念暗自思索了一會兒，當時林氏頭一胎，剛嫁到胡家不久，燕氏尚且沒有進門，而胡仲念也還身子康健，不曾纏綿病榻。

那會兒，他依稀記得，起初鄭氏見頭一胎是個女兒，先是有些許失望，不過又連說了幾句「先開花、後結果」也就過去了。不過，等春姊兒慢慢長大，滿月禮畢，鄭氏也沒主動去大房裡瞧過孩子，只是經常在請安的時候問上一問，又隔一段時間吩咐林氏抱著孩子來正房。

「我記得，母親對春姊兒，似乎並沒有極為熱絡。」

這般看來，心姊兒還真是深得鄭氏的歡心。

董秀湘眼睛一瞇，事情看起來還是好辦得很啊。「那我可要讓立夏多抱著咱們家心姊兒往娘那兒去，讓她老人家能得償所願。」

其實，她還有另外一層想法，哄住了鄭氏，不就是讓她少給自己添堵嗎？

「開春以後，我還要去參加春闈考試，這關比鄉試艱難，況且京城路途遙遠，還要牽扯諸多的瑣事來，算上腳程和備考，我想起碼要有兩、三個月不在家中陪妳，我這心裡……」

提及此處，胡仲念心頭一緊，雙手緊緊握住娘子的手，所幸董秀湘生產的時候，他還來得及陪伴在身側，這也讓他內心的愧疚感少了許多。

「官人，你真的不用這般在意，咱們往後日子還長著，我不在乎這短暫的日子，況且，我就在家中將養著，好吃好喝餵著，就算你在，你也不及小百靈會燉湯水，也不及立夏會伺候，更不能和乳母一般餵養孩子啊。」

董秀湘如此直白的話語，讓胡仲念自愧不如。

仔細一想，他確實幫不了什麼，算了，還是好生讀書搏一個好前程吧！

第二日，天還沒亮透，胡家二少爺就老老實實地起身漱洗，然後鑽到書房裡讀書去了。

董秀湘可是扎扎實實地睡到日上三竿，昨兒一連串宴席下來，還真是把她折騰得夠嗆，尤其是她連續三十天躺在床上，身子更是吃不消。

醒過來的胡二少奶奶簡單用了早午飯，就開始吩咐起小百靈來了。

「去把昨日老爺和夫人交給我的鋪子房契拿給我，我得好好瞧瞧，哪些適合加上我們作坊裡的湖繡。」

小百靈知道二少奶奶對葛大娘一幫繡工的繡品甚是牽掛，自然不敢怠慢。雖然如今二房院子裡的眼線已經幾乎拔淨，可畢竟外頭還待著一個夏至，她們不敢不提防。

立夏和夏至自小就待在一塊兒，兩個人雖然道不同不相為謀，可是立夏也不會故意在二少奶奶面前說夏至的不好，只是冷眼旁觀，更多的是去規勸夏至。

可小百靈就不同了，她本就是活在伙房裡的底層丫鬟，是二少奶奶一手提拔起來的，自然是知無不言。她不止一次對二少奶奶提及二房裡的賊丫鬟夏至。「二奶奶，那夏至分明就是狐媚子，壓根兒沒安什麼好心，您可千萬要當心。」

夏至是在胡府裡眼瞧著春分當了春姨娘，立秋抬了秋姨娘。昔日的姊妹，搖身一變成府上的半個主子，是誰都會覺得眼紅。況且，夏至一直以來對自己的容貌有十足十的把握，若是她和立夏其中一個被抬房，那必然是自己。

只是二少爺體弱多病，心裡並沒有想納妾，直到二少爺身子全然恢復，她又重新燃起想要抬作姨娘的想法。

董秀湘將這些小心思都盡收眼底，她可不是眼裡能容得下沙子。

「這話呀，也就是妳才會對我講，就算立夏再忠心於我，也斷然說不出這般的話語來。」她伸手摸了一把小百靈溜滑的臉蛋。「妳放心，妳二少奶奶我眼明心亮，不是容得下姨娘的人，只不過，我留著她另有他用。」

小百靈只好看著故作神秘地看著二奶奶，點點頭，又摸了摸被揩油的臉蛋。「二少奶奶英明，那奴才就不多過問了。」

董秀湘安排各處主街上六家賣布的鋪子，開始準備賣湖繡的衣裳，一邊又命人去各個布疋鋪子裡招收繡工學徒，除了工錢還包三餐。她又吩咐原本繡坊處勞作的繡工們，開始注意如今湖廣地區衣服樣式的特點變化，慢慢地設計成花樣刺繡到布料上去。

此外，她還動了將湖繡與山水畫相融合的念頭，不過她擔心湖廣地帶的人們欣賞不來這般的畫作，只好嘗試著讓葛大娘親自臨摹名家作品的真跡，繡了兩幅出來，掛在主街上的字畫店鋪裡頭。

安排好這些，並不是光靠她在府裡一蹴而就，還多虧從莊子上找來的小廝賈六。賈六的父母就是郊外莊子上的佃戶，父母不想兒子跟著他們在老家種地一輩子，便在二房招下人的時候，把小兒子給塞了進來。

因為他根兒乾淨，父母又掌握在手裡，董秀湘自然是使喚得放心。

莊子上有小丁子，鋪子上有賈六，一時之間倒是讓董秀湘心裡頭省了不少的精神。

幸運的是，六家布料鋪子上的湖繡布面得到不少富貴人家的青睞，她們有些許興趣，覺得模樣新鮮又看著精巧，就是用線和顏色素了一些，並不會顯得格外華麗。因此，諸多的夫人、小姐們都是看了又看，真的買來做衣裳的少之又少。

董秀湘聽聞賈六帶來這個消息，足足把自己憋在房裡大半天，直到下午才打開門從裡間出來。

「立夏，小百靈，妳們跟著小六子到鋪子上，每個人拿上八、九疋上乘的布疋，刺繡也要精巧別致的，然後回到府裡來。」

兩個姑娘彼此對望一眼，一頭霧水，按照吩咐行事。

只有賈六心裡頭琢磨出了七、八分，不禁打心底佩服這個二少奶奶來。

三房的燕氏看著二房的小廝終日裡出外進，給董秀湘傳遞消息，不禁皺起眉頭，心裡念叨起這個二少奶奶不守本分。

這生意就是男人的事，女兒家的只管算帳和打理下人，何事輪到女人們拋頭露面去研究做生意了？難不成是嫁妝錢不夠花，還是家中已經吃了上頓沒下頓了？

不過，燕氏也深諳自己在鄭氏那兒沒了歡心，當前最重要的事情便是平安產下這個來之不易的孩子，只是在房裡頭輕哼幾聲，並沒像原先一般，去鬧騰出什麼動靜來。

經歷了之前三房的大事，胡仲意也搖身一變成了絕佳的夫婿，她巴不得關起門來過上兩口子平平淡淡的好日子。

至於鄭氏，如今她每日都能跟二房的心姊兒玩上大半日，晚上心姊兒送回二房後，還要處理春姊兒的起居，簡直是忙得腳不沾地，哪裡有心思去理會兒媳的事？

於是乎，這胡家的二少奶奶做起事來也就格外順風順水了。

趁著胡府上下，沒什麼「遏制住」自己的勢力，董秀湘帶著兩個貼身丫鬟和賈六等一干小廝，乘著馬車去了知府大人的府邸。

女眷拜訪一般都是走宋夫人處，並不是直接回稟知府大人。原本宋夫人是終日懶得應對前來攀關係的各路人馬，吩咐過門房一律先擋在外頭說自己還沒起身。

董秀湘也不是好糊弄的，對於宋夫人的這番套路是瞭解得明明白白。

「煩勞等夫人醒了幫我通傳一聲，是胡家的二少奶奶來探望她。」

雖然嘴上和管家言語客客氣氣，可心裡頭卻是念念叨叨這個宋夫人，都快用午膳了，怎可能還睡著？這麼老套的推脫法子，是不是太過時了點？

果不其然，過了一刻鐘的工夫，原先的下人就回來帶著董秀湘進到裡頭去了。

知府的府邸都是按照規制建造的，論氣派和富貴都沒有胡府來得大，可細微之處還是看得出，都是精心布置過，雖不是富麗堂皇，卻別有一番雅致。在董秀湘眼裡看來，和知府大人的府邸相比較，胡家的陳設簡直是太過於財大氣粗，不懂得收斂。

宋夫人聽聞是和自己意趣相投的胡二少奶奶登門造訪，便迅速俐落地收拾一番，來到前廳規矩待客，還叫人備上當年的雨前龍井。

「宋夫人，妾身這廂有禮了。」

董秀湘規規矩矩地行禮問安，得到對方的允准後才落坐。

「妳倒真是客氣守禮，快嚐嚐我叫人備下的好茶。」宋夫人用手示意了一下桌上的茶杯。「今兒妳是單獨來看我的，還是來和我商量妳那湖繡之事啊？」

董秀湘端起茶來抿了抿，聽了此番詢問，心裡頭更加從容了，她一向都最喜歡和聰明人說話，不用費腦子。

「宋夫人這番話，真是叫我忍不住為您拍手稱讚，我在您面前倒是成了個透明人兒了。」

宋夫人端莊地笑著，端起了茶盞，喝了幾口清爽的雨前龍井，心裡頭更加讚賞幾分董秀湘的爽快來。素來找她幫忙的那些富家千金、太太們，都是顧左右而言他，說了半天也是彎彎繞繞不點破關鍵，讓她覺得心煩意亂。如今見了這爽快通透的胡家二少奶奶，她心裡頭也和這盞茶一般爽快清麗。

「不瞞您說，我今兒是來給您送東西的。立夏，還不把布料給宋夫人。」董秀湘示意跟在自己身後的立夏，將手中的托盤交給知府大人家的丫鬟。「這是胡家布莊的布料，上頭繡的是咱們當地特產湖繡，您瞧瞧，這適不適合給您做兩件衣裳。」

宋夫人身邊年長的嬷嬷上前拿過一塊料子，又遞還給她，她仔細拿著瞧了半晌，才發現這料子和繡法真是融會貫通，顯得原本精巧的布料上頭，繡滿了山山水水，暗紋鏤空的圖樣，顯得花色格外生動形象，竟有種呼之欲出的感覺。

如此這般，不用胡二奶奶介紹什麼，她就已經對這塊布愛不釋手了。

「依我看來，宋夫人是覺得這料子尚可過眼了？」董秀湘用帕子掩著嘴，得意地輕笑了兩聲。「今兒我連胡記鋪子的裁縫都給帶來了，若是夫人覺得還成，咱們當場就能量製尺寸，回去改衣裳。」

宋夫人原本看見料子還出神片刻，如今被她叫了一聲才回過神來。「這料子確實是胡記出的精品布料，更不必說這上頭的湖繡，比妳上次送給我的那幅湖繡山水還要有韻味。若是用此做衣裳，當真是要豔驚四座了。」

「所以，宋夫人可是要讓那裁縫前來？」

胡家二少奶奶的意思極為明顯，明擺著就是想讓宋夫人穿上湖繡布料製作的衣裳，來給湖廣地區的名門權貴人家一個新模樣瞧瞧。知府大人的夫人，是湖廣地帶權貴女眷中的重要人物，定然會引得眾多人家爭相羨慕並且學習的。

湖繡的布疋本就深得許多人青睞，大家必當不會輕易放過仿效湖廣知府大人的夫人。

宋夫人可將這筆帳算得明明白白，半點沒被糊弄。

「妳可真是個小機靈鬼，這般做生意的手法，真是夠精明的。」

面對夫人的調侃，董秀湘只是謙虛地笑了笑，畢竟她用的法子叫明星效應，誰讓宋夫人出身京城貴女，見過世面，又有權力地位，自然她選用的東西都是好的。

這事自從宋夫人隨著知府大人來到湖廣地帶的時候，大家心裡頭便有諸多的算盤，那會兒就已經爭相仿效宋夫人的穿著打扮。

「若不是有這麼個空檔，我哪兒能想到什麼好法子啊，拿到那些鋪子的時候倒是歡天喜地，現如今才知道，原來想琢磨賺銀子，還是這麼難呢。」

兩人相視而笑。

雖然宋夫人明白這其中的緣故，可如此細緻的布料、精巧的刺繡，她當真沒有拒絕的道理。況且，湖繡做工精巧，且不似其他繡法那般講究奢華，若是能風靡湖廣，也會使得近年來湖廣崇尚貴重的風氣，減輕許多。當然，也能免得湖廣地區的人千里迢迢地進口蘇繡或是其他地區的繡品。

董秀湘自然是達成自己的目的，又在那兒好好喝完這杯茶，和宋夫人聊了好一會兒的湘州的風土民情。這也顯現出董秀湘出身市井的優勢來，她對民間的習俗倒是知無不言、言無不盡。

達成目的的董秀湘，滿心雀躍地回了胡府。

第十八章

小百靈看著剩下的幾疋布料，心裡頭滿是狐疑地看著董秀湘。「二少奶奶，咱們剩下的布料可是要送給誰？」

「不送了，妳吩咐咱們鋪子的裁縫師傅，給咱們家的夫人、少奶奶和小姐們一人做上一身，按照咱們一貫的尺寸。」

胡府的女眷們每年每季都會預先量好尺寸，每年都要各自做上好些衣服換洗，這會兒也就懶得讓胡家少奶奶和小姐們再去量尺寸了。

「對了，六子啊，你再去葛大娘那兒，讓她和幾個老手們先趕一批簡單的湖繡布料來，模樣簡單點的就成，你就說是給胡家下人們做夏衣的。」

「二少奶奶您放心，我一定把話帶到。」

這回，丫鬟們聽聞有刺繡布料做的衣裳，小百靈和立夏立馬來了精神。

「當真？咱們丫鬟也有得穿？」

「二少奶奶，那我和立夏能不能先挑啊，我想要淡粉色的！」

董秀湘笑著看向這兩個小丫鬟，一一應下她們的請求。

胡家鋪子的裁縫手藝又快又好，知府夫人和胡家女眷們的衣服，五、六天的工夫便趕製出來，送到大家的手上。

宋夫人那兒自然是不必說，反倒是胡家這邊的反應不一。

首先是一直臥在床上等著生產的大房林氏，她自然是拿了衣服也沒什麼機會穿出去，索性董秀湘就按照她還沒有懷孕產子時的尺寸為她做了一身衣裳，她除了謝謝也沒多言語什麼，只是命人先把東西收起來。

三房燕氏則拿到一件寬大的外衣，幾個月內都不會被隆起的肚子所累。

當然，孕婦不宜出行，董秀湘也沒指望這兩個妯娌能穿這身衣服出多遠的門，影響多少人，不過是對胡府裡的女眷一視同仁罷了。

至於四姑娘胡婕思，已經是一個大門不出、二門不邁的深閨女子，更是無須提及。

鄭氏這個肩負最大效用的角色，卻對這身湖繡的衣裳滿臉愁緒。

「老二媳婦，這到底是要做什麼？這衣裳看起來實在古怪，料子看上去光怪陸離，眼花得很啊，可是穿不出去的。」

「母親，這是湖繡，繡出花樣就是瞧著頗有立體之感，況且針法和布局都和蘇繡、蜀繡有著截然不同的風格，定然是新鮮玩意兒。」董秀湘極力向婆母鄭氏解釋，可鄭氏實在是年紀不輕，分不清楚這東西的好與壞，不肯穿著出門去。

「母親，知府大人家的宋夫人卻是對這料子愛不釋手呢，前些日子我專程選了兩疋上好的料子給她做衣裳，她歡喜得不得了，還說日後就要在咱們家的鋪面上訂衣裳穿了呢。依兒媳看，這湖繡必然會大火。」

董秀湘是無論如何都不會告訴鄭氏，雖然有從中討好到宋夫人，但宋夫人是心甘情願自己掏錢買的，可不是自己主動用此去賄賂人家。

鄭氏這個人，格局小，又沒什麼主意。對於管理家務帳本這事來說，她本就沒什麼興趣，只要是能把麻煩事推託出去，就是讓她交給胡先業都極其樂意。

可眼光淺歸淺，這鄭氏還是有一件事能看得明白，那就是用人。

她知道宋知府是好人，他的太太是好人，所以宋夫人喜歡胡家的新布，那麼，這湖繡的布也不是什麼壞東西。

宋夫人穿著那件湖藍色湖繡的衣裳去了一趟法華寺進香，第二日就有好幾戶的女眷各處打聽哪裡有湖繡的布料賣。

好在董秀湘提前在幾間主街上的鋪子裡，安排湖繡布料的販售，漸漸生意多起來後，店裡乾脆掛出「湖繡布料」的字樣放在店門前。

一時間，原本湖繡繡坊裡那些囤積的布料，一時之間竟然無法供應上賣出的速度，葛大娘看著接踵而至的單子，心裡頭急得發慌，尤其是這湖廣的大戶貴女們都是不願意等的主兒，她生怕動作慢了，得罪哪家的千金或是夫人。

賈六在接收到鋪子掌櫃和葛大娘的連番擔憂以後，及時地將這麼一個消息帶回了胡府給二少奶奶。

董秀湘則是吩咐葛大娘，一切按照工期慢慢來做，只要保證繡活精巧細緻，慢就慢些，只要自己不拖遝就成。至於對掌櫃的，她只是交代他們對客人們講實話，該等著的就得等著，等不了的別交訂金。

暗地裡，她也讓葛大娘再搜尋一番，將湖廣地帶的湖繡師傅都拉攏過來，一塊兒動工。原本預備的那些湖繡學徒，也半學半工地開始給大家打下手了。

總之，湖繡布料的風潮，實在是來得極快，也給二房底下的幾間布料鋪子提升不少的生意。湖繡的手工錢，是按照做工精巧程度來收取不同的費用，所幸湖繡用的繡線只是普通的繡線，並非其他繡法中的金絲銀線，不會那麼奢靡浪費。

「還是二少奶奶厲害啊，才剛接手這鋪子多少天，竟然就有了這麼多的生意，這樣下去，生意不是要火上天了？」

小百靈等賈六走了，才嘰嘰喳喳開始對二少奶奶的絕妙點子進行吹捧式地誇讚。

「妳這個小機靈鬼，動嘴皮子的能耐還是這麼索利呢！」董秀湘抬手就朝著小百靈的額頭賞了一記栗暴。「我本就想好了，要將葛大娘她們的手藝給推廣出去，都已經琢磨不少的時日了，不過是趕上這段時間父親、母親將鋪子交給我而已。」

小百靈頭上吃了一記響亮的栗暴，卻遠沒有以前在廚房裡頭被那些大娘們打得疼，她賣乖似地笑了兩聲，吐了吐舌頭。

「不過呀，倒是該好好查一查這幾間鋪子的帳目了，日後的銀子越賺越多，查起來保證也更加為難。」

小百靈和立夏相互看了看彼此，她們對帳本可是一竅不通。

當然這個消息傳到府裡其他房的時候，大家都愣了半天。出身賣魚人家的董秀湘，能識字已經是了不得，難不成還真的會看帳本？應該是賣魚攤上小本經營的帳本吧？

鄭氏聽聞這個消息後，想到胡先業近來頗為讚賞這個兒媳能幹，之前又主張把家中的中饋交給二兒媳來打理，思來想去，鄭氏都覺得不妥，但是她又沒有直接拒絕的藉口，所以只能故作推脫。

如今，董秀湘開始審閱鋪子的帳本，鄭氏也索性把府裡的帳本都找出來堆在角落，等董秀湘將鋪子的帳查完，也來察看一番府裡近些年的開支。若是當真查得好，她就聽從老爺的吩咐；若是出什麼岔子，她也能顧全彼此的臉面。

畢竟，鄭氏如今日日霸占著小孫女心姊兒，董秀湘又從未言語阻攔過，她作為婆母，多少也要給人家留一些面子。

果不其然，沒過幾天，各個鋪子的掌櫃就抱著自己店裡的帳本，從偏門送到胡家的二房處。

也就是這天，大房的林氏開始陣痛了。

林氏要比預期早了近二十天，也就是現代的早產，只不過這時候沒有保溫箱，孩子若是早產又身子羸弱，多半活不下來。

林氏的身子骨兒又單薄，自己都沒豐腴多少，更別提這孩子能有多結實。剛開始陣痛的時候，她心裡頭就一直擔憂，這孩子究竟會不會挺過去。

帶著這樣的糟糕念頭，林氏生產的過程就異常痛苦了。

整個胡府都能聽見林氏在尖叫嘶吼的聲音，大家在自己的房裡坐不住，紛紛趕來大房探望。

鄭氏一早接到消息就已經到大房的院子門口坐鎮，結果聽到的是林氏裡屋傳來一聲又一聲的尖叫，她只覺得自己聽得腦袋疼痛難忍。

生孩子本就是要在前頭省著力氣，結果這林氏把力氣都喊叫出來了，等會兒哪裡還能有力氣？

鄭氏只是不斷讓人進去吩咐林氏小聲些，忍著些，只可惜收效並不是十分明顯。

「夫人，穩婆說，大少奶奶的胎位不太正，實在是疼得難忍。」

雖然生產千百般難忍，但總歸是在晌午過後平安生下孩子，胡家人提著的心也放下去了。不過，這孩子哭聲聽起來並不是十分明亮，或許是活力不足，還須好生將養。

只可惜，林氏一心想為胡家生下大房長孫的心思，再一次落了空，自己生產下來的仍舊是個女兒。

除了失望的林氏，胡府一家子還是極其高興，尤其是鄭氏。近來鄭氏每日都與春姊兒和心姊兒一塊兒，自然是越看孫女越發疼愛。如今見林氏又添了一個小孫女，她心裡頭歡喜得緊。

董秀湘跟隨鄭氏去探望林氏，也看了那尚還體弱的小姪女，皺皺巴巴的。她深諳林氏心裡頭的失落，言語上也多番開導了一些，勸解她莫要太掛心。

「女兒是知道疼人的，可比那些淘氣的男孩子好了不少。」

可瞧著林氏垮下來的眉毛，便能看出她並沒有輕易釋懷。董秀湘自然沒有主動再湊上前去自討沒趣的道理。

等到大家全都離開了，林氏才一個人憋悶地在被窩裡啼哭起來。

她心裡頭極度憋悶，不僅僅是因為自己生下的又是個女兒，而是今兒一早她便接到了消息，胡仲恩在胡先業那兒告了假，去郊外的莊子上探望春分。前幾日，莊子上傳來春分身子不適的消息，胡仲恩就憋不住地找藉口去探望她。

林氏也是聽了這般消息，才導致自己氣血不足，一時間肚子劇痛起來。

而胡仲恩遠在莊子上，自然是不知道這般消息了。

直到天都黑透了，胡仲恩才從外頭趕回來，一進了府門，就聽聞林氏生產的消息，趕忙衝著跑進來。

「娘子？娘子？」

還沒等進門，胡仲恩就接連叫了幾聲。林氏拖著疲憊的身子，微睜了睜雙眼。「官人。」

「娘子切莫起身，要好生歇著才是，大夫可曾瞧過了，可有按時吃藥？」

林氏微微點了點頭。「大夫的藥已經喝了，只是生產時胎位不正，費了些力氣，孩子有些不足月，不過大夫說只要好生養著便沒什麼大礙。」

剛說了兩句話，林氏就已經累得上氣不接下氣，她喘了一口氣，才又繼續道：「對不起官人，又是個女兒。」

她知道對於大戶人家來說，大房長孫的重要性。只可惜二房已經產下胡家的長孫，只是大房至今還是沒有男孫，實在是讓胡家長子的地位不好言語。

「妳看妳說的，妳辛辛苦苦為胡家產子，怎能因為是男是女而有情緒呢？妳好好養著，千萬別多想了。」

胡仲恩語氣十分溫柔，拉著林氏的手，也是百般呵護，又轉頭吩咐立春處處照顧林氏的飲食起居，無一不細緻，聽得林氏心中不免一蕩，臉色越發紅了起來。

「官人放心，菀清一定好好將養，日後定能幫官人生下大房長孫。」

胡仲恩面色一滯，緩了一會兒才開口道：「菀清，妳莫要著急，今兒我去了一趟郊外的莊子上，看了春分。我帶過去的大夫說，春分八成懷的是個男胎，可見老天爺垂憐我們，讓我們大房有了長子，妳也不要太過於焦急了，還是養好身子為重。春分可能不夠聰慧，日後這孩子還需要妳好好幫著撫養。」

這話剛聽完，林氏臉上瞬間就褪去了顏色，變得慘白至極。

這樣一個消息遠遠比她自己產下一個女兒還要讓她心力交瘁。沒有產子的春分已經是大房裡備受寵愛的姨娘了，若是她一朝得子，難道兩個人還能平衡地生活在同一個屋簷之下？怎麼老天爺給了董秀湘兒子，也給了春分兒子，就是偏偏不肯給她一個呢？

往後胡仲恩說的話，她半個字都沒聽進去，只是默默地躺在那兒，心裡頭微微感覺發苦，胸口緊緊地抽痛。

而一旁的胡仲恩卻是全然不知。

董秀湘對著燭火看著帳本，還沒看完第一本就被胡仲念拿去面前的燭臺。「小心些，仔細別壞了眼睛。」

「官人這是小瞧你娘子了？」

「哪來的小瞧一說，不過是讓妳明日白天的時候再仔細瞧罷了。」

董秀湘看著胡仲念一本正經的樣子，心裡頭使壞的心思再也停不住了，湊到胡仲念的身邊，將自己手裡的帳本塞到他的手裡，故意板著臉還一聲不吭地奪過他手裡的燭臺，徑直出去了。

胡仲念拿著手裡厚厚的帳本，滿臉不知所措。

「哎，娘子，妳……」

董秀湘人到了外間，將蠟燭吹滅了才把燭臺交給丁二。「你幫我看完後邊的幾頁好了。」

然後，她轉身進了房間裡，此時房內的燈光已經暗了一些，不適宜看書認字了，可她偏要他把帳本的剩餘內容給看完，這可讓胡仲念愁眉苦臉了。

他雖然看書習字這麼多年，可哪裡看過帳本這種東西？簡直是一頭霧水。可是娘子發了話，他又不得全然不理會。

胡仲念思慮再三，還是拿著帳本回到桌前，看著上頭董秀湘用朱紅色標註出來的部分，琢磨半天也想不出有啥問題。

董秀湘站在門外看他為難的模樣，又是嘆氣，又是搖頭，又是皺眉的，不免開始得意起來。

身邊的立夏好心勸說。「二奶奶，您當心別讓少爺的眼睛熬壞了吧，開春還得參加春闈呢。」

聽了勸說，董秀湘也不再故意戲弄他，清了清嗓子進了裡屋，走回到床榻上的工夫，順手拿回那本帳簿。

看著娘子在床榻邊細心地鋪床，胡仲念愣了愣神。「怎麼，這是不需要我再看了嗎？」

「你看？你再看能看出什麼名堂來嗎？」董秀湘鋪好了床鋪，直接躺到裡頭去。「還不快些滅了燭火過來睡覺？你明兒一早還要去嶽麓書院，可得快些睡了。」

乖巧的胡仲念老老實實地躺回床榻上，可是他並沒有變得老實，而是將自己的「魔爪」伸向了隔壁。誰讓有些小白兔裝成了大野狼來挑釁他呢？

第二日一早，董秀湘拖著疲憊的身體接過立夏手中的一疊帳本，直用手揉自己的太陽穴，腦中感覺一陣眩暈。

「二少奶奶，您要不要喝杯參茶？您還沒用早飯呢，要不來上一碗小米粥墊墊腸胃？」

董秀湘閉目養神搖了搖頭。「我胸口悶得很，半點胃口都沒有，還是不要拿給我了。」

立夏看著二少奶奶難受的樣子，心裡頭一顫，這般景象不是像極了……越想她越覺得心裡不淡定了，不由自主用手肘推了推小百靈。

小百靈一頭霧水側過頭去，以眼神詢問她，立夏趕忙探頭湊過來。「二少奶奶是不是，又有了？」

由於小百靈的說話聲音不小，以至於這話一出來，在一旁閉目養神的董秀湘一口氣嗆進鼻子裡，上氣不接下氣地喘了半天。

「誰告訴妳，二少奶奶有了的？」小百靈也是一臉憋著笑，想笑又不敢大笑，硬是把臉憋得通紅，身子一直不停抖動。

立夏一臉無辜，納悶地看著主僕兩人。「二少奶奶胸悶沒胃口，不是上回有身孕，就是這般表現嗎？」

眼看著二少奶奶的臉色變黑，立夏就意識到，自己說錯話了，趕緊低下頭。「那個……灶上還燉著湯，我去拿過來給二少奶奶喝。」然後就轉身撒腿跑掉了。

立夏含羞地跑掉，倒是解放了小百靈憋得通紅的臉頰，她再也用不著憋著，徑直哈哈放聲笑出來，原本黑著臉坐在一邊的董秀湘也忍不住捣著嘴笑起來。

這一場大烏龍的笑話，倒是讓立夏不好意思回到裡屋去伺候了，她一個人堅持在廚房裡晃悠半天，又打發看著參湯的小丫鬟，自己在那兒顧著參湯的火候。

經過廚房的夏至見到立夏在裡頭坐立不安的樣子，便拐了彎進來瞧她。

自從兩個人在府裡漸行漸遠，夏至鮮少有機會進到裡屋貼身伺候以來，原本親如姊妹的兩個人就不睡在一間房子裡頭。立夏搬到小百靈的屋裡同住，也是為了方便兩個人輪換班次值夜，夏至也因此許久沒有和立夏好好待在一起談天說地了。

看見昔日的姊妹笑著走向自己，立夏手裡拿著扇子煽著爐火，隔著升騰起來的炊煙，一時之間覺得有些恍惚。

「立夏，好久沒見妳來廚房裡幫忙了，是二少奶奶的參湯嗎？」夏至款款從門外走來，從旁邊的灶臺上拿起一支蒲扇，開始熱心腸地幫著立夏搧扇子。

立夏半天沒回過神來。「妳不是還要忙別的事？快去忙妳的吧，我就是幫忙看著火候而已，二少奶奶喝不下去這些，估計八成又是要煩勞丁二端給二少爺了。」

「妳昨兒守夜辛苦，不如我幫妳看著參湯吧，妳回去小睡一會兒。」

這麼一說，立夏還當真有些迷迷糊糊地想睡覺，可看著這溫火燉著的參湯，又想到自己剛才得罪了二少奶奶，心下就一陣寒涼，不敢真的回屋裡踏實睡覺。

「沒關係，我的活兒本就不多，幫妳照看個把時辰還是成的，妳瞧妳臉色都變得差了許多，定是近日接連值夜，身子沒休息好，憔悴得很。」夏至長嘆了一口氣。「以前咱倆一塊兒伺候二少爺的時候，還是我值夜比妳多一些，我記得妳只要一值夜，定然是腫起雙眼、見不得人的，妳記得要多喝些補氣血的湯藥，之前老太太託人給妳開的那個方子，妳可還有？」

聽她說了這麼些話，立夏心裡陡然間暖意濃濃，竟然回想起以前兩個人在一塊兒的往事來。

雖然夏至的心思不在伺候二少奶奶身上，可是她倆的情分還在。

「方子還在，就在我房裡的抽屜裡，下次我會記著叫顧大夫再幫我配幾帖藥過來。」立夏看了看在一旁幫自己搧風的夏至，心底一軟。「那妳在這兒幫我看半個時辰吧，待會兒會有人來端走，麻煩妳了，夏至。」

「妳放心去睡吧。」

且說董秀湘認認真真地在房裡看了一個上午的帳本，看出手裡這十幾間鋪子大半都有帳務問題，尤其是原本屬於二房的那幾間，帳面上的問題尤為嚴重。

這積年累月的舊帳，不可能是乾乾淨淨、分毫不差，總歸會有些出入，稱得上是一筆爛帳，怎麼說也是差好幾百兩銀子的帳目。而其中三間鋪子的帳目竟然能有上千兩銀子核對不上，而且，每個月的支出都是提前支出去，可這其間卻沒有寫明清楚何時交銀子給下人們。按照董秀湘在學校裡習得的知識來看，目前的情況八成是有人拿著這筆支出提前出去放印子錢，也就是俗稱的高利貸。至於到底是管家的，還是掌櫃的，這就要仔細盤查了。

當然，那欠了不少銀子的爛帳，也必定要查清楚，才能踏踏實實地料理後頭的生意。

不過顯然，那些鋪子裡的掌櫃們並沒把這位二少奶奶放在眼裡。或許是大家都知道，這位二少奶奶年紀輕、資歷淺，出身也不是什麼大戶人家，不過是仗著命好沖喜嫁進了胡家大宅，又生了一對龍鳳胎，才拿了這麼多間鋪子的房契，並沒有什麼真本事。這些掌櫃的和下人們也都等著看二少奶奶的笑話。

二少奶奶用自己的辦法，把湖繡在湖廣裡帶得火熱，他們全以為是瞎貓碰上死耗子，並沒有覺得是二少奶奶的真能耐。因而，如今沒有一個掌櫃的擔憂過自家鋪子裡的爛帳被查出來。

「合著這幫人就糊弄我呢，這臨安街上的店面，竟然在我接手之後還是爛帳，一爛就是一百兩銀子，真當我是傻的？是紙糊的？還好意思糊弄我呢！」

小百靈雖說看不懂帳本，可大概道理她都懂，她也猜得到這其中的貓膩，別說那大鋪子裡的掌櫃，連後院裡負責採買的嬤嬤、婆子們都有油水可撈，有便宜可占呢。

「二少奶奶，您別氣壞了身子，把那些掌櫃的一一叫回來問話，沒人敢當面欺負您的。」

「現在掌櫃的是一個也跑不掉了，可是這掌櫃的後頭總歸是有其他人藏著，不然也不會這麼多銀子不見了，半個人都沒有懷疑。尤其是這些支出的銀子，向來是有人吩咐預先支出的，我看，八成是去放印子了。」

小百靈不由皺起了眉頭。「放印子？這放印子錢可是犯法的啊，真能有人……」

「誰讓這賺得多，又不費力了？我看說不定是咱們管家或是鋪子上當家的，忍不住那點兒貪念，拿出去賺私房錢了。只可惜，如今這事要是官府查下來，受罪的還是我們胡家的臉面。」

董秀湘知道，這事定是要查出罪魁禍首，她可不能替這個人頂著黑鍋，萬一是誰故意砸下來，那她不就是剛好中計了？

「二少奶奶，這回您看是不是三少奶奶……」

董秀湘搖了搖頭，燕氏可沒這個能耐和心性干預到外頭去，不過……

正當她想到一半的時候，外頭的婆子傳來了消息。「夏至姑娘被二少爺給捆了丟在院子裡。」

董秀湘趕到院子裡的時候，只見夏至被綁著手腳，丟在地上，嘴裡頭還被塞了不少的棉布條，嗚嗚咽咽說不出話來，倒是聲音嘶吼得厲害，或許是有什麼話想要大聲嚷叫出來。

「我的媽呀，這是咱們菩薩心腸的二少爺幹出來的事嗎？這夏至姑娘可是他從小的貼身丫鬟。」

站在二少奶奶身邊碎碎唸的小百靈心裡一陣陣發涼，原來青梅竹馬的緣分也有如今撕破臉面的一天，令她感到渾身涼意。

「官人，這是如何啊？」

胡仲念氣呼呼地坐在書房裡頭，原本擺放在桌面上的硯臺此時被摔裂在地，染得地上一大片墨汁，再仔細去瞧夏至的額頭，上頭一大塊烏黑的印記，應該是當時胡仲念一怒之下扔出硯臺，砸在夏至的額頭上。

「這個丫鬟簡直就是目中無人，毫不把主僕兩字放在眼中，數次越了規矩，如今竟還做出大逆不道的事來，當真是打死都不為過。」

夏至對二少爺頗有覬覦，是大家都看在眼裡的，尤其是董秀湘更是瞭解這小丫鬟的心思。如今大家聽了胡仲念的話，也都不足為奇，納悶的是，要說僅僅是勾引，這二少爺只要私底下打發出去，或是找個尋常小廝給配出去便可以，何故鬧得如今這般，竟要將人打死呢？

董秀湘給丁二和賈六使了使眼色，示意他們先把人拖下去，小百靈也意會，連忙轉身把圍觀的人一一遣退。

等到大家都四散而去，夏至也被賈六拎著去柴房，董秀湘才進了書房裡，關上門詢問道：「怎麼發這麼大火氣，她那個樣子不是一直如此？怎麼今日就忍不得了？」

胡仲念指了指放在桌上的參湯。「這是今兒丁二給我端過來的參湯，妳可知裡頭放了什麼？那個刁奴，真是無所不用其極，這般下作的法子居然都想得出來，也不知道到底是誰跟她沆瀣一氣，想這般陰毒的法子！」

原本董秀湘還納悶究竟是什麼事，聽了胡仲念的語氣，已經猜出大半了。這碗參湯裡定然是下了那些下作的情藥。若是東窗事發，胡仲念必定會迫於無奈納了她，只要她自己手段高明，就不愁沒機會抬房。

「你是如何發現的？這般密藥總不會被你平白無故看出端倪。」董秀湘心中一邊納悶，一邊已經開始尋求根源，難不成是有人發現了前來通風報信。

果不其然，胡仲念嘆了口氣說道：「是剛才立夏跑過來讓我萬萬不要碰，我叫了府裡懂一些醫理的嬤嬤問了才知道，這是深閨婦人們用來爭寵的東西。」

「立夏？」

董秀湘上前摸了摸胡仲念的肩膀，示意他莫要太過在意，心裡放寬些。「這事你交給我處理便好，官人的當務之急還是好生讀書。這賊丫鬟背後必然有人指點，否則這等密藥，她也沒有地方能拿得到。」

胡仲念黯然嘆了一口氣。「我原本以為身邊只有嬤嬤一個人給我下藥，對我算計，沒想到從小跟在我身邊的夏至竟然也是這般人物，人和人之間，我看是半分的信任都不該留存。」

「那你還信任我？」

「妳？」胡仲念轉頭看向自己心愛的娘子，溫柔地笑了笑，拉過她的手放在自己的手心。「妳自然是不同的。」

看著自家官人如此乖巧，她的心情瞬間大好，將昨晚自己被欺負的種種都拋在腦後，反手握過他的手。「你交給我去盤問吧，你就專心讀書。今兒的事，我估計多半是立夏惹出的禍端，不然夏至那個丫鬟如今哪有機會照顧咱們倆入口的東西？」

聽聞此言，胡仲念點了點頭表示肯定，隨即又摟過她的腰身。「這事還是妳來處理吧，我只是有些後怕，擔心著了她們的道，就真的傷透妳的心了。」

看著胡仲念這般對待自己的情誼，以及委屈兮兮的小媳婦模樣，董秀湘覺得心裡頭一陣悸動，不由自主地摸了摸胡仲念的頭。

兩個人在房裡膩歪了好一會兒，董秀湘才從書房裡出來，剛一出來就撞見立夏站在門口。

「二少奶奶。」

董秀湘瞪了立夏兩眼，徑直往前廳走去，立夏連忙跟上，不敢稍有怠慢。

「立夏，妳有什麼事沒交代清楚的，就趕緊說清楚吧，想來二少奶奶不會真的為難妳。剛才妳不是去廚房裡顧著參湯，怎麼那湯裡會加了髒東西？」小百靈明裡暗裡示意她，趕緊在二少奶奶發火動怒以前把該交代的都說清楚，免得過一會兒被二少奶奶擠兌得骨頭渣都不剩下。

「回二少奶奶，剛才我跑去廚房看著參湯的火候，是夏至跑來跟我說以前的事，讓我放鬆了警惕，我原本以為，我們一塊兒長大，她不會騙我，她只是想攀龍附鳳，飛上枝頭做鳳凰，我並不希望她真的沒了性命、沒了出路。我掛念著情分，以為她日後會好好一同跟我們伺候，沒想到，我離開了一會兒不放心，又回頭察看的時候，發現她在裡頭下了東西。」

立夏是出了名的心軟，董秀湘也早就料到這點，只不過她倒是沒想到，這憨厚的小丫頭居然還想著回頭去瞧一眼，探探虛實，然後發現了大事。

董秀湘心裡可是半分責怪立夏的心思都沒有，不過礙於立夏今兒笑話她像懷孕之象，她決定嚇唬嚇唬這個小妮子，於是她一言不發，板著臉離開前廳，去後院的柴房裡。

留下立夏一個人，瑟瑟發抖，極其不安地跪在前廳當中。

夏至被束縛手腳丟在柴房，看著剛才二少爺的架勢，竟然是要狠心把她生吞活剝才甘心的模樣，她心裡開始隱隱擔憂起自己來，生怕自己一個不留神就真的被拉出去亂棍打死。

一個人在柴房裡的時候，她並不敢大呼小叫，只是規規矩矩待在角落裡，一等到外頭有聲響傳進來，她便什麼都不管不顧地扯著嗓子喊叫，雖然隔著一嘴的布條，但還是能聽得見她嘴裡的叫嚷。

嗚嗚嗚嗚——

「別叫了，心煩意亂。」

有了小百靈的話，看守的馬伕徑直給夏至一鞭子，那鞭子抽在腿上，她只覺得腿上一片火辣辣的疼痛，跟以往的扭傷、擦傷是完全不同的感覺，疼得她聲音都已經發不出了。

「鬆了妳的口，妳就好好說話，問妳什麼妳都老實回答，要是妳不讓咱們痛快，咱們就都別痛快。」

小百靈跟在董秀湘的身後，率先說出狠話，此時柴房的門已經關上，原本看守柴房的人也退了出去，房中只剩下董秀湘、小百靈還有躺在角落裡的夏至。

小百靈上前拿掉夏至嘴中的棉布條。「外頭有我們的人守著，妳該說什麼，不該說什麼，心裡頭該有個數。」

「我且問妳，這藥是誰給妳的。」

夏至一副感謝二少奶奶大恩大德的模樣，又是作揖、又是點頭。「是我自己失心瘋，從外頭買回來的，花了我自己不少的銀子，前前後後攢下的錢都給扔進去了，我再也不敢了。」

董秀湘眉頭一皺，甚是不快。這般藥可不是尋常人家能有的，而是極為珍貴的東西。若是花銀子去買，料想這個小丫鬟花光全家的積蓄也不見得買得到它，這也是董秀湘如今還肯留著這個賤蹄子性命的原因。

「妳若不說，我就當是妳做的，反正我只是想找人出氣，是妳還是誰的，只要能讓我解了這口氣，我想什麼應該都不是問題了。」

夏至看著二少奶奶陰氣森森的模樣，心裡猛然一驚。「二少奶奶……」

小百靈沒給她時間考慮，朝外面扯著脖子喊了一嗓子。「來人啊，該打這位夏至姑娘了！」

回想起門外馬伕的手藝和身形，夏至心下一片駭然。「我……我知道！二少奶奶，我告訴您是誰，您可以留我一條活路嗎？」

夏至給自己贏得再次說話的機會，這次她倒是乖覺不少，老老實實平復了半天的心情，只想著保住自己，千萬別被拖出去打死。

當日趙嬤嬤在三房院子外頭被打的場景，她還歷歷在目，那血肉模糊的背部簡直給胡家上下所有的丫鬟小廝、婆子雜役留下難以忘懷的印象。所有人面對利益的時候都會選擇背叛，而當所有人面對生死的時候，都會選擇生存下來。

「妳說，究竟是誰給妳這瓶藥？」

夏至嚥了嚥口水，又深吸一口氣，強忍著自己內心的恐懼。「是立春，我從她那兒偷的。」

董秀湘心裡有過無數個猜想，她猜測不是燕氏藉此報復自己，往胡仲念的身邊塞女人，或者是大房林氏不想讓自己再查帳本，給二房後院添點麻煩。可是，立春這個答案卻把燕氏給摘得乾淨，卻又牽扯進來另外一個可疑的人物。

就是住到莊子上待產的春分——春姨娘。

在大房中，林氏有自己陪嫁過來的喜鵲，又因為春分早早給胡仲恩通了房，她對剩下的立春並不多待見，寧可去找新買進來的丫鬟，也不願意讓立春來伺候自己的飲食起居，當然她也不允許立春這個先老夫人賞賜下來的丫鬟跑到春姨娘那兒伺候，丟了自己正頭娘子的臉面。

可胡府裡的下人都知道，這立春和春分關係好得如同親姊妹一般，就算不再天天膩在一塊兒，也是暗中來往。

董秀湘這回頭大了，這立春是輕易動不得，可她到底背後聯絡的是誰，實在說不清楚，越想越讓她覺得頭疼。

「二少奶奶，不如我拿著那藥渣去回了夫人和大少奶奶，把春分抓起來問話，定能問出個一二三來。」

小百靈的建議倒是直接有效，可是董秀湘卻多有顧及。「這樣一來，若是人家早有準備，咱們也查不出什麼來，一旦動了立春勢必打草驚蛇，她們也會把過錯栽到立春身上，或是用她家人的性命和富貴進行要脅，那結果也是可想而知。」

「妳什麼時候偷拿的？」董秀湘轉過頭，盯著不停喘著粗氣的夏至，她這會兒已經被嚇得七魂丟了三魄，整個人誠惶誠恐。

「二少奶奶，我早就見她拿過這個東西了，我見過她鬼鬼祟祟在院牆邊上的一個狗洞跟別人交易的，我都瞧見了！我沒有騙您，我真的沒有！」

董秀湘苦惱地看著眼前這個幾乎被嚇得發傻的小丫鬟，心裡止不住搖頭，怎麼就這芝麻點大的膽子，還敢去勾引她的胡二郎？要是胡仲念真把那參湯喝下去，她倒是好奇，這女人敢不敢真的找藉口進到書房裡去爬二少爺的床了。

「夏至妳要不先冷靜一下？我保證，保證不要妳的命，還不成嗎？」

董秀湘上前好生給夏至解釋，這才讓夏至稍微平靜了一點，總算不用驚恐地喘粗氣，能好端端坐在那兒平靜地聽別人說話了。

「妳慢慢告訴我，到底是怎麼發現立春的這個藥粉，還有妳是如何知道藥效，又如何偷來的？」

其實這事不難說清楚，夏至原本就比立夏伶俐，早在董秀湘還沒嫁進來的時候，她就無意中察覺立春偷偷買來一種東西，當時她只需要伺候病秧子二少爺，無聊得緊。出於她自己的好奇心，她順藤摸瓜查了這檔事，時常偷偷跟在立春身後去探查，總算是偶然間知道這是她在外頭偷買回來的藥，而最終用得上這藥的人，也是立春的好姊妹，春姨娘。

夏至立馬就想到了，這其中關聯著春姨娘受寵的事。果不其然，她漸漸察覺，只要大少爺在大少奶奶處多待了幾日，又或是在外頭忙於事務睡了幾天書房，春姨娘必定會和立春碰面拿藥，繼而，春姨娘便會受寵。

如此這般神仙藥，夏至當然難以忘懷，她原本也想討要一點，可是她知道，在這深宅大院裡，什麼都不知道的人往往是最安全的，若是真的讓這兩個人得知自己知道她們的詭計，那她就自身難保了，所以最終她選擇偷藥。

「我們二房的下人沒什麼銀子，我根本買不起那東西。可要是真想往上爬，抬姨娘，就必須得有那東西，尤其二少爺並不待見我們。」夏至哭著坦白，時不時斜過臉去，看看二少奶奶的臉色。「可是二少爺纏綿病榻許久，實在是沒給我們機會，況且我也不想年紀輕輕就守寡，所以直到二少爺康復了，我才動了用藥的念頭。」

這番話，邏輯嚴謹，條理清楚，讓人想不信服都難。「那最近是誰教唆妳用了這東西？」

夏至聽見這聲詢問，神情變得畏縮起來，想來是壓根兒沒有想到這一層環節，心裡頭漏了一拍。「我……我……」

看著二少奶奶的眼睛，夏至嚇得又開始緊張結巴了，在小百靈的多方引導下，又緩了好一會兒才開口道：「我前陣子撞見了立春，她問我怎麼還沒有抬姨娘，又說讓我多向春姨娘學習一番……」

春姨娘？

董秀湘覺得這個立春的話，真的是極度耐人尋味，若是沒有貓膩，為何要在這麼個節骨眼上提及？實在是令人難以理解。

如今夏至的利用價值已經用完了，也不能真的把人家亂棍打死，好歹要給人家一條出路。「小六子，把她送到莊子上、你小丁子哥哥那兒去，給她找個不錯的佃戶人家嫁了吧，日後就留在莊子上，幫我看莊稼。」

夏至聽聞此話，心中一驚，她沒想過自己做出這等叛逆之事，竟然還能全身而退，又聽聞自己要被嫁給外頭的佃戶，心下不免黯然。

「妳放心，莊子日後的農作只會蒸蒸日上，若是妳伶俐，能幫得上忙，或是幫著妳男人好好幹活，想來以後做個莊子的管家掌櫃，也不是沒有可能，反正，肯定比妳在這兒當丫鬟領得多，也是個好去處。」

董秀湘沒再繼續和她糾纏，把她留給賈六，自己轉身出去了。

剛一走出房門，就聽見有婆子上前彙報，說立夏姑娘跪在廳裡哭了好一會兒，小百靈和二少奶奶這才想起來，她們倆把實心眼的立夏給忘到後腦勺去了。

「哎喲，我怎把那個小姑奶奶給忘了！」董秀湘拍了拍腦門，趕緊跑了過去。

當天，二房的人就私底下把夏至送到莊子上，也沒人去給夫人回話。其實，不是他們沒把這事放在眼裡，而是董秀湘壓根兒就沒想好如何對鄭氏交代，只能先壓下不提。

第十九章

董秀湘的心裡還壓著大房春姨娘的事，正思忖著如何將立春從大房叫過來問話，結果，話還沒問成，第二天一早就聽到消息，春姨娘在莊子上要生了。

胡仲恩原本要出門談生意，結果迎面接到這樣的消息，簡直喜極而泣，套上車馬就要衝到莊子上去，還是鄭氏掛念著之前大師批出的命格攔住了胡仲恩。

「大郎啊，你消停些吧，人家說了，這事無大礙的，要是你真的去了，回頭衝撞了你娘子，你要怎麼跟胡家的列祖列宗和林家的列祖列宗交代？你心裡可還有你大房的兩個女兒？」

林氏因為孕中不足，生產不順，直接坐了雙月子，如今還在房中靜養，她身子瘦弱又病痛不堪，實在是讓鄭氏看著心裡頭疼。鄭氏也斷然不會因為一個小小的姨娘就冒大房正室生命之險。

總歸，胡仲恩沒能有機會前往照看。

可春姨娘的生產過程似乎不是十分順利，直到天快黑的時候，才有一個人快馬加鞭傳回消息給眾人。

大家看到，都不由得倒抽一口氣：小少爺安好，春姨娘歿了。

春姨娘是三更半夜開始陣痛，由於距離甚遠，傳來消息已經過了好些個時辰，原本胡仲恩要跟著下人們騎馬趕過去，可無奈按照胡家家規，姨娘是妾室，妾室產子遠不及正妻有講究。要是胡仲恩稍微顧念著姨娘多一些，免不了要落下一個寵妾滅妻的名聲來。

沒辦法，一家子就只能待在那兒默默地等著，直到傳來春姨娘的死訊。

產子之事還是讓鄭氏眉開眼笑，可繼而是春分難產而死的消息，讓胡家人心裡都蒙上一層陰影。

胡仲恩更是難過得差點痛哭失聲，好在林氏在一旁安慰，讓他在眾人面前隱忍下來，不然不知道要鬧出多大一場笑話。

「春分那丫鬟好歹是咱們胡家的功臣，雖說命不好，但好歹拚死保住咱們大房的血脈，還是長子，咱們不能虧待她。」

胡仲恩聽了這話，還以為是鄭氏開口允許自己親自去接回春分和孩子，結果鄭氏卻只讓管家去仔細處理此事，又吩咐著孩子最好出了月再抱回來由林氏養著。

這其間，董秀湘一直都充當著胡家的背景板，反正不關他們二房的事，她只管瞧熱鬧。但是她心裡可不再是事不關己、高高掛起了，經過夏至那檔事，她覺得胡家大房裡的水才是真的深不可測，敢情三房就是個紙糊的老虎。

如今，春分沒了，夏至那件事也就剩下一個立春可以詢問事情的緣由，而真正鼓動夏至來攪和二房的人，只剩下大少奶奶這一個懷疑的對象了。

董秀湘天生敏銳，卻也不敢妄下定論，不過鄭氏的一句「叫管家去處理」倒是讓她格外留意。按理說，一個姨娘難產而亡，又是在鄉下生產，本就不會驚擾到正經大戶人家主子們的生活，也不會專門安排什麼人去處理。這樣一來，諸多可疑的事情，也會被忽悠一下掩蓋過去。

她當然不想這檔事被糊弄過去，這可算得上是她好不容易抓住的線索，說不定還能有意外收穫呢！

等大家都四散而去，她回到房裡，叫來賈六，讓他安排一個可靠的小廝，想辦法跟著管家去莊子上查探一番，看看春姨娘的死因究竟有什麼貓膩。

且說夏至被送去莊子上，立夏也為此暗自流過眼淚，不過她最終還是選擇坦誠地對二少奶奶交代清楚。

這事情，要從原本的先太夫人說起。胡先業的母親顧氏是個精明的女人，若是沒有她的扶持，相信胡家也不會在上一代就成為本朝湖廣一帶的皇商。

強勢的老夫人原本為兒子挑選的夫人並不是鄭氏，而是鄭氏的妹妹，可不知為何，胡先業更屬意於如今的大鄭氏，因此與老夫人的關係產生裂痕。

「老爺的態度讓老夫人想要掌控孫子們的意念加重了，因此，在各房少爺還年幼的時候，就千挑萬選出我們這幾個小丫鬟，說是日後要安排在少爺身邊，讓我們與她同氣連枝，幫她吹枕頭風。」

立夏指的就是她們六個被指給少爺的丫鬟，而立冬和冬至則是六少爺出生以後才找來的丫鬟。

「所以，夏至是原本太夫人擺下的棋子？」董秀湘心裡暗自感嘆，這個太夫人究竟是如何給一堆七、八歲的女孩子灌輸伺候少爺、願做填房這般的心思。

「不僅僅是夏至，太夫人自小就教我們一些別家小姐都會的東西，而老嬤嬤們也常和我們說一些如何魅惑主子的法子。太夫人不過是覺得老爺將她放在後院過日子是對她的不孝順，她把自己的希望寄託在孫兒們身上。」

董秀湘更是覺得難以置信，竟然純粹為了和兒子爭權奪利，就提前給孫子們培養童養媳？既然都肯費了這麼大的工夫，為啥不提前給自己的兒子塞進去幾個妾室呢？

「那為何老夫人不管兒子的後院，反而管孫子的？」

立夏嘆了一口長氣。「當然是管了，可咱們老爺卻是油鹽不進啊，小時候我眼看著一些漂亮的姊姊們住進我們的院子，然後又一個一個被趕走，這才讓太夫人真的動了怒氣。不然，也不會……」

提及此處，立夏覺得自己的話似乎是說得重了一些，趕忙住嘴。

她年幼進入胡家大宅，當年她和春分、立春年長一些，都已經七、八歲多，記得事情頗多，而下頭的夏至、秋分、立秋則是年齡小些，還頑皮不懂事理。

「不會什麼？」董秀湘看了看立夏那藏不住話的模樣，就知道事情肯定沒那麼簡單，不過她清楚，立夏這個人謹小慎微，腦袋不算特別靈光，可卻是格外地忠誠，交代吩咐給她的事情，她絕對不會辦不清楚。

「小百靈，妳去乳母那兒瞧瞧心姊兒從母親那兒抱回來了沒？」

小百靈聽到此話，知趣地退了出去，把空間留給立夏和二少奶奶兩個人，有些話不該她知道的，她可半點也不想聽進去。

「如今只有妳跟我兩個人了，可以交代了吧？」

立夏還是欲言又止的模樣，不過如今的情勢，她沒理由再替太夫人遮掩。「太夫人當時憑藉著自己胡家主母的地位向族裡施壓，把鄭氏的妹妹也就是小鄭氏納進門，後來又百般藉口，逼著老爺成就娥皇女英的佳話。」

此時，董秀湘還是聽得十分迷糊，真是萬萬想不到，這胡家深宅大院裡，竟然還有此般狗血胡亂的事情來。

母親為了跟兒子爭權力給兒子娶小老婆，然後還是大老婆的妹妹來做這個小老婆？這不存心讓兒子後院起火，自顧不暇？

「可此等大事，為何胡家上下都絕口不提這個小鄭氏呢？若真是平妻，她也應該是半個主母，靈位是要進祠堂、上族譜的啊。」

立夏嚥了嚥口水又開口道：「小鄭氏後來難產血崩歿了，老爺又不准許大家再提及她，那些年長且知道詳情的下人，一年之間都被打發出去了，也就只有我們幾個當時看上去是個半大孩子，老爺才沒對我們下手安排。」

由此看來，這幾個春、夏、秋的小丫鬟竟然都是老夫人留下來的間諜啊！她自己還要慶幸胡家老夫人死得早，不然胡家可沒有她這個沖喜新娘當少奶奶的分。不過，要是這老太太還活著，料定胡仲念也不會不明不白躺在床上那麼些年了。

「妳既然告訴我這些事，就不怕我一個不信妳，把妳也送到莊子上，讓妳在那邊老死過一輩子？」

「我不怕，二少奶奶斷不是那樣的人，就算您真的送我去了，也算是抵了我這次差點鑄成大錯。要不是我憐惜了幾分夏至，她在咱們院子裡才有下手的機會。」

董秀湘看著滿臉寫著「愧疚」兩個字的立夏，心裡頭一下子軟了下來，雖說夏至那個賤蹄子差點兒得逞，可最後也因為立夏告發她，又緊接著讓她查出這事和大房的關係密切來。

若不是因為夏至，恐怕董秀湘還無法發現大房那邊虎視眈眈地看著他們二房。

但是這就讓董秀湘格外想不通了，究竟為何大房要對二房虎視眈眈呢？胡仲念一門心思讀書，根本無暇顧及祖產之事，對於長子胡仲恩繼承胡家的產業，胡仲念是半句反對之話都沒有。

若當真要防著，這胡仲恩也不該防著在科舉之路一帆風順的胡仲念，他對於胡家的家產壓根兒就不構成威脅。

這也是先前，董秀湘傾向懷疑，給胡仲念下藥害得他許久纏綿病榻的是三房的人，畢竟兩者都是謀求以功名獲寵，而繼承胡家全部家產的胡仲恩，她是當真看不出這位大少爺能有什麼動機。

她吩咐立夏，斷不可再將今日說給自己聽的事情轉述給別人，就把這事放在肚子裡頭，連小百靈都不要說。立夏擦了擦腮邊的淚水，點了點頭。

盤算起來，如今府裡還知道小鄭氏的人，就是大房的立春了，董秀湘還是頭痛於如何能有機會套立春的話，來推測春姨娘和林氏之間真正的關係。她當然不相信，這麼多年這一妻一妾都和和睦睦相處，其間並無半分嫌隙。

只要是兩人有嫌隙，那必然能順藤摸瓜，看出究竟是誰利用立春來教唆夏至偷藥。雖然如今還不能斷定是不是林氏，但董秀湘的心裡已經對林氏設了防，就連原本林氏負責的府裡中饋帳本，都被她一聲令下一併抬到二房裡頭。她倒是得好好看看，賢慧的大嫂究竟是不是當真如此賢良淑德。

另一邊，府裡的老管家帶著幾個小廝和小丫鬟趕車前往郊外的莊子，去處理春姨娘的後事。胡仲恩則是頭暈腦脹臥床不起，足足在家中休息七天才大病初癒，再度出門辦理生意。

春分的事在胡家到底沒有掀起太大波浪，直到春分的孩子滿月被抱回來，才又讓胡家人興奮起來。

最開心的要數鄭氏了，她可是絲毫不嫌棄孫子少，有了大孫子，小孫子也一樣寵。對於沒了親娘的小孫子，她更是格外心疼。

不過這孩子到底是姨娘所出，就算日後打算養在林氏名下，總歸是個庶子的出身。可林氏卻十分慷慨，表示願意直接將這孩子過繼在自己的名下，記在族譜裡，哪怕日後自己有了兒子，也只是做次子，長子是不會改變的。

這樣的決定讓胡仲恩心裡頭很是感激，他久久抱著林氏都不曾放開手，在他心中，林氏就是世界上最善解人意的女人。

鄭氏也頗為讚賞，派人賞了一些極好的料子，要給林氏做衣裳。林氏都以自己身子不適、不適宜外出行走為由推託掉了。

原本董秀湘一千個、一萬個不信，當胡家為這孩子低調舉辦滿月禮，並取名「胡以欽」之後，大房夫婦還當真是抱著那奶娃娃進祠堂裡頭，要將這孩子寫在林氏名下，和林氏剛生下來的小閨女雲姊兒成為雙胞姊弟。

這倒是讓實打實生了龍鳳胎的二房夫婦頗為不滿，就連一貫對家中瑣事沒什麼注意理會的胡仲念，都心生不快。

「母親這是何故？龍鳳呈祥本就少見，秀湘也是拚了命生下來的，怎如今卻要給嫂嫂掛上產下龍鳳胎的名號？那豈不是委屈我家娘子？」

董秀湘卻是冷面苦笑，她沒想到原來林氏除了想要這個孩子以外，還想要這龍鳳胎的名頭。若是今日進家譜簽下這幾個字，董秀湘的這個龍鳳胎就不再是胡家喜氣的徵兆，就顯得極其稀鬆平常了，豈不是讓林氏撿了一個大便宜？

鄭氏面色上也頗為為難。「念哥兒，還不是春分產子亡故了，母親心疼那小子啊，總不能叫他給乳娘帶大吧？」

「那也可以作為大嫂的養子養在身側，做庶長子即可，何須非要寫成嫡長子這般費力？當日大嫂在大房裡辛苦一日產下雲姊兒，咱們全府上下包括那日的產婆和大夫們都是瞧見了，只產下一女，且不說性別，如何讓大家再相信我們胡家大房還能生個兒子出來啊？」高門大戶平白無故蹦出個兒子來，這不是等著給家裡頭找麻煩？董秀湘覺得應該公事公辦，該是怎麼回事就怎麼告知給胡家祖宗們。

「念哥兒媳婦，我知道妳委屈，可是這麼做實在是對欽哥兒好啊，他苦命沒了娘，要是成為一個沒娘的庶子養在長房名下，說起來也是可憐了。」鄭氏好生給他們倆解釋。「難為你們大嫂不嫌棄啊，還不得多給他些關照？」

鄭氏的心思無非就是想做和事佬，大家都皆大歡喜，她的小孫子能藉此提一提身分，念哥兒夫婦倆也心甘情願。

董秀湘本就對林氏的心機謀算產生懷疑，如今更是令她滿心不快了。

「母親，我向來都知道騙人是不對的，那麼今日我們也不好欺騙祖宗先靈吧？」

鄭氏的臉一時間憋得通紅，董秀湘倒是藉此仔細打量起這個婆婆大鄭氏來。這些日子的接觸，鄭氏給董秀湘的印象宛如一個沒有太多心思、被人牽著鼻子走的人。她內心想起立夏的話，忍不住感慨鄭氏當年不受太夫人的喜愛。

試想一個一輩子雷厲風行、縱橫四野的女子，如何會喜歡一個沒主見、沒魄力、沒能耐的兒媳來管治中饋呢？

「母親，想來銘哥兒也想母親了，我就帶著娘子先回，稍後再讓乳母來接心姊兒回去。」

董秀湘也沒多逗留，生怕自己忍不住衝上去對著鄭氏大喊大叫，說拒絕的話。

鄭氏也是在提及心姊兒的時候，內心忽然猶豫了一番。雖說，春姊兒、心姊兒和雲姊兒都是好孫女，可一向喜歡活潑伶俐孩子的鄭氏，偏偏對長相更好的心姊兒青睞有加。心姊兒也是繼承了董秀湘的古靈精怪，總會討鄭氏歡心。

如今，董秀湘用心姊兒來威脅，想來鄭氏的心中也是大為不快。

還沒走出正房的院子，董秀湘夫婦就撞上前來奉茶的燕氏。彼時，燕氏的肚子已經隆起，行為上略顯笨拙了些，可由於母性的光暈籠罩，原本縈繞在周身的戾氣已經化為烏有。

「這麼怒氣沖沖，可是被斥責了？」

董秀湘原本低著頭只管心中叫屈，卻迎面碰見詢問來意的燕氏，心下更是緊張，生怕自己會控制不住身子，一路撞過去。

「妳可小心點，哎喲，妳非追著我，妳看妳不是懷著身子？什麼事還能比讓妳生孩子重要？」

燕氏看她應付自己一副嘴尖舌巧的模樣，滿心想看著小妮子能裝多久。

「明明是妳非要撞上來！」

「誰撞妳了？」

「怎麼二少奶奶當真因查帳就給罵了一頓？」

董秀湘惡狠狠地翻了一個白眼，留給她一個清楚的眼白。「妳待會兒去就知道了，其實跟你們三房沒啥牽扯，不過是大少奶奶也生下一雙龍鳳胎而已。」

「當真？」燕氏也是一臉驚奇。「哼，真是賊人賊心，人家親娘的魂魄還沒散，就準備奪了人家的孩子，抹了人家的名字？」

燕氏本就看林氏那嬌楚可憐的模樣心中不快，如今聽聞這個消息，自然是心裡也不痛快。

龍鳳胎啊，那可是族譜上的天大功勞。

燕氏摸著自己隆起的肚子，一臉不屑地朝裡頭走去。

董秀湘看了看燕氏的背影，扯著嘴角笑了笑。「官人，你說三房的人會不會也去跟母親鬧上一鬧？」

「我看八成的事。」

「那你說母親會不會把欽哥兒看作是庶長子？」

「母親不會一意孤行的，其實這事還要等父親回來，母親多半沒主意。」

董秀湘轉頭，拉著胡仲念往回走去。

反正要是二房、三房無論如何都不鬆口，她董秀湘倒是要看看，林氏準備如何安排那個孩子。

且說跟著管家一同去鄉下給春姨娘辦喪事的二房眼線，再仔細也沒看出什麼端倪。不過越是抹得乾淨，越是讓董秀湘心裡頭肯定，這事十有八九跟林氏有關。

雖然這是一件糟心事，可畢竟董秀湘在事業上是風生水起了，她手底下的鋪子硬是比胡家其他的布料鋪子賣得好，就連胡先業都被嚇了一跳，連連對了好幾遍。

他本是冷眼旁觀，想看看這個二兒媳婦有多大的本事，能不能理清多年帳目的積弊，沒想到，董秀湘不僅把帳本算清了，還把這幾家店鋪的業績給提高了不少，關鍵是人家懂得創新，將湖繡入布做衣一事，在湖廣地區快速時興起來。諸多本是生意上的朋友都來登門拜訪他，只為家中女眷多求一份時興的湖繡布料。

「這個念哥兒的媳婦不得了啊！現在人家都上門來巴結我們了，就只為了要幾疋料子。」

鄭氏不懂生意場上的事，只看見那幾間鋪子嘩啦嘩啦往家裡賺銀子，她心裡頭就跟著開心。「我明兒就把咱們家宅子裡的帳本都拿給她，庫房鑰匙也給她，你看如何？」

反正林氏身子骨兒弱，還忙著伺候三個孩子，一時半刻也騰不出手料理中饋。

胡先業倒是不僅有此意。「我是覺得念哥兒媳婦這般腦袋，應當跟男人家一般出去做生意才好。」

一聽說女人家要出去做生意，鄭氏的頭就搖得跟博浪鼓一樣。「大庭廣眾之下，你讓一個女孩子拋頭露面去跟男人做生意，這以後念哥兒的臉往哪兒擺？」

「婦人之仁。」

胡先業是個愛才之人，他將胡仲恩帶在身旁教給他經商之道，他不是看不出胡仲恩沒有經商的天分。他也不圖胡仲恩能幫著他將胡家的產業發揚光大，只求能守住如今的基業，可事實上終究是艱難的。

老二和老三走考科舉的路子，老六年幼暫且不提，胡先業一直愁苦於沒有一個能把胡家生意越做越大的幫手，而老二媳婦董秀湘就給了他這樣一個希冀。

「聽說老大要給大房庶子提成嫡子，妳可同意了？」胡先業雖說是不管後院事，可到底他年歲還沒老到老眼昏花，尚且還是耳聰目明，對於家宅之中的事情他還是能掌握得住大方向。

鄭氏本就是個耳根子軟的人，林氏和胡仲恩在她耳邊說了一堆好聽話，她就願意開祠堂，給那庶子上族譜。可消息一傳出去，二房不同意，緊接著三房燕氏也不同意，兩個房裡的人都鬧騰起來，鄭氏的氣勢又弱了下去，心裡頭也完全沒了主意。

「這是老大媳婦的一番好意，我也不好……」

「那說到底是姨娘生的，跟正妻生的斷然不同，不能混為一談，尤其恩哥兒又是長房，將來是準備繼承家業的。」

鄭氏心裡頭本就是覺得如何做都有道理，哪一邊的理由都能說服另外一邊，如今聽胡先業這樣說自然就想起另一立場的話來。「可欽哥兒還小，大兒媳的身子不知道能不能再生產，倘若當真沒了嫡子，那欽哥兒……」

「那也是日後的事情，妳知道日後咱們恩哥兒娶不娶平妻？妳知道他以後會不會有機會納填房？妳知道他日後會不會有新的正妻、新的嫡子？」

胡先業的奪命連環三問，讓鄭氏徹底啞口無言。

的確，現在談論胡仲恩會不會有嫡子確實為時過早了些，與其說林氏想要這個兒子是為了胡仲恩，還不如說她是為了自己。

鄭氏直到這會兒才漸漸反應過來，剛想回嘴和胡先業爭論，卻發現胡先業早已經氣呼呼地睡過去了。

她看著熟睡的胡先業，隱約間想起剛才兩人提及的「平妻」兩字，不由得心裡頭一陣感慨起自己的親妹子來。

鄭氏對著月光怔了許久才漸漸入睡。

最終，林氏還是做了嫡母，沒做成親娘，胡以欽還是胡家長房的庶長子，不過養在正頭娘子的名下，比起尋常的庶子更加尊貴幾分。而林氏也是格外關愛他，給予他的呵護絲毫不少於春姊兒和雲姊兒。

雲姊兒當初胎中自帶了弱症，身子骨兒弱小極其容易生病，被大房裡的人捧在手心裡呵護著，生怕會有什麼閃失。一向喜愛孫女的鄭氏，也就鮮少去大房抱雲姊兒回去玩鬧了。

董秀湘就是利用這樣一個空檔，拿到胡家中饋的鑰匙。

上次她查探胡家的基本帳簿，發現家中諸多家奴的分例都被拿出去放印子，而收回來的印子錢並沒有體現在帳面上，想來是有人拿著胡家的錢去中飽私囊了。

「妳何不將這些都收拾好，交給母親，讓她去處置大嫂？免得妳越看越生氣。」

胡仲念見自家娘子邊看帳本邊念叨的模樣，就忍不住想讓她快些去戳穿大嫂假賢慧的真面目。

「官人啊官人，要不怎麼說你還是擅長讀書呢，你真是對這些手段、戲法一竅不通。」

胡仲念委屈兮兮地看了看她。「我如何不懂啊？」

董秀湘指了指自己看到的一筆筆帳目給他看。「首先，我沒查到那筆印子錢她吞到哪兒去，要是把事情張揚出去，她便可立馬把錢藏得好好的。其次，這中飽私囊的事，母親要是知道了，頂多是數落一頓，日後不再叫她掌管中饋，然後就是什麼禁足、打板子之類的。看如今雲姊兒的身子骨兒，母親也捨不得打她板子啊。況且，我還要知道這傢伙是不是害過你，然後數箭齊發才能一擊必中吧。」

胡仲念感慨，自己確實是不懂得這麼多彎彎繞繞，不過他也納悶，怎麼自己讀了這麼多的四書五經、兵法韜略，還是不懂這事。

「娘子，妳這些從哪兒學得啊？」

「《三字經》。」

董秀湘頭都沒抬，隨口一答。

壓根兒沒想過被調侃的胡仲念還真的回頭去認認真真翻看了好幾遍《三字經》，只可惜越看他越迷茫，這就是一本啟蒙讀物啊，怎麼還能看出大道理來了？

他若是屁顛屁顛地捧著書去問董秀湘，董秀湘保准一巴掌把他給打回來。「瞎折騰什麼？」

接過胡家各類帳本和掌家鑰匙的董秀湘，儼然是把胡家內宅握在手裡，董秀湘也不急不躁，沒什麼大的動作，只是按照常規督辦府內的各項採買。

以往最喜歡和董秀湘爭寵的燕氏如今面子上還故作強硬，隔三差五吐出一句提醒二少奶奶出身的渾話，在董秀湘那兒也無傷大雅，反倒是動起小孩子心性，時常和她開起幼時的玩笑來。

心姊兒得鄭氏偏愛，董秀湘自己就更愛護銘哥兒一些，就算是府裡的雜事多，她也會每日抽出幾個時辰陪著銘哥兒玩耍。

「銘哥兒長得這樣壯實，將來一定能成為一個騎馬打仗的小將軍！」五姑娘邵蘭慧的日子比原來受欺負時好得多，畢竟如今的四姑娘已經是不願意踏出房門半步的狀態。

邵蘭慧雖說是養女，可在胡家一直都是按照嫡女的標準供養著，只是前面姊姊的婚事沒定，她便不好先說親。但女子總歸待嫁也就那麼幾年，她們兩個還只差一歲，再等下去，怕是連邵蘭慧的親事都會給耽擱了。

「我叫妳二哥給妳說門親事，到時候妳也趕緊生一個小狀元出來。」

邵蘭慧到底是自幼養在閨閣裡，不及董秀湘的市井之氣，聽不得這般逗弄人的話，尤其她還是個沒出閣的姑娘家，一聽這話就感到面紅耳赤。

「二嫂，妳慣會不正經，再如此，我便不再理會妳了。」說罷，她還賭氣似地坐到一邊，背對著她。

董秀湘是不吃這一套，她臉皮可是比什麼都要厚實。「嫂子和妳說正經的，難不成妳一直等著妳四姊姊，她等四、五年，妳也等四、五年嗎？妳跟她到底還是不同的，說親的話本就是她比妳更容易些，妳可別犯糊塗。」

邵蘭慧何嘗不知自己養女這種身分呢，她沒有什麼其他奢求，只是希望自己嫁給一個踏實肯幹的老實讀書人，也不用多少嫁妝，只要兩個人相互依偎、好好過日子就心滿意足。

見邵蘭慧身子頓了頓，董秀湘立馬湊過來，貼近了她。「我是說真的，妳二哥近來常去馬場，也有一、二個同窗關係甚好，若是妳肯，我就去母親那兒通通氣。」

古時都是父母之命、媒妁之言，如今董秀湘竟然提出讓她自己拿主意，邵蘭慧倒是不知如何是好，只能支支吾吾說不出那個肯字。

「好了，我知道妳這就是答應二嫂了！」還是胡二少奶奶，大手一揮，拿定了主意。

這話頭，董秀湘才剛對鄭氏提及，鄭氏卻是頗為難的樣子。

「娘知道妳擔心五妹妹，可是到底思丫鬟還沒訂親事，讓妹妹先訂說不太過去，傳出去難免會讓別人覺得咱們家思丫鬟沒人要，妳說是不是？」

鄭氏的話也不無道理，兩個人商量一番，決定還是先把替胡婕思找婆家的事提到日程上頭來。

這還要以鄭氏不再放任胡婕思的性子為前提，否則照著胡婕思的標準，怕是終身都難嫁。

當然，這並不是董秀湘一個人的功勞，還是多虧董秀湘靈機一動，想到搬來胡先業這尊大佛作救兵。自從董秀湘留意到，鄭氏雖然糊塗沒主意，但只要是胡先業的話她都會聽從以後，每試每靈。

「官人，你說為何母親肯聽從父親的？」

她想不通的事八成是因為到胡家來得晚，可是胡仲念待的時間久啊，他可以好好想到是什麼問題。

胡仲念前腳剛從書房出來，進了屋裡，屁股還沒坐下去，沒等娘子說一句溫柔軟語，就遇到提問他關於父母親的話，心裡頭不免一陣失落。

「我如何知道。」

「每次咱們不同意母親一意孤行，母親都斷然不會聽從，可父親只要一下決斷，母親卻是連個不字都說不出口來。」董秀湘起身湊到胡仲念的身邊去等著應答，可胡仲念偏像個小媳婦似地賭氣，硬是撇過頭不看她。

董秀湘不明就裡，又探過頭問了他一遍。「怎麼樣啊，你到底有沒有聽見我問的呀？」

胡仲念本該大聲說出一句「沒聽見」來回應她，結果話到嘴邊卻又變得慫了，支支吾吾說了句。「聽見了。」然後，他又撇過頭去。

「你轉過來呀，幹麼背對著我？我瞧不見你的臉，也聽不見你在說什麼呀。」

董秀湘試圖用雙手扳回他身子，讓他面對著自己，可是試了兩次均以失敗告終，她終於意識到自家二郎鬧彆扭了。

她也知道，胡仲念是個吃軟不吃硬的人，索性她也不去硬扳他的肩膀了，而是默默地坐到另一邊，過一會兒又開始自己假裝抽泣。

胡仲念一聽自家娘子哭了，立馬坐不住起了身，轉身撲過去查探。「娘子，娘子，我跟妳鬧著玩，妳怎麼還認真了？可是委屈了娘子？」

董秀湘一直假模假樣地用雙手摀著眼睛，知道胡仲念撲過來，她才睜開眼睛一把抱住自家官人的腰身，撲在他懷裡。

胡仲念一低頭，看見這小妮子滿臉笑意盈盈的，半滴淚水都沒有，不免心下有些小生氣，可聽著她低低地說道：「二郎，你別跟我賭氣了，我哪裡讓你不高興了，你好生跟我說說不就成了嘛！」

平日裡，董秀湘是一貫強硬堅韌的人，何時有這般撒嬌的模樣，如此嬌滴滴的樣子簡直讓胡仲念心頭一癢，什麼氣都煙消雲散了。

「我沒跟妳賭氣。」胡仲念喃喃自語道。

「那你告訴我，為何母親如此聽從父親的話？」

胡仲念想了想。「其實我也不知道為什麼，妳也知道母親這個人向來是個沒主意的，今兒覺得大哥說得對，明兒又覺得三弟說得對，可自我懂事起，凡是父親堅決強調的，母親從不違逆，單單只有一件事……」

董秀湘不免好奇心氾濫。「什麼事？」

「就是我幼時是被母親養在正房裡的，哪怕到了開蒙的年紀，母親都沒有半分讓我單獨出去住一個院子的想法，而且從早到晚事無鉅細，親自料理。父親說了許多次，母親都不依，直到九歲那年不能再拖，母親才同意讓我搬出來。」

這就奇了怪了，怎麼鄭氏如此這般偏心老二呢？

「那你大哥和三弟可曾有過這般待遇呢？」

「不曾，大哥不及六歲就搬到自己的院子去了，每日晨昏定省，三弟是六歲。」

但凡講究的人家，都會在孩子五、六歲開蒙的時候，為了孩子能更好地自我約束而讓他們自己住獨立的院子，由乳娘們照看著，每日給母親請安後便去讀書。下學了和父母用過飯以後，可歇息片刻再回到自己的院子安歇。只有在無須上學的時候，才會回到親娘身邊伺候。

然而，胡仲念竟然是九歲才獨立開了院子？

望著認真思索的董秀湘，胡仲念不由得狠狠拍一下自己的腦袋，怎麼又完全不生氣，老老實實把什麼都給娘子交代了呢？

這個問題的答案雖然不好想，不過董秀湘覺得還是不要把什麼事都想得明明白白，做人嘛，總要糊塗一點才快樂。她現在有錢有權，還有老公、孩子熱炕頭，沒啥可愁苦的。

「不想這個了，官人，我上次跟你說給五妹妹說親的事，怕是要延後了。」

原本，胡仲念常常提及一個在馬場裡練習騎術認識的武舉同窗，名叫趙亭勳，雖然出身貧寒，卻是個非常有膽識、能文能武的人。在胡仲念眼裡，他日後必是個上馬能戰、下馬能治的國之棟梁。

兩個人相識於馬場，後又一同中了鄉試，趙亭勳乃是湖廣武舉第二名。

胡仲念本就覺得這人極有才華，是妹妹值得託付終身的好人，本也說好要讓五妹邵蘭慧與之說親事，可誰知如今又出了麻煩。

「什麼麻煩？可是五妹妹不喜歡一個武人？還是嫌棄他家世太低？妳和妹妹說，他乃是湖廣武舉第二名，明年的會試必定能奪取名次，光宗耀祖。」

董秀湘為難地打斷了胡仲念的話。「當然不是這個，五妹妹什麼人我還不瞭解？還不是母親覺得五妹妹不該越過四妹妹先訂親……」

「可婕思丫頭的性子，她找不到自己中意的婆家啊。」

「所以，父親就發話了啊，說不管她的意願，要強制給她找婆家，不能讓她一直賴著。」

胡仲念為難地看了看董秀湘，然後又聽到了一個他最不願意聽到的話。「母親說就讓你把你的同窗先說給四妹妹。」

趙亭勳家中只有寡居的母親，家中幾畝薄田，日子過得甚是清貧。好在他自己肯吃苦，肯讀書，肯用功，雖然日子並不富裕，但他依然堅持著讀完學堂，又前往馬場幫忙做事。

在馬場裡幫忙的期間，他竟然練就一身上好的騎術，馬場的主人見他是個可塑之才，還幫他找了騎射的師傅。

總歸是個英挺又上進的人，自然和胡仲念結交成了同窗好友。

趙家大孀因為家中貧寒耽誤了兒子的婚事倍感焦急，這才求胡家二少爺幫忙相看哪家姑娘能夠有機會說親。

胡仲念一直看好自己的好友，自然會想到家中尚未說親的妹妹們。

邵蘭慧是養女，且沒有隨了胡氏的族姓，在外說親事時，自然有諸多的顧忌，許多有臉面的大戶人家也不會將她配給自己家中有出息的嫡子。與其嫁給大戶人家鬱鬱不得志的平庸之人，倒不如嫁一個踏實肯幹的好漢。

誰想到五妹妹竟然冷不丁被換成傲嬌的四妹妹？胡仲念真是內心忐忑、焦慮不堪啊！這四妹妹是個什麼性子，他這些年也看在眼裡，誰娶回家都是個小祖宗。哪怕是官宦商賈之家，也定會被胡婕思給折騰個夠嗆，更何況是本就不富足的趙家。

第二日一大早，胡仲念就一路小跑趕到馬場，找到在馬廄裡刷馬的趙亭勳。

「趙兄，我有要事要跟你講。」

眼見胡仲念面色凝重，趙亭勳也不敢怠慢，擱置下手中的活兒，擦了擦手來到一旁，聽他言語。

「我本想讓家中五妹妹與你說親，可如今我爹娘突然有個吩咐，說是要四妹妹先找到婆家，才能給五妹妹說親事，我想著你能不能先去幫我應付一下四妹妹那兒？」

趙亭勳其實無心成家，他深知自己的家中境況，娶妻無異於增添家中的負擔。況且，好男兒志在先立業、後成家才是。

他本就是想推辭此事，可沒奈何胡仲念強烈要求，趙大嬸又實在堅持，他只好先聽從再想辦法找藉口搪塞。

如今聽聞是要與向來眼高於頂的胡家四小姐說親事，他更是清楚胡四小姐無論如何都不會瞧得上自己，婚事八成告吹的情況，於是他應聲同意了。

「你們胡家算是顯赫人家，我自是沒有什麼發言權，到時候你妹妹若是不滿，我就告辭離開，你也別說什麼規勸的話。」

胡仲念聽聞此話，只是長嘆了一口氣。「其實啊，我也希望她瞧不上你，這樣也不用讓你置身於水火了。不過你放心，你們的事十有八九成不了，反正我妹子絕不會嫁入普通人家，至少也要是個官宦，如此不過是應付應付我母親而已，你莫要慌張。」

嘴上雖是安慰，可胡仲念心裡卻是無比失落，希望同窗好友成為自己妹婿的希望，八成破滅了。

第二十章

胡宅裡，董秀湘開始忙碌安排一個花園的集會，又在迴廊處設立了一道屏風，尚未婚配的女子將會在屏風後面見男客，又不失禮儀。

要說這場宴會是替邵蘭慧辦，她還是真心實意，畢竟五姑娘和她關係極好，她自然也希望妹妹能夠尋得良配。可胡婕思卻不與她親厚，甚至瞧不起她，自然是讓她愛不起來也疼不起來了。

鄭氏並沒有把胡婕思的幸福都指望在胡仲念身上，她也吩咐胡仲恩和胡仲意帶上一、兩個熟悉的摯友前來赴宴。名義上這是一場男人們來訪的宴飲，實際上卻是在給女兒挑選良婿。

胡仲意帶來自己在酒席上附庸風雅、互相吹捧的同窗，也是湖廣一家米商的少爺王公子。而胡仲恩則是更加瞭解胡婕思和鄭氏的心裡，直接請來知州府上的嫡長子柳公子。

鄭氏見到三位青年，相貌堂堂，端端正正，心裡頭十分歡喜。在還沒有對上哪一個人是哪家公子時，她倒是多看了趙亭勳幾眼，畢竟這年輕人看起來相貌出眾又身材魁梧，看起來就強壯矯健。

待到幾個人介紹完自己，鄭氏心裡頭倒是格外不平了。

合著這才貌俱佳的年輕人是個貧困戶出身，她自己可是捨不得胡婕思受半點委屈，況且四姑娘也不是能吃虧、吃苦的人。

看到鄭氏對自己的冷臉，趙亭勳也沒什麼言語回應，只是靦覥地笑，就默默地坐在那兒不出聲了。

席間，鄭氏幾番誇讚了知州家的柳公子，柳公子也是嘴巴抹蜜，哄得鄭氏心花怒放。

坐在屏風後的胡婕思也是默默地在心中盤算，原本她還想拖個幾年，找一門高戶再謀求嫁過去，可如今被父親胡先業下了通牒，不能再拖延自己的婚事，必須盡早訂親，以免耽擱了後頭的弟妹。

雖然心中不滿，可胡婕思也不敢違逆父親。而面對可選的對象之中，那知州家的公子自然是更加符合她的標準。

「四姊姊，我覺得二哥哥帶來的那位趙公子甚是英挺，剛聽母親詢問，他可是今年咱們湖廣武試的前幾名，感覺是無可限量，姊姊可要把握住啊。」

胡婕思嘴上不說邵蘭慧，心裡卻是明鏡一般。「那般英挺的兒郎，還是留給五妹妹吧，我可配不上那般的文武全才啊。畢竟粗茶淡飯，不是嫡女吃得慣的，妹妹倒是應該能夠試一試。」

被搶白了一頓的邵蘭慧不再言語，只是選擇默默待在胡婕思的身邊，不出聲了。

董秀湘作陪半晌，聽見眾人話語中的看法，也是和自己的料想半分不差。反正向來眼高於頂的四姑娘，斷然會選擇身分地位最佳的那一個，她可不想隨意賭上自己的未來生活。

果不其然，也就是當天的工夫，胡仲恩便代表胡家到知州府柳公子家裡去了。

「得，你呀，就是白跟著忙活了一整天，你妹子也是瞧不上人家。」董秀湘每一個表情和話語都表達了對胡仲念的無情嘲諷。

「我本就是叫趙兄前來充數，妳當我真的捨得讓他日後受到我那個妹子的摧殘？」

不僅僅是董秀湘，就連胡仲念也是有幾分看不上自己的親妹子，這不免讓董秀湘覺得可笑。「你說我若是和她相處不好還說得過去，畢竟我們只是姑嫂，可你這個做哥哥的，也是真的不喜，我還是納悶的。」

胡婕思的婚姻大事敲定後，算是讓鄭氏和胡先業鬆了一大口氣，他們心裡頭也是舒緩不少。

至於胡家四小姐，心裡頭自然是無絲毫波瀾，原本被太守家拒婚的陰霾一掃而空，繼而對家中的未來掌權人大房一如既往地親近。

就是大房的一雙兒女，也被胡婕思每日誇出一朵花兒來一般。

雖然如今掌家的人是董秀湘，可胡婕思依舊忽略這個二嫂。

胡仲念心裡有氣，幾次忍不住當眾教訓她，可董秀湘覺得多一事不如少一事。胡婕思日後是嫁出去的女兒，猶如潑出去的水，日後和他們夫婦有更多交流、溝通的是家中兄弟妯娌。哪怕是關係再好的邵蘭慧，也是會越來越疏遠的。

「中饋拿捏在你媳婦手裡頭，若咱們相處得好些，日後她在婆家有什麼不痛快，我倒是還肯出點錢接濟接濟，如今相處得不愉快，除非和離的大事，否則我斷然不會出錢出力去幫襯，所以，官人你不必惱怒。人生，還那麼長，咱們要往後頭看。」

胡仲念半知半解，而董秀湘身後的丫鬟小百靈倒是清楚得很。這就是，人要給自己留餘地，四小姐不是懂得給自己留餘地的人，也就不要說日後胡家二房不給她面子和退路。

當然這都是後話，不過就是時間問題。

且說董秀湘順著胡家的帳本，去追查那筆印子錢的時候，卻是兜兜轉轉幾回都沒查到大房林氏的頭上，查來查去都是一筆無頭帳。

她不自覺感慨這個賢慧的大嫂，當真是手腕高超，如此明擺著的事也能讓自己隱形於他人身後。為此，她還專門抱著自己的銘哥兒去大房，登門拜訪。

「二弟妹人忙事多，還有空來我們大房坐坐，真是難為妳了。」林氏雖然因為身子不好坐了雙月子，如今卻恢復了七、八分，面色上已經沒有原先那般蒼白無力，倒是紅潤了不少。

董秀湘看了看林氏身後的丫鬟、婆子，發現沒瞧見孩子，還詢問：「怎不見大嫂嫂家的哥兒、姊兒呢？我還想帶銘哥兒來瞧瞧弟弟、妹妹呢。」

雖然林氏面子上極為客氣，又笑著和她說話，可心裡頭因為管家的事心存芥蒂。「他們還小，剛吃完奶睡下了，玩鬧了半晌，我當真是累得很。我不像弟妹生產順利，更何況還是照顧兩個，不像心姊兒成日養在母親那兒，弟妹也輕鬆些。」

「心姊兒是個調皮的，我是鎮不住她，非要母親幫忙才成，不然一夜裡要起來個三、四次，每天鬧得人睡不著。」董秀湘看著林氏面子上客客氣氣的模樣，忍不住出口試探。「也不知，春姨娘若是知道妳把孩子照顧得如此好，會不會在黃泉路上瞑目了……」

林氏面色一冷，笑容凝固在嘴角，身後的喜鵲站出一步，斜眼瞪著董秀湘大喝了一聲。「二少奶奶言語上是不是得注意些？」

董秀湘眼看著林氏由原本舒暢的模樣變得漸漸冷下臉，心裡頭也是一顫，不過轉瞬又笑臉盈盈地看了看怒氣沖沖站出來的喜鵲。「喜鵲姑娘這是怎麼了，我一時著急，口不擇言罷了，怎麼這樣生氣呢？」

喜鵲或許是知道自己的話太過分，趕緊收斂了幾分，給董秀湘行了個禮。「二少奶奶見諒，我也是顧忌我家主子，畢竟春姨娘走得突然，咱們大少奶奶和大少爺心裡頭掛念得緊，奴婢也是覺得，主子會因為二少奶奶的話更加傷感……」

明顯，喜鵲的話有些解釋過多的嫌疑，林氏輕聲咳了一聲，似乎是示意她少說話，然後才整理了表情，重新微笑地瞧著她。「二弟妹見笑了，這丫鬟從小跟著我，都讓我給慣壞了，沒大沒小的。」

隨即，林氏又轉頭朝著喜鵲低聲訓斥道：「在林家的時候沒大沒小也就算了，胡家是大戶人家，怎麼能容得妳這般嗎？」

喜鵲識時務地跪下磕頭認錯，林氏只罰她去後院跪著思過。

董秀湘瞧在眼裡，也不多加言語，只是默默在一旁喝茶，一副悠哉的模樣。等到喜鵲被罰到後院去之後，她才慢悠悠放下茶碗。「大嫂嫂可別動氣，是我嘴巴太快了，說了些不該說的話，喜鵲也是護主心切。」

「二弟妹快別這麼說，這原本就沒什麼，春姨娘的事又是大家都知道的，沒什麼好隱瞞的，只不過是掛念著孩子日後沒有生母在世才養在我這兒。」

董秀湘又拉著林氏的手好生聊了些照顧孩子飲食起居，以及生產後恢復身子的話，等到抱在一邊的銘哥兒開始鬧著要睡覺，才匆忙告辭。

剛出大房的院子，小百靈就貼著董秀湘的耳朵說道：「那個喜鵲必定是什麼都知曉，也必然是二少奶奶的話，戳到大少奶奶的心坎上。我看著她們主僕兩人今日言行舉止間的不自然，其中事情必定不單純。」

董秀湘點了點頭表示贊同。「那喜鵲被罰到後頭去思過不過是障眼法，可見那丫鬟的腦子沒有妳來得靈光，要是想從她那兒找到什麼線索，想來會比咱們順藤摸瓜去查來得痛快些。」

既然林氏機警地能夠將那些證據引向別處，讓自己不容易被查出來，那麼想要找到她真的放印子錢的證據，可能就要從那個腦子上欠缺一些的喜鵲下手了。

「小百靈啊，妳說像喜鵲這種人，咱們要如何讓她自覺地把話都講出來呢？」

小百靈一貫擅長和別人打交道，說起如何套話、套近乎，她倒是得心應手，可是前提得是別人沒什麼防備之心，如今她成了二少奶奶的貼身丫鬟，也就是二房的心腹丫鬟，任誰也不會真的一股腦兒地全把心裡話倒給她。

「我是幫不上忙了，那喜鵲必定對我有戒心，今日鬧了一場，想來大少奶奶也會提防咱們。還是要再做打算，不過，二少奶奶就安安心心把這事交到奴婢的手上。」

董秀湘當然放心，她沒辦法事事親力親為，能仰仗的人也就身邊貼身伺候的三、四個人，她自然是樂意把事情都交給身邊的人。

解決胡婕思的婚事後，胡家又將邵蘭慧的婚事給擱置了。

邵蘭慧內心沒什麼波瀾，可是伺候她的丫鬟、小廝心裡頭卻是頗為不滿，這些抱怨的話也讓小百靈聽見，傳達給二少奶奶。

董秀湘想著帶上邵蘭慧去郊外的寺廟裡上香，也是散散心，舒坦一番。

邵蘭慧只怪自己的下人們太沉不住氣，畢竟她是個養女，身分上不該越過四姊姊，哪怕是胡家的幼女七妹妹，她也是不如的。

「這話確實妄自菲薄了啊，妳雖是養女，沒有從胡姓，可是妳仍舊是胡家的五小姐，記在母親的名下，父親待妳如何，妳不會不清楚吧？」

兩個人坐在前往寺廟的馬車上，邵蘭慧坐在馬車的一邊看著窗外的山中景色，心裡頭也憶起胡先業這位慈愛的養父來。

「父親自然是對我極好，不過……到底我不姓胡，在親疏上也該有些差別，二嫂嫂就別替我擔憂了。」

看著邵蘭慧苦澀的笑容，董秀湘又想起家中庫房裡，胡先業留下的幾個大箱子，上頭貼著封條，寫明是邵蘭慧的嫁妝箱子。她幾番好奇想打開瞧瞧，但都忍住了，因為陳年的帳本上明確寫明白，那些錢大都是邵蘭慧早逝的父母留下來的，胡先業也是酌情添加了許多。

邵蘭慧一直都心思敏感，自覺寄人籬下，身分有別。其實，胡家最終也沒有薄待她。當然，這樣的消息董秀湘本是忍不住想要告知她，但是沒奈何胡先業有言在先，無論如何此事還是應當嚴謹保密，並不能過早透露。

管家的二少奶奶心裡清楚，胡先業是擔心讓鄭氏或是大房、二房、三房的人知道了，在此事上諸多計較和彆扭，索性就掩蓋起來，等到邵蘭慧出嫁的時候，直接跟著花轎抬去她的婆家，就算是其他人想鬧騰分錢，也是於事無補，只能乾著急了。

「妳別有這些顧慮，總之我是妳嫂嫂，也是妳半個姊姊，日後妳若是出嫁，妳可以把我和妳二哥當作嫡親娘家，可萬萬別嫌煩擾我。」

說到出嫁的事，一貫臉皮薄的邵蘭慧又是紅了臉。「二嫂嫂真是會胡說八道，什麼嫁人不嫁人的，我還沒許人家，就每天念叨著，嫂嫂真是不害臊。」

董秀湘心下一笑。「妳二嫂我，孩子都生了兩個，有什麼可害臊？」

這下邵蘭慧沒話可接，只是低著頭，指了指窗外。「咱們是不是到了？快快下車吧。」

董秀湘嘴上雖然說納悶，可心中還是覺得兩個人心之所向還算是貼合，心裡頭也是無比欣慰。

而邵蘭慧也只是無奈地笑了笑，並沒有過多的言語解釋了。

在胡先業和鄭氏的催促之下，胡婕思和那位知州少爺柳公子的婚事就此敲定了。雖然胡婕思覺得這樣的夫家實在一般，但自己的年齡不小了，也只能應允。

礙於國喪，兩個人只是訂了婚約，並沒有急於完婚，而把日子定在轉過年的秋天裡頭。

當然，原本就巴結著胡仲恩的胡婕思，和嫡長子大哥的關係也變得更加親厚了。

董秀湘只是冷眼旁觀，更加忙於家中內宅的整治，諸如核對帳本以及清點家中的小倉庫。就算胡婕思再巴結，這胡家的內宅中饋還是掌握在她手裡，至於第二年的婚事安排，也是由她親自操辦。

風水輪流轉，她一點也不擔心這個小姑子將來不會栽在自己的手裡頭。

董秀湘拉著邵蘭慧下了馬車，往山上的寺廟走過去。為了顯示求神拜佛之人的虔誠，通往寺廟的山階往往很長。

尤其對董秀湘這種從來都不前往寺廟燒香拜佛的人來說，一次走這麼高的山階，簡直是累死累活的心都有了。很多人對於胡家二少奶奶鮮少去寺廟的事十分詫異，畢竟這是所有高門大戶人家女眷的必要活動。

反倒是胡家的當家主母鄭氏對這個問題很淡定。在她眼裡，董秀湘就是佛祖派來的歡喜娘娘，給他們胡家帶來不少的好運，哪裡還需要去什麼寺廟裡花香油錢？還是多待在家裡，鎮宅安定得好。

邵蘭慧因時常跟著鄭氏前往湖廣的各大寺廟裡進香拜佛，陪伴在她身側，因此這長階走起來對她來說並不累。

看著氣喘吁吁的董秀湘，邵蘭慧放慢了腳步，想著讓二嫂略休息一會兒。「二嫂嫂，我們慢慢走吧，這邊的風景當真是好看得很呢！」

董秀湘聽聞可以慢慢走，還能歇一會兒，就痛痛快快一屁股坐在臺階上，伸手把自己的鞋子給脫下來。「哎喲，可算是累死我了呀，也不知道啥時候能爬到上頭。」

「快到了，這臺階看著沒有盡頭似的，其實咱們已經走了一大半，再走上不到一刻鐘，咱們就到寺門口了。我記得這間雲中寺裡的齋菜豆腐宴最是可口，咱們可以多吃一點，最好帶一些回去給母親。」

鄭氏最喜歡雲中寺的豆腐齋菜，不過俗話說：「上山容易下山難。」一想到一會兒還要提著飯菜下山階，董秀湘的兩條腿就直打顫。

沒法子，只好繼續咬著牙往上走。

雲中寺裡有個往生殿，經常有很多富貴人家會在此處給家中逝者買一盞往生燭火，祈禱他們早日往生極樂。

胡家的老夫人在這兒就有一盞，還是早些年鄭氏在此立下的。

按照規矩，所有來到寺裡的胡家人都要到往生殿裡祭拜一番。董秀湘是頭一次前來，便由著邵蘭慧帶路，前去往生殿裡祈福。

往生殿面積不小，前前後後有好幾間大殿，胡家歷代給女眷們立的往生燭火都在裡間的大殿上頭，董秀湘照例添了香油錢，上了香。

當她準備轉身跟著邵蘭慧出去的時候，猛然間瞥見殿內角落裡有一尊寫著「胡鄭氏」的往生燭。她頓時想起前不久，她從立夏那兒探聽來的，關於胡家迎娶鄭家一雙姊妹，大、小鄭氏的事情來。

胡鄭氏的往生燭在最角落，也藏在諸多蠟燭的後面，若不是仔細看，壓根兒就瞧不見。當然不知情的人，任誰也不會將胡鄭氏和胡家的當家夫人鄭氏聯想在一塊兒。

董秀湘偷偷地記下這根往生燭火的位置，才跟著出了往生殿。

「母親常來雲中寺，我因為在家無事，便常陪母親過來，給祖母上香也是家中的慣例了。」

常常陪伴母親來寺裡上香？這倒是讓董秀湘心裡生出幾分懷疑來。雲中寺路途遙遠，山階甚高，雖說名氣很大，每年前來進香的人絡繹不絕，可是畢竟此地並不至於讓人時常前來拜訪。

聽邵蘭慧的話語，鄭氏是因為寺廟裡的齋飯以及老夫人的牌位才常常過來，可實際上很有可能並非如此，沒準兒她是掛念著立在往生殿裡的小鄭氏呢！

「五妹妹，咱們去後頭要齋飯吃吧，爬了這麼久，我早就累了。」董秀湘面子上裝作若無其事的模樣，拉著邵蘭慧就往後頭用齋飯的地方去了。

雲中寺的齋飯的確遠近馳名，後面的齋堂裡坐著不少前來寺廟拜佛的人，不過董秀湘覺得是因為雲中寺的臺階太多，剛氣喘吁吁走上來，拜個佛、上個香，兩條腿還沒休息好，立馬就要再往下走，一定吃不消。所以，這雲中寺上頭的齋堂生意極好，以及寺中求籤許願之處的人也是十分多。

她們姑嫂兩個剛坐下來，眼看著熱氣騰騰的齋菜被端上來，就聽見遠處有人喊了一聲「娘子」。

轉頭一看，竟然是胡仲念，只見他從遠處的一張桌子朝她們走過來，那桌子旁還坐著一名男子。

胡家二少奶奶是什麼人，見了外男當然不會羞澀不堪，只是正臉迎上去，定睛一看，那桌子旁的居然是趙亭勳。

不過，董秀湘並沒有聲張，只是看著走過來的胡仲念微微一笑。

邵蘭慧是個沒出閣的姑娘家，自然是低首不敢抬頭四處張望，只是低聲詢問二嫂。「嫂嫂，可是二哥哥？」

「是妳二哥哥，他趕巧了，也來雲中寺。」董秀湘笑咪咪地望著遠處，手裡捏了捏邵蘭慧的手腕。「也不知道妳哥哥來這兒做什麼。」

邵蘭慧也不清楚，只是跟著董秀湘笑，瞧著二哥哥和二嫂嫂關係這般好，她心裡頭極其開心。她一直嚮往夫妻和睦、舉案齊眉、一生唯一的夫妻關係，而二哥哥和二嫂嫂便是如此，哪怕鄭氏當初強制要再給胡仲念娶妻，二哥哥都堅持只娶一人。

「娘子，五妹妹，竟是如此巧，咱們在此相遇了。」

「我帶著五妹妹出來散散心，我從沒來過這兒，聽五妹說這裡的豆腐齋很好吃，我們還準備帶一些回去給母親。」董秀湘指了指桌子上剛端上來的幾份齋菜，雖然是青菜豆腐，卻格外精緻，看起來甚是美味。

「我準備下山去了，我今日只在書齋那兒告了半天的假，還要趕回去聽先生講學，我來跟妳打聲招呼便離開了，妳好好歇息，可以在這寺裡頭多逛逛再離開，這後邊的景色當真美得很。」胡仲念看向自家娘子的眼中滿是柔情，不由得讓旁觀者跟著心中一蕩。

邵蘭慧更是被二哥哥這番模樣羞紅了臉。「二哥哥，大庭廣眾之下，快收斂起你自己的桃花眼吧，不知道的還以為你要變成一條大蛇把二嫂嫂給生吞下去。」

董秀湘被她的話逗得大笑。「妳這丫頭，竟然學會油嘴滑舌，是不是該打了？」

邵蘭慧吐了吐舌頭，選擇默默地低頭吃菜。胡仲念笑了笑也沒再多言語，可能也是意識到這附近人來人往，不是和自家娘子互訴衷腸的好去處，只是提了幾句話便起身離開了。

她們姑嫂兩人各自用了齋飯後，提了一盒子齋飯準備下山回府，誰料走到門口的時候竟然被一位年邁的和尚攔住了去路。

「這位女施主，請留步，施主面泛紅光，是有福之兆，請問可否讓老衲算上一卦。」

面對攔路的老和尚，董秀湘覺得他一臉騙子模樣，明擺著是來誆人的，算了半天就會忽悠人去捐點香火錢。「老師父，我們是湖廣胡家的，已經在後頭交過不少的香火錢了。」

老和尚並不把她的話放在心上，而是轉頭看著邵蘭慧。「這位女施主，老衲知道妳年幼父母雙亡，如今寄人籬下，如履薄冰，如今妳時來運轉，有福事降臨，還請讓我幫妳瞧上一瞧。」

這話說得董秀湘心中十分不快。她自己可是鄭氏乃至胡家口中的福星，何來今日被他這般忽視？況且，她確確實實是當初穿越辦事處主任親自承諾的「福星」啊，可見此人分明就是瞎算命，就是個江湖騙子。

「老師父，您還是別費力氣了，我家五妹妹可是不管家的，家裡的帳房都在我這兒打理著，我看您八成是討好錯人了吧。」

邵蘭慧膽子沒有董秀湘的大，只是一味站在一邊未曾言語，不想和這種人搭話，只是聽著二嫂言語。

「這位女施主可是胡家的二少奶奶？」那位老和尚聽出話裡的由頭，轉過身來看向董秀湘，心中大概也猜出七、八分對方的身分，便直接開口試探。

「不錯，敢問老師父是哪位？」

「哈哈哈哈哈。」老和尚捋著鬍鬚笑了半晌，過了好一會兒又定睛打量起董秀湘。「胡家的二少奶奶難道不認識老衲？怎麼當年胡家的人在上門提親的時候，不曾提及有一位和尚給胡家批了卦，指名了喜新娘救喜，可以興旺胡家嗎？」

董秀湘腦海中一閃，瞬間明白了，敢情就是這個老和尚說了自己是喜新娘，娶進門就可以替胡家二少爺沖喜，保管藥到病除啊！合著，這個老和尚不是江湖騙子，是自己人，是她和官人的大媒人啊。

「哎呀，原來當年就是老師父給做了媒！」她登時給老和尚行了一禮，又客客氣氣地詢問。「怎麼老師父當年算出我是喜年喜月喜日喜時出身，今日卻瞧不出我身上的不同來？」

她心裡也懷疑，這老傢伙當年是不是瞎貓碰上死耗子，不然為何今日對自己這般冷淡？

老和尚半晌沈默不語，過了許久才開口道：「我當年是借了別人的眼啊。」

董秀湘和邵蘭慧提著豆腐齋飯的食盒，坐在馬車上，原路返回胡府。

邵蘭慧還在為剛才那位老和尚的話，心中感到激動難平。她當真會遇到自己的命中貴人？她知道自己多年寄養在胡家，過著寄人籬下的生活，難免覺得委屈，事事謹慎。對於自己未來的婚事，從不敢抱有太大的希望。

而董秀湘就和她想的完全不一樣了，她只是納悶，怎麼那個老和尚能算出自己是個喜新娘，卻認不出自己呢？

比照當初鄭氏對他們董家人的肯定態度，只差沒有對董家人說，確認能救胡仲念的人就叫董秀湘了，反觀這老和尚卻沒有鄭氏的肯定？

她們到家的時候剛好是在晚飯之前，鄭氏也提前拿到這份豆腐齋飯，嘴裡還不住地誇讚董秀湘和邵蘭慧，說是自己想吃許久了，只是近來身子不大好，上不去雲中寺。

董秀湘聽聞她身子不濟，也就沒多留，藉口回房歇息去了，臨走的時候也沒有帶走心姊兒，只是抱走了銘哥兒。

胡仲念晌午從雲中寺出來便回書院裡，直到晚飯以後才披星戴月地回胡府，說他餓了大半天，直到忙完了才能回來用飯。

「怎不在書院裡和大家一塊兒用一些，反而偏要忍著餓回來再吃呢？」董秀湘一邊吩咐小廚房端些粥米煲湯來，一邊抱著銘哥兒看著眼前的胡仲念狼吞虎嚥地吃著桌子上的茶點。

胡仲念兩口一塊，吃了三、四塊糕點才停下來，又大口吞了一杯茶。

平日裡胡家二少爺總是彬彬有禮，克己復禮的模樣，鮮少有這般狼吞虎嚥的樣子，董秀湘見了也不吭聲，只是等他吃喝完，開口說事情。

果不其然，等胡二少爺吃飽喝足，他又眯起自己的眼睛，傻兮兮地笑起來。「娘子，妳可知道，今兒我和誰在雲中寺裡頭見到妳們？」

看著自家官人傻裡傻氣的樣子，董秀湘只是抿嘴偷笑，給面子地搖搖頭不說話，裝作一副全然不知的模樣。

「是趙兄啊，他那會兒剛陪我吃完寺裡頭的齋飯。妳再猜猜，他跟我說了些什麼？」

看著胡仲念一副隱隱約約帶著笑意的模樣，董秀湘也差不多猜出來了幾分，只是嘴上依舊憋著。「說了什麼呢？」

「娘子，枉妳一向聰明絕頂，竟然連這些都猜測不到，真是急人，他自然是見到咱們家的五妹妹了。」

看到胡二少爺著急地巴不得將情況一股腦兒地報給父母的樣子，董秀湘就覺得他縱然在才情上學富五車，可在日常相處之道上頭竟然是如此淺薄，就難免心裡頭感到好笑。

「可是他看上了咱們家五妹妹，揣著真心想來家中提親了？」

剛送了一口茶水進嘴裡的胡仲念，差點兒就嗆了一大口。「咳咳咳，娘子怎知道？今日趙兄正是在歸去的路上詢問我，是否能到咱們家裡頭說說親事，他是對五妹妹一見傾心了。」

趙亭勳上次來胡家是被安排來相看四小姐，因為男女有別，他並沒有瞧見屏風後頭的胡婕思和邵蘭慧，只是陪著胡家長輩們吃了一頓便飯。

今日在雲中寺，算得上是他第一回見到胡家五小姐。

只不過，他自認出身低微，家中又清苦，定然是配不上大戶人家的小姐，也指望自己能夠好生努力，將來在科考中能有一番作為。

「趙兄也說，他身分實在是低微，只求能在科考中取得功名，再回來迎娶五妹，並不敢奢求高攀咱們家的門第。可我也說了，他到底是小看咱們胡家，咱們宅子裡上到父親、母親，下到五妹妹，有哪一個是看重權位金錢的人呢？」

哼，董秀湘聽到這般辯解心中不由得嗤笑了一番。

遠的不提，剛剛說了親事的四姑娘，不就是一個看重名分地位的人？不然又如何日夜巴結胡家的長房？

「五妹妹自然是不會介意，可趙公子若是心中有芥蒂，咱們等等也無妨。反正你也覺得他將來是能成大事的，只要是真心待五妹，時間倒是不成問題，怕就只怕他將來反悔，有了功名又去娶什麼官宦之女了。」

秦香蓮的故事，董秀湘從小可是沒少聽過，有多少書生、公子，在得到功名利祿之後就拋棄糟糠，去迎娶當朝重臣的千金。

當然，這些故事的男主角通常是趙亭勳這般的出身。

「趙兄不會，他的為人，我還是信得過。」

胡仲念與趙亭勳算是書院中的同窗，也是馬場上的知己。兩個人算得上是被彼此的才情所吸引，才成為好友知己，自然是情誼深厚。他願意為趙亭勳打這個包票。

董秀湘看著胡仲念這般認真的樣子，只是笑了笑，沒再反駁。「這件事咱們從長計議，我會給趙公子一個交代的，你放心，我心裡喜歡五妹妹得緊，她的婚事我定然是比四妹妹更上心。」

這事按下不提。值得高興的是，二房在郊外的二十多畝田地，原本是一片荒地買到手中，經過一段時間的處理，這土地的種植能力竟然不斷地成長。

小丁子送來消息，說地裡頭如今已經可以嘗試種植一些糧食，並且不會再傷害土地了。經過一段時間的翻地、施肥、種植樹木保護等，已經讓這片土地的肥沃度提升頗多。當然這也和小丁子在郊外親力親為，帶著大家堅決執行胡二少奶奶的吩咐密不可分。

董秀湘拿著這張紙條，從頭到尾，從上到下，把小丁子好好誇了一遍，專門說給家裡頭小六子、立夏和小百靈聽，倒是把大家給酸到了。

「小丁子，這回你要看著他們佃戶好好把地給種植起來，我之前吩咐你的那些保護措施，還是要給我預備起來，免得後頭又把地給傷了，那絕對會影響咱們日後的收成啊。」

小丁子嘴上說著好，心裡頭卻十分彆扭。

他當初答應二少奶奶去莊子上幫忙，又把自己的弟弟放在二少爺的身邊，一是為了能幫著二房把產業置辦起來，二來是二少奶奶答應他日後一定把他從莊子上接回胡家。

可如今，眼看著莊子就要步入正軌了，可二少奶奶把自己召過來竟然半分都沒客氣也沒提到讓他回到胡府，他心裡開始對二少奶奶的做法犯嘀咕。

「是，謹遵二少奶奶的吩咐。」

剛打發小丁子回到莊子盯著下人們幹活，另一邊繡坊的人就找上門來。

相比莊子上的小有所成，繡坊裡的事情反倒是已經步上正軌，葛大娘將繡坊賺取的一千兩銀子送過來。

繡坊如今由擅長湖繡的繡娘們帶著學徒一塊兒刺繡繪製圖樣，速度漸漸變快，而那些學徒的手藝也是漸漸成長起來。葛大娘作為資深繡娘，時常幫著董秀湘盯著繡坊裡的各項作品，每個繡娘能拿到的工錢也是不少，大家心中都很是感激。

董秀湘為人也不小氣，拿出一千兩裡頭的二百兩銀子給了葛大娘。

「大娘，您拿回去給繡坊裡的繡娘們把銀子分了吧。具體怎麼分，您就按照大家日常刺繡的速度以及品質來看，若是繡得又快又好的，咱們就多賞。至於學徒們，也按照每人五兩銀子的標準賞給她們。當然，若是日後咱們賺的銀子多，能分給各位繡娘們的錢，就會比今日多出更多。」

葛大娘心裡頭歡喜得很。「二少奶奶真是待我們極好，若不是有這麼個湖繡繡坊，咱們這些老姊妹，還不是淪落到沒活兒可做，貧苦地過日子。您是真好心，賺了銀子還分給咱們那麼多。」

董秀湘只是客氣地對她笑了笑，又勸她別不好意思，這都是她們應該得的。

實則，她心裡對葛大娘這些湖繡的繡娘們十分放心，並不擔心日後會有其他布莊子、鋪子的來繡坊把人挖走。不過面對那些新加入的學徒們，她就不敢有這麼大的信心了。

總歸做生意要恩威並施，她反倒是想得通透。

而對於家中那筆爛糊塗帳，她只等著小百靈逮到機會，去喜鵲那兒套出什麼話來。

動作。

只不過，讓她沒想到的是，還沒等她有什麼舉動查出大房的不對勁來，大房就率先有了動作。

第二十一章

臨近秋天轉換冬日的時候，大少奶奶林氏就辦了一回賞菊宴，安排胡家上下到大房院子裡來賞菊喝黃酒。

董秀湘心裡只是納悶，既然要看顧兩個孩子，又何來那麼多閒情逸致安排一頓酒宴呢？這種事不是最讓人心煩意亂了？

胡家許久未曾全家人聚在一塊兒熱鬧了，鄭氏自然是求之不得，趕緊招呼府裡的人都來參加。這回就連一貫避不出現的胡仲念都從書房裡頭出來歇息了半天。

不過，一貫敏銳的董秀湘總是覺得背脊發涼，這場賞菊宴，絕對不簡單。

胡家大少奶奶林菀清自從生了雲姊兒，養了欽哥兒，就漸漸退出胡家宅院裡的活躍圈。其一是因為雲姊兒體弱多病，需要她格外悉心照顧，其二是欽哥兒似乎從小就知道自己沒了親娘，沒日沒夜地就是大哭。

幸虧鄭氏把大房的長女春姊兒帶回房裡養著，否則定然是要鬧騰得林菀清受不住。

湖廣兩省裡的大戶人家女眷們也都發覺了，胡家大少奶奶幾乎消失於各種宴會上頭，直到她這次張羅起賞菊宴。

董秀湘覺得事有蹊蹺，並不想前去，擔心自己被大房算計，可是一想到五妹妹和趙亭勳的姻緣很重要，賞菊宴是將兩個人撮合在一塊兒的絕佳機會，無奈之下，她只好跟著自家官人，夜半三更湊到一起，商量怎麼讓趙亭勳在邵蘭慧面前施展自己的才華。

「趙兄是學武的，他的馬術一等一的好。」

看著自家官人天真無邪的臉，董秀湘實在不忍心大聲訓斥他，只能用溫柔的語氣詢問道：「官人覺得，在一個賞菊大會上，咱們弄兩匹馬來，讓牠們在咱們家的花園裡跑步，畫面會不會太過於特別了？」

這胡仲念還真的當成什麼大事一般，仔細地想了半天，這胡家的宅院好像確實不夠大、不夠敞亮，沒辦法讓馬真的在後花園裡頭跑來跑去，要是真的撞壞後院那些什麼奇珍異草，胡先業還不得收拾了他？

「這可糟了，趙兄除了馬術甚好，就剩下射箭和槍法尚佳了，可是在咱們自家花園裡舞刀弄劍的，也不大好吧？」

董秀湘就此轉過頭去，不想再與胡仲念有任何溝通。

要不是成親生了孩子，她還不甩了這個木頭疙瘩？想撮合好友和妹妹的婚事都這般費勁，真是個笨腦子不開竅得厲害。

胡仲念不知道自己何處說錯話，還是賴著跟了過去，卻是在董秀湘那裡碰了一鼻子的灰。

雖然在胡仲念這兒沒得到什麼有用的建議，但事情還是要繼續，五妹妹的終身大事還是要幫著想法子。

別的暫且不提，那日在雲中寺，老和尚的話是實實在在進到邵蘭慧的耳朵裡頭。董秀湘如此通透，自然是看得出來二房的日子過得有聲有色，也實在應該給自己的妹子謀些好出路。

要說想點子出謀劃策，自然是三個臭皮匠頂一個諸葛亮，她隔天就叫了小百靈和立夏一塊兒來商量。

「二少奶奶，咱們還是現場提議吟詩，然後讓趙公子展示一下才華，沒準兒五小姐就動了芳心。」

且不說趙亭勳是不是詩詞厲害的人，五小姐邵蘭慧是不喜好吟詩作對的，反倒是四小姐胡婕思才喜好舞文弄墨。

「立夏這個小笨蛋，趙公子是要考武狀元，妳讓他去吟詩作對，這不是錯了道了？在場那麼多人，除了咱們家二少爺這個未來的狀元公，還有誰能有那麼多的墨水，這提議不是明擺著二房自己顯擺嗎？」

小百靈的話雖然聽上去有些玩鬧，可細細想來均考慮到其中的癥結，就連董秀湘都暗自感嘆，自己也沒有她這般分析得仔細。

「二少奶奶，依奴婢來看，咱們還是安排一齣英雄救美，這才像是話本或是戲臺上的事，咱們五姑娘肯定會芳心暗許。」

邵蘭慧平日裡除了陪著鄭氏這個養母到寺廟拜佛，也就是陪著她去其他太太、小姐們的家聽戲。自然，邵蘭慧也沒少看戲本上演的故事，什麼宅門裡的小姐和窮書生啊，什麼恩恩愛愛到白頭啊。

董秀湘猛地拍了一下自己的額頭。

對啊！這不就跟看韓劇看多了，喜歡浪漫的愛情故事同一個道理嗎？就按照戲裡的給她演啊。

二少奶奶此時也沒怎麼顧忌形象，站起來朝著小百靈的小臉蛋親了一口，然後歡歡喜喜地去小廚房吩咐要一碗海鮮麵去了。

反倒是立夏看著小百靈臉上的那一團紅暈，愣了半天。

不知不覺，來到林菀清宴請賞菊宴的日子。

林菀清雖說自從生產後，沒有再參與胡家對外的活動，可畢竟自己當初掌管胡家的中饋這麼多年，和各大門戶家的當家娘子們都熟稔得很。

此番辦賞菊宴，也是帖子一一送到，各家的當家娘子們都帶著各家的媳婦、姑娘們過來了。

此前，胡家二少爺臥病在床，緊接著又是胡家大少奶奶身子弱要生產，胡家已經好久沒有這麼熱鬧過了。

鄭氏自然是頭一個開心。之前大房和二房的滿月酒，因為張羅的人手不夠，沒弄出今日這麼大的排場，她卻天生就是個喜歡熱熱鬧鬧的人。

董秀湘管著家裡的事務也有一陣子了，不過她近來一直忙於察看家裡頭的帳目，安排鋪子裡的生意和繡坊諸多事情，自然是忘記張羅這種家庭活動。

眼看著鄭氏紅光滿面地在各位夫人面前誇讚自家的大兒媳林氏能幹，董秀湘卻不覺得有何刺耳。

鄭氏就是這般只看見眼前利益的人，能指望她對胡家有什麼長遠的打算？權柄握在手裡才是牢固的，胡家也不會因為一場宴會就把管家的權力還給大房。

胡婕思如今訂親了，名義上已經是半個知州家的兒媳，自然不再是之前那個婚事碰壁、見不得人的閨中丫頭，鄭氏也理應帶她出來應酬。

大戶人家的女眷，每一個都像個人精，把各戶人家裡裡外外的姻親關係都琢磨得通透。大家見到了這未來官家的兒媳婦，還不趕著奉承巴結？所謂風水輪流轉，前幾天還是讓大家嘲笑的待嫁女，如今就成了官家的準兒媳。

董秀湘依然安安靜靜地喝著自己的茶。

「二少奶奶，她們倒真是會見風使舵，之前都恨不得如何巴結妳呢！」

之前董秀湘帶著立夏參與了不少其他人家的宴飲，她初初管上家務，自然是對眾人客客氣氣、一副無毒、無害的樣子，而其他大娘子們見她好說話，便紛紛湊上來巴結，實則是想要從她這兒拿到胡家的好處。

「巴結什麼，她們巴結的是胡家，可不是我這個人，胡家誰拿著中饋，她們自然就巴結誰。」

立夏不再言語，而是繼續給二少奶奶添茶，免得自己笨，說了什麼不該說的。

「妳知道小百靈那邊準備得怎麼樣了？」

「一切都是按照咱們預定好的，剛才小百靈已經傳話來，還請二少奶奶好好等著收網就成了。」

董秀湘滿意地點點頭，心裡頭喜孜孜起來。要是真的能把這樁好姻緣給敲定了，也不枉她自己冒著被林氏算計的風險，來賞菊宴上拋頭露面。

「二少爺是不是還在書房裡好生看書？」

會試在即，董秀湘以胡仲念在用功讀書為由推脫了今日的賞菊宴。鄭氏自然是支持胡仲念好生讀書，他算是胡家在仕途上的唯一希望了。

「二少爺今日去了書院裡，好像今日先生有講學，估計不到晚上不會回來了。」

對這個答案，董秀湘表示她非常開心。

這會兒，林氏身邊的乳娘抱著欽兒哥從後頭出來了，一路上極其小心，生怕弄疼了他。

「大少奶奶，咱們小少爺或許是有些想娘親了，一直沒精打采的，奴婢斗膽帶著小少爺來瞧瞧您，給您請個安，您看看小少爺這份孝心吧。」

林氏聽了這話一臉感動，上前抱了抱欽哥兒，嘴裡呀呀地哄著。

身邊的幾位夫人一聽說這是胡家大房的少爺，都開始變著話誇讚起來。

「哎喲，這就是胡家的小少爺吧，哎喲，看看這濃眉大眼的，真不愧是胡家人的長相啊，將來啊一定是個聰明壯實的。」

她們誇讚的聲音大了些，站在董秀湘身後的立夏不由得捂著嘴，噗哧一聲笑出來。

「二少奶奶，就欽少爺那副瘦皮囊，她們還誇得出這話可真是難為她們了，要是讓她們瞧見咱們銘少爺，那還不說成是二郎神轉世？」

董秀湘嘴上說了立夏幾句，讓她說話注意些分寸，可心裡頭卻是樂呵得不行。反正這林氏是機關算盡，卻沒看明白胡家最重要的一點，就是要討好胡家的家主，她們的公爹胡先業。

沒有胡先業的支持，就算生出來的是如來佛祖轉世，也是徒勞。

正當來客們圍繞著林菀清的時候，外頭的小廝急急忙忙跑進來，一邊跑著，一邊還叫喊著。「不好了，不好了，真是不好了啊！」

這叫聲惹得眾女眷們驚慌失措，紛紛看向鄭氏。

林菀清心裡頭琢磨，立功的機會到了，也用不著自己去琢磨如何躲避此事了。「你慢慢說，咱們好好的，這是怎麼了？」

那小廝唯唯諾諾地說道：「回稟各位夫人、小姐們，後院……後院……失竊了！」

小廝的話音剛落，反倒是讓周圍的客人們神色一凜，開始驚慌起來。

失竊的事可大可小，若是只為錢財、手段高明的盜賊，那便全當破財消災了，畢竟丟些錢財，對於這些富貴人家來說也不算是大數目。可若是那些不要命的匪類來盜取財物，遇上些不顧後果、凶狠傷人的，可就危險得多了。

「胡二少奶奶，咱們趕緊去報官吧，萬一那盜賊要是傷了人……」

「蘇大夫人放心，我們胡家的護院們不是白吃我們胡家的飯，我會吩咐他們全力去查人，一定把人給抓出來，絕不會傷了大家。」

董秀湘的話說出來，讓四周原本緊張的人們神色都有了些許緩和。

「妳去跟那些護院們說，千萬別認真找，意思意思就行了，小心這事辦不成！」

湊過來的立夏對著董秀湘點了點頭，轉身跑出小院去遞話。

林氏沒有多在意，只是把它當作無關緊要的插曲，吩咐丫鬟們開始把小廚房裡蒸好的螃蟹都端上來。

漸有秋意，此時的螃蟹肉最是肥美，再配上性熱的黃酒，更是秋日裡的快事。

大家都紛紛入座，一邊等著螃蟹，一邊欣賞著花園裡頭的各色菊花，彼此寒暄。

「這算是如今湖廣最肥的河蟹了吧，看這個頭，就覺得裡頭蟹黃、蟹膏少不了，不愧是皇商之家，咱們在市場上還沒見過這麼大的。」

開口說話的人，是湖廣省裡做最大馬場生意的郭家大夫人郭白氏，話語裡明擺著在討好胡家，就連胡家皇商的身分都給搬了出來。

如今不是戰爭年代，馬匹生意也沒有那麼熱，尤其是南方的馬匹種類不夠凶悍，大多是供給各地的富貴人家騎射來用，比不得北方的馬種。

在湖廣的官商家眷裡頭，很少有人看得上做髒兮兮馬匹生意的郭夫人，尤其郭家原本就是在馬場裡摸爬滾打、白手起家的人家。

如此一來，郭白氏的話無非就是在討好林氏，拉攏胡家。而這樣一番舉動，在眾人看來，更是加以嗤笑。

林氏只是笑了笑，並沒有多回應，倒是一時間讓郭白氏白了臉，下不了臺。

眾人見狀更是摀著嘴巴笑個不停，連忍一忍、裝裝樣子都懶得費時間。

董秀湘不由得皺了皺眉頭，莫非這幫人不知道「人情留一線，他日好相見」的道理？

待眾人過了這會兒熱鬧，郭白氏低著頭悄悄退出林氏的身側，董秀湘才吩咐剛回來的立夏送去一杯參茶，稍稍示好，也不會真的用光胡家所有人情。

郭白氏接過參茶，神色中頗有幾分感激，礙於人多，自己又剛剛被眾人嗤笑，她便不好走去胡二少奶奶那兒跟她道謝，只是朝著董秀湘的方向點了點頭。

不過，董秀湘還沒來得及因為這事高興多久，外頭的喧鬧叫喊聲就傳了進來，幾名丫鬟破天的尖叫聲打破院內熱鬧的氣氛，大家都驚悚地看向院門外，只見站在門邊的丫鬟、小廝們全都驚慌失措，下意識往院內跑。

一個院子的女眷們都不敢上前去一看究竟，全都瑟瑟縮縮地朝著院子裡頭擠，董秀湘心下一凜，抬腳朝外頭走去。

立夏雖然也擔心，但事先心裡頭就有諸多的準備，不過也是納悶為何這事鬧得如此之大，不是跟小百靈說了儘量低調點嗎？

在眾人看來，這胡家二少奶奶真是膽子大啊，還敢去一探究竟。

剛走到院子口，董秀湘就看見一個拿著長棍的護院想要制伏一個黑衣人，卻被對方抬手一刀砍傷了手臂，流出來的血一下子就浸濕那人半個身子，流到了地上。

她不由得心裡一下子慌了起來，看了看站在不遠處的小百靈，以往機靈膽大的小百靈此時已經半癱軟在地上，大氣都不敢喘一下，瞪著大眼睛回看著二少奶奶，彷彿是在告訴她，自己是無辜的啊。

董秀湘眼神稍稍一側，瞧見小百靈身後跟著一個臉生壯漢，心下才變得一片清明。合計那個才是小百靈事先安排好的「盜賊」，那眼前這個拿著刀傷人的……莫非是真的匪盜？

胡家二少奶奶瞬間沒了底氣，雙腿一軟，差點步上小百靈的後塵。

身側的立夏立馬扶住她，主僕兩個人搖搖晃晃艱難地站在那兒。

董秀湘輸人不輸陣，咬著牙根，朝著那黑衣人說道：「兄台，請勿傷人，有話好說，我們願意破財消災，咱們都沒瞧見你的模樣，無須對我們眾人滅口。我們家是生意人，只要你願意放了我們性命，銀錢乃身外之物，要拿多少我們都給你。」

那黑衣人舉著刀，大笑了兩聲。「沒想到這麼大個宅子，還是個雙腿發軟站不住的女人來跟我談論這事，真是笑話！」

話音未落，遠處的屋簷上便跳下來一個黑影，映著月光和燭光，那人手上的什麼東西一亮，緊接著就是「咯噹」一聲，兩把利刃碰撞在一塊兒，那黑衣人明顯力氣不如對方，吃力地朝後一退。

「你這麼個小賊，還輪不到胡家的家主來收拾你！」

來人用手中的長劍舞出幾下招式，三兩下就把歹人打倒在地。他拿著劍抵著那人的脖頸，等著護院們把這傢伙給捆起來。

一個護院前來向二少奶奶回話。「回稟二少奶奶，這匪盜偷了咱們帳房裡的銀子、銀票還嫌不夠，便企圖來挾持女眷索要更多，他先後傷了咱們帳房的夥計和幾個小廝，奴才們不得已才到前廳去找老爺幫忙，剛好遇見了趙公子。」

待護院們綁好了那匪盜，趙亭勳才收了長劍交給下人，自己前來請罪。「二少奶奶，亭勳是救人心切，不是有意闖入女眷聚集之處，如有冒犯，還請二少奶奶替亭勳向眾人請罪。」

董秀湘此時早已經回過神來，剛才從屋簷上跳下來，揮舞著長劍的英雄人物，就是原本她劇本裡設定好的男主角啊！沒想到出了這麼大的岔子，男主角還是沒變。

「趙兄客氣了，幸好女眷們都在院內，不然定要被嚇得魂飛魄散，還是多虧了趙兄，不然這歹人衝進了院子裡，若是傷了一、兩位夫人，那就糟了。」董秀湘說罷又及時吩咐立夏。「快進去把事情大概稟報給夫人和大少奶奶，千萬別讓裡頭的夫人、小姐們出來見了血。」

看看這群丫鬟、小廝們被嚇壞的模樣，她閉著眼都能想像到，一貫養尊處優，連殺雞都沒見過的夫人、小姐們到底會嚇成什麼樣子。不過仔細一想，這些宅門裡的女眷們好像手上也不見得有多乾淨。

立夏看了看二少奶奶，小聲嘀咕了一句。「二少奶奶剛才也被嚇得不輕啊。」

當然，董秀湘選擇遺忘這句話。

「二少奶奶，這是亭勳在練武時常用的金創藥，用來給五小姐上藥會好得快些，注意傷口不碰水，想來也不會留下疤痕。」

董秀湘腦子裡一串問號飄過，什麼金創藥，什麼五小姐？不是剛才說只傷了小廝和夥計？

「五小姐？趙兄說的是蘭慧？」

好不容易她才反應過來，合著劇本裡的女主角也本色演出了？

「正是，都怪亭勳保護不力。」

董秀湘來不及去看趙亭勳渾身散發出來的擔憂和自責，只是大聲吩咐小廝快去把顧大夫給請過來。「快去，請顧大夫，讓他給我跑著過來，跑不動你們就抬著他跑過來！」

一干人等聽見二少奶奶擔心五姑娘的話，立馬開始行動，又是清理地上的血漬，又是把雜亂的院子收拾整齊。

院子裡手足無措的夫人、小姐們聽見立夏帶來的消息，都舒心地嘆了口氣，還有人好奇地試探著問了一句。「是誰制伏了那歹人？可是剛才從上頭跳下來的那團白影？是官府的人？」

立夏尷尬地癟了癟嘴，總不好告訴各位夫人，是二少奶奶為了讓趙公子按照事先設想好的「劇本」，對五小姐「英雄救美」吧？

「回稟各位夫人，那是我家二少爺的同窗好友，趙亭勳趙公子，他已經將歹人制伏了，現已經將人綁了送去官府，請各位夫人放心。」

大家一聽說那白衣男子制伏了一名凶狠的匪盜，紛紛讚賞起來。「還是胡二少爺交友不錯啊，果不其然是和那些出類拔萃的人同窗為伴。」

「那趙亭勳趙公子，不就是咱們湖廣高中武舉的？貌似還是第二名！」

「對對對，我也聽我家官人說了，就是第二名，不過聽說是個白衣出身。」

「白衣出身？那想必還沒婚配……」

鄭氏見眾人都七嘴八舌說了起來，一時之間亂了規矩，只得朗聲道：「還請各位夫人、小姐繼續入席，少安勿躁，咱們稍歇息片刻，繼續開席賞花吧。」

立夏見大家又安定下來，才喘了一口氣，行禮告辭，轉身去找二少奶奶了。

董秀湘趕到的時候，只見邵蘭慧淚痕黏在臉頰上，顯然是嚇得魂魄都飛出去了，手腕的衣袖上沾著血跡，應該是剛才被那夥山賊給誤傷了。

看到這番景象，董秀湘不免心中有一絲絲的愧疚。到底是因為她設計了這齣戲，才讓五妹妹受到如此的磨難，手裡拿著金創藥不自覺捏緊了幾分。

可邵蘭慧此時卻是冷靜的，並沒有尋常女子的哭鬧撒潑，只是眼淚含在眼圈裡，顫顫巍巍地拉過二嫂嫂的手腕，輕聲地說道：「嫂嫂，剛才……多虧有他。」

邵蘭慧這番樣子，更是加深董秀湘心中的愧疚，反手把她摟在懷裡，不自覺眼角也濕潤了。「我這兒有趙公子拿來的金創藥，咱們好好讓顧大夫給妳醫治，妳聽話跟著治療，儘量別留下疤痕。」

顧大夫這時候已經在外頭候著了，董秀湘擔心耽誤太久會影響她的傷勢，吩咐下人趕緊帶著她去二房的院子裡醫治。

受傷的小廝們也由護院們好生照顧了，董秀湘心裡有些愧疚，若不是她原本想演這齣戲，也不會惹得這麼多人受傷了。

董秀湘如今當著家，也就做主多撥了一些銀子給他們，多出的部分都從二房的開支裡頭扣。

等到她把這邊的事情處理得差不多回到大房院子裡時，卻瞧見那些貴冑富賈的太太們依然是樂呵呵的，觥籌交錯，半點也看不出這院子的不遠處發生過血光之災。

果然是歌舞昇平掩蓋住了暗潮洶湧，竟讓她莫名想起了「商女不知亡國恨，隔江猶唱後庭花」的詩句來。

董秀湘自己心裡難受半晌，見到這番景象，不免有些不快，可無奈在鄭氏面前還是要更加勤儉懂事一些。

然而，這些闊太太們這會兒的話題，全都是在旁敲側擊地打聽趙亭勳的身世問題。畢竟傳聞都是傳聞，沒有坐實的事情，她們還是想知道這趙公子到底是出身何處。

之前幾個專門圍在林氏身邊的那幾位夫人、小姐，此時卻是把火力對準了剛剛回來落坐的胡家二少奶奶董秀湘。

董秀湘面對突然看向自己的幾雙眼睛，卻是一時間覺得有點不太舒坦。

「二少奶奶，剛才門外解決歹人的，可是二少爺的同窗好友趙亭勳趙公子？」

二少奶奶身邊的立夏不自覺翻了個白眼，這話二少奶奶剛才不是都讓她說過了？怎麼又來問一遍？閒的？

「二少奶奶，這趙公子您可熟悉？他到底是咱們湖廣哪個趙家出身？」

「二少奶奶，這趙公子家中可有其他兄弟？」

董秀湘算是看明白了，合著這幾個人都是瞧見趙亭勳的傑出能耐，想要來打聽趙亭勳的家世到底如何。

她千辛萬苦布了局，讓趙亭勳和五妹妹有機會兩情相悅，怎麼能輕易讓這幫人撿了便宜？

趙亭勳是胡仲念的多年同窗好友，兩個人也是相互信任，相互理解。她家官人都看好的人，以後肯定要有一番作為的，她絕不會便宜了別人。

「趙公子是我相公的同窗好友，我從官人那裡也略聽說了一些。趙公子家境貧寒，只是普通的農戶出身，家中只有一名年邁的母親，那一身的好武藝，還是在馬場裡頭學的呢！」言外之意，趙亭勳家裡窮得很啊，沒爹不說，還是個馬場小弟，上不得檯面的，妳們誰去提親，誰丟人！

果不其然，大家都閉嘴不談此事了，轉而去說些別的話題，又詢問了幾番二房的小少爺才算作罷。

鄭氏連自己的五閨女受傷都不知道，哪裡又顧得上什麼趙不趙公子的。

董秀湘看大家對趙亭勳意興闌珊，便一副事情盡在自己掌握中的樣子，暗自得意起來。

林氏不動聲色地張羅完這次賞菊大會，並沒有折騰出什麼么蛾子，大房院子裡的人一個個都安靜得很，這也讓董秀湘有些納悶。

按照她的推測，大房林氏的管家權已經被她拿在手裡，那林氏就不會真的對她善罷甘休才對。家中的帳房銀子和鋪面房契前前後後被林氏吞了不少，她查出來的那些，也只有少部分拿得到證據，絕大多數都被林菀清掩蓋得嚴實。

如此心智的人，怎麼會甘心胡家的管家權下放呢？

她一而再地叮囑小百靈要找人盯緊大房，但是也不要過早打草驚蛇，以免讓她們覺得已經敗露，不敢做些什麼。

林氏的身子雖然因為有兒子以後心情好了些，可是畢竟她上次生產傷了身子的根本，如今又安排了一場賞菊宴，勞累之餘，林氏再一次病倒了。

所幸只是尋常的頭疼腦熱，沒什麼太大的煩擾。只是她一時間可能忙不過來照看三個孩子，尤其是雲姊兒和欽哥兒還小，雲姊兒又是胎中不足，格外弱小，需要乳母們日夜盯守著才能保證妥帖。

當晚，胡仲念從學堂回來，見到家中守衛變得森嚴，家丁們都格外謹慎，一副如臨大敵的模樣，心下還覺得奇怪。

回到院子裡對董秀湘說起，才知道原來是家中遭遇歹人了。

「五妹妹傷勢可嚴重？」

「我問過了顧大夫，他說還好，只是破了皮，雖不是一刀砍下去，傷口不深，但是基本上八成會留下疤痕。」

董秀湘嘴上說著，心裡頭難免又湧起愧疚之情。

胡仲念察覺到董秀湘的愧疚感，只得伸手去抱住她，將她的頭放在自己的肩上，輕輕拍了拍她的肩膀。「娘子莫要擔心。」

矯情完了，差不多應該進入正題了。

「官人可知今日是何人解救咱們於水火？」

胡仲念思考了片刻。既然自家娘子詢問自己，這個人必定是他熟識的，不然就他常年臥病、零社交的樣子，能猜得中嗎？

「是趙亭勳？」

董秀湘一臉驚嘆的表情看著自家官人。「真是聰明絕頂的男人！」

說完，她仔細思考了一下自己的這番話，覺得話不能說得太早，萬一以後真的絕頂了，那不是就完了？

「聰明過人吧，剛才的絕頂我收回。」

依偎在自家官人的肩膀上，董秀湘覺得很踏實。她有一種，自己找了一個小奶狗官人的感覺，甜甜蜜蜜。

胡仲念自然是抿著嘴抱著自家美人在懷。「好，娘子說什麼就是什麼。」

董秀湘想：我就說是小奶狗吧！

「趙兄今日不僅幫咱們抓住了惡人，還救了五妹妹。」

在胡仲念的一臉不可思議中，董秀湘跟他講述趙亭勳如何解救了被歹人挾持的邵蘭慧，隨後又惹得那些官家夫人們十分關注他的事。

正當她說得熱絡，小百靈從外頭端了參湯進門，聽見這一番話，心下不自覺撇了撇嘴角。「二少奶奶，您不是連五姑娘被挾持了都是最後才知道的？我怎麼記得，您只看見大家爭先恐後打聽人家趙公子的家世？」

被侍女揭穿了撒謊的真面目，董秀湘心下頗為不爽，一下子從胡仲念的懷裡起身，鼓著臉，斜瞪著小百靈。「就妳會說話！」

小百靈故意揭穿，惡作劇了自家主子，心下也知道，逃跑須盡快，放下手裡的湯盅，拔腿就走。「待會兒立夏來收，今兒不是奴婢值夜啊！」

在小百靈最後一步邁出房門之前，她聽見二少爺的聲音從她身後傳來。「娘子沒關係，我就喜歡聽妳講故事，妳說什麼我都喜歡聽。」

小百靈感慨，自己還是跑得太慢了。

胡仲念雖說大部分時間都用來讀書，可是關鍵時刻還是頗識時務。

經過自家娘子提點以後，他趕緊在鄭氏跟前，旁敲側擊說自己的同窗趙亭勳有多麼優秀，好讓鄭氏注意到他。

而董秀湘常常邀請五姑娘邵蘭慧來自己的院子裡小坐，不是她自己懶怠，實在是她自己不願意見到胡婕思那副欠她錢的模樣。

她就納悶了，這胡婕思怎就這麼蠢？分不清楚胡家現在誰得勢，非要跟著長房走，真是蠢得可以。明擺著林氏現在不再把持著胡家的中饋，而胡仲恩這位大少爺，陪著胡先業做了這麼多年的生意仍然不能獨當一面，難道還能指望他以後把胡家的生意做得蒸蒸日上？

恐怕現在覺得胡仲恩能擔當大任的，整個胡家就只有胡婕思一個人了。

邵蘭慧自從上次被趙亭勳從歹人手中救下來，就已經對那個救了她的英雄頗有些好感。甚至是更早，早在當初隔著屏風陪四姊姊一同相看那幾個少年的時候，她就對趙亭勳印象深刻。

她覺得，趙亭勳身上有一種自己幼年時陪伴自家父親的感覺。

邵蘭慧自小就寄人籬下，性子極為敏感，有了想法也不會輕易表達出來。

董秀湘深諳邵蘭慧的性子，便常常去詢問她，到底對這位趙公子有什麼心思，是不是覺得他看起來可靠。

不過，作為二嫂，她當然不能撮合得過於明顯，只是不斷給自己尋找藉口。「哎，妳也知道我娘家有個表妹還沒許配人家，我娘家人窮，也就不在乎這趙公子家裡頭有錢沒錢，就算是他家裡窮，估計也得認了。」

誰想到邵蘭慧一向軟茄子般的態度忽然就變了。「趙公子家中雖不是富賈官宦，可是他足夠優秀，是不該因為他的家境而被否定的。當朝的多少官員，都是布衣出身呢。」

董秀湘抿著嘴笑了笑。「那，我就準備幫趙公子跟我表妹說親事了？」

董秀湘一邊操持著家中預備的婚禮諸事，一邊心裡由衷感慨，小姑娘還是小姑娘啊，就是禁不住勸，也禁不住被激將。

前腳她剛說要把趙亭勳說給自家的表妹，邵蘭慧後腳就忍不住了。

邵蘭慧面子上還是咬牙死撐，背地裡卻已經和趙亭勳聯繫上，並且委婉表達了自己對他的感情。

結果兩人一拍即合，趙亭勳直接登門求親。

別說鄭氏嚇了一跳，就是一手撮合兩人的董秀湘都嚇了一跳。

兩人進展得這麼快？不是前兩天才試探五姑娘，這麼快兩人就商量好來提親？

用心琢磨一下，董秀湘就猜到這兩個人可能已經互通了想法，彼此都知道了對方的心意，沒準兒就是想等著趙亭勳明年到京城考試歸來，再商討婚論嫁的事。

其實，胡家二少奶奶也猜得差不多了。

那日，趙亭勳救下了邵蘭慧，兩個人已經是心意相通了七、八分；再加上兩個人隔著高高的院牆，用手帕包著石頭來傳遞彼此之間的消息，更是使得兩個人的感情越加深厚。

在邵蘭慧心中，此番心意更加像戲文裡寫的那般，讓她覺得甜蜜非常。

鄭氏原本對趙家的家境有些動搖，可見胡老爺和念哥兒媳婦一力促成，加上五丫頭是個養女，畢竟沒有自家四丫頭尊貴，也不說什麼話了。

總之，鬧騰到最後，只有董秀湘一個人忙前忙後張羅邵蘭慧的婚事，而其他人，自然是該忙什麼就忙什麼了。

鄭氏自然是忙著幫自家四姑娘添置嫁妝，雖然沒能讓胡婕思隨了心意嫁到高門大戶，可是知州家的公子，自然也不是什麼小號人物，更何況這位挑選好的女婿還是柳知州家中的嫡長子，日後是可以繼承家業的，就算將來讀書上沒什麼出息，還是能承襲家中的產業。這位柳大人雖然官位不是很高，可嫡系的親戚裡倒是有在京城六部裡做事情的人。

鄭氏的小算盤打得噼哩啪啦響，將來興許七繞八繞的關係，還能幫得上胡家的忙。為了不讓自家女兒進到官宦家裡頭被嫌棄，鄭氏自然是準備了豐厚的嫁妝，鋪子、房契、金銀、玉器一樣不少，就連珍貴的古董花瓶也是雜七雜八安置了不少裝在箱子裡。

相比之下，董秀湘對於邵蘭慧的嫁妝安排，就非常頭疼了。能讓她遵循的祖訓實在有限，按照分例安排嫁妝的數都是固定的，她自己沒辦法做主加多少，最多就是她自己掏腰包給些銀子。

董秀湘近些日子一直忙著自己的繡坊還有城郊的那些地，一時間騰不出那麼多錢來。就算她出得起那麼多的錢也無濟於事，畢竟沒有道理說是嫂子給添嫁妝的，嫂子給的不該越過母親的那份。

鄭氏如今一心只有四姑娘，只想著自家姑娘不能在大戶人家面前丟面子，至於嫁到普通人家的養女，她總覺得畢竟瘦死的駱駝比馬大，哪怕是帶著一整年的月例銀子都能嚇死那戶人家了。

總歸一句話，鄭氏就是沒對邵蘭慧上心。

董秀湘思來想去，還是去找胡家家主來商量這件事。既然女主人不出主意，那就只能找男主人了。

然而，胡先業很早就考慮好了，只是吩咐董秀湘叫邵蘭慧到他書房去一趟，事後董秀湘也只是聽說五姑娘從老爺書房走出來的時候，紅了眼睛，此後胡先業沒有再提什麼關於嫁妝的事。

董秀湘之前仔細查帳，留意到家中庫房裡，胡先業留下幾個大箱子，上頭的封條寫明是邵蘭慧的嫁妝。

當董秀湘旁敲側擊透過邵蘭慧提起這個話題時，邵蘭慧只是紅了眼圈，說自己並不在意嫁妝豐不豐厚的事。

在二少奶奶眼裡，這件事八成是父女倆關起門來解決掉了，不過看胡先業的態度，說明這事不能跟任何人說罷了。

她自然也不好討人嫌，只當沒有這回事。

第二十二章

彼時，三房的人也在忙碌。胡仲意考取了舉人，距離會試已經迫在眉睫，以他的水準去參加會試自然是沒什麼機會。

他考了這些年，今年才沾著邊考上舉人，可畢竟這些年他都和那群狐朋狗友們吟詩作對，沒什麼精力研究書本，之前又出了妾室的事，鬧得更是滿院子都跟著頭疼。

如今老三媳婦燕雲夢懷了孩子，讓他自己稍微收了收心，稍稍看進去些書本了。只是今年的會試，他打心底並不想去試一試。

一是路程太遠，從湖廣到京城，怎麼說也要個把月，在路上也是耽誤他自己的學習進度；二來，他參加科考無非是襯托自己的兄長，反正胡仲念高中基本上是成竹在胸，而他卻是求都求不來機會，又何苦呢？三者，他自己也不願意白白往京城跑一趟，去唸書又不是去享福的，路上的清貧苦悶顯而易見，能少去一次就少一次。

這是胡仲意自己心裡頭琢磨出來的。

三少奶奶燕雲夢可不是這麼想，她心裡頭糾結得很，臨近產子，她希望胡仲意能夠陪伴在自己身側，雖然成婚以來，夫妻兩人的相處並不是十分融洽，可是好歹兩個人也是同床共枕了許久，感情多少還是有一些。

女人生產都希望自己的男人能夠陪在身側，陪著自己一同去等待一個新生命的降臨。另一方面，她不希望自己耽誤了官人的前程，畢竟胡仲意未來如何也是她和肚子裡的孩子受益。

若是他今年在會試能夠一舉得中，比如今的秀才舉人什麼的，身分高出不少來。在二房面前，她不會再低人一等；在鄭氏面前，也能得到一波寵愛。重新在婆母面前有了臉面，對自己的娘家也算是有了交代。

各方利益之下，她覺得胡仲意應該趁著今年去參加京城的會試，自己的生產是最不重要的一環。

燕雲夢心裡頭糾結，嘴上卻硬得很，不肯向胡仲意透露自己的心思，最後遭罪的也就只有自己的身子。畢竟思慮過多，對於月分較大的懷孕女子來說，總歸是不安全。

燕雲夢的肚子一天天大起來，心思也越發沈重，身子狀態也越來越糟糕。單單就面色看上去，都格外蠟黃氣色不好。

反倒是胡仲意自己樂得自在，半點也沒影響到，覺得自己已經妥善解決了此事似的，該吃喝的時候半點都沒虧待自己。

對於讀書的事情，胡仲意也是漸漸放下，心裡想著距離下次的會試還有兩年，反正也是不急。

大房那邊也是手忙腳亂，胡仲恩幫著管理的鋪子出了問題，說是賣出去的布料中混著殘次品，以次充好。因為這事，胡仲恩只得前後忙著，先找衙門的人商量寬限幾日私下處理，再張羅著給那些買了這批布的人退貨、退銀子，又要處理那些買了好布料卻懷疑自己買了次貨的客人們。

最頭疼的是，好些別的鋪子的客人們也開始想要退貨，如此一來二去，胡家布莊的名聲就被影響了。原本只是幾家店鋪的事，可如今卻是滿湖廣的鋪子都開始來人鬧騰，一時之間讓人覺得手忙腳亂，有一種一波未平、一波又起的意思。

鋪子裡每日都有前來退貨的客人們，街頭巷尾的鄉親們也都對胡家的布料議論紛紛，大家覺得胡家就是把好貨送到皇城裡，留給自家湖廣百姓的都是些爛東西，是個滑頭的奸商無疑。

如此一來胡家的名聲也漸漸變差了。

胡先業為這事直接頭疼得病倒了，他覺得自己一手帶著在商場上摸爬滾打的孩子，怎麼還是這般不中用？

這胡仲恩自小就跟著胡先業在布莊裡學習，如今卻鬧出這般事情來，著實讓胡先業覺得這個大兒子有些爛泥扶不上牆，一怒之下，就將胡仲恩關在大房的院子，勒令他不得出來。

大房的林菀清也因為這事心情不好，身子軟軟地又病了好一陣子，一時間無暇顧及三個孩子。

但是，一頓慌亂之中，只有胡仲念能堅持每日去書院，回來以後安心溫習書本，只是偶爾去探望病了的父親而已。

董秀湘心裡由衷佩服自己的官人，能夠在慌亂之中還堅持本心的人，恐怕在這世上不多了。受了胡仲念的影響，董秀湘自己也堅持忙碌於自己的繡坊之中，力求讓繡坊生意更上一層樓。

由於胡先業身子不適，加上胡家莊子上又一堆的亂事，鄭氏就提出要不先把喜事往後頭挪。

原本四姑娘和五姑娘都把日子挑好了，如今要改時間，她們原本待嫁的心思也浮動起來。

胡婕思定然是不願意的，因為柳大人家裡親自算好日子，自己的嫁妝又都已經收好封箱，她自然是不喜歡把事情延後，畢竟結婚這事還是能讓她出盡風頭。

董秀湘卻是心下如明鏡一般，早晚邵蘭慧和趙亭勳的婚事都能成，也不急於一時，便勸說邵蘭慧將婚事延後，畢竟孝道為先，更何況要是等趙亭勳考取功名再回來迎娶，那場面自然會不一樣。

她倒是不擔心到時候趙家飛黃騰達了會賴掉這門親事，那趙母在訂親的時候，董秀湘自己也見過，她是個和善的人，也對蘭慧頗為滿意，並沒有因為邵蘭惠是大戶人家的養女就瞧不起。

鄭氏也是感慨五姑娘體貼，只是對自己的寶貝疙瘩無奈至極。

最終在幾番商討下無果，還是按照原定的婚期，把胡婕思給嫁出去了。

董秀湘心裡倒是坦然，反正她無所謂，這四姑娘本來就瞧不上他們二房，一味巴結大房，她也懶得去拉攏。

那個什麼狗屁知州柳大人，她安排人去查過底，不過是跟京城裡的人沾親帶故，混得一官半職，算不得什麼真正的書香門第，那位柳公子也不是個規規矩矩的人，據說是秦樓楚館的常客，說不定在外頭還有什麼紅粉知己。四姑娘早嫁出去，她也早點省心。

然而，面對胡仲恩留下的大麻煩，以及臥病在床的胡先業，還有一門心思只知道學習的胡仲念，和不愛學習也不愛做生意的胡仲意，董秀湘只能深深嘆口氣。

哎，這個家的事業，好像只有她能來處理了。

胡先業臥床不起，雖然不是什麼大毛病，可顧大夫悄悄告訴了二少奶奶，這老爺的病是有隱疾的。

胡老爺這個歲數，隱疾是可大可小的。若是日後稍有不注意，再讓老爺子急火攻心，那病情可就來勢洶洶，連他也不一定能保證有得救。

董秀湘知道胡老爺是對長子的無能感到難過。胡仲恩是他一手養在身邊的，手把手教他做生意，幾乎是傾注胡先業的全部希望。他指望著其他的兒子考取功名成才，家業也就想著全部交給胡仲恩。

只是可惜，這麼大的擔子放在胡仲恩的身上，卻是半點用都沒有。不成樣子的，還是不成樣子。

這個時候，胡先業躺在榻上，喝著中藥，心裡千萬次感慨鄭氏這個漿糊腦袋的遺傳基因太過於強大了。

胡仲恩就是隨他娘。

放眼望去，胡先業也就覺得只有二兒媳這麼個明白人，能處理好生意場上的一團爛帳。鄭氏軟得沒有半分主意，又蠢鈍不堪，只會坐著享福，別說做生意了，就連弄清楚胡家內宅的事都費勁。

胡仲念一門心思考科舉，壓根兒就沒有閒暇。至於三房，就更不用說了，那是個連活都活不明白的瀟灑浪蕩兒。剩下的人不是太小，就是完全拿不出個主意。

算來算去，也就這一個辦法。

鄭氏照顧在胡先業的身側，卻是半件事都沒看清楚。她只是不解，為何家業要讓一個女人來管著？真當胡家沒有男人了？

「老爺可是糊塗了，已讓老二家的管家裡頭的帳本了，怎麼還交代給她生意上的事情了？」

胡先業看著鄭氏的樣子就怒從心中起，但凡她腦子好使一點，胡仲恩也不至於犯渾到敢以次充好，這不是要毀了胡家布莊的金字招牌？誰不知道現在朝廷裡正值換官員的時候，行內所有人都風聲鶴唳的，也只有胡家現在踩了第一腳的雷。

「她不成，難不成我讓妳去？」

胡先業斜著眼睛看了一眼坐在一旁的鄭氏。

鄭氏雖然腦子糊塗，可好歹有一個優點，就是聽自家老爺的話。她看著胡老爺的神情，多半心裡頭就慫了下來。反正她知道自己是不成的，還是少提不讓老二家的負責為妙。

「我一個婦道人家，我懂什麼啊，還不是全都聽老爺的。」鄭氏轉念一想，這生意不能一直交給一個媳婦吧，總要還到老大的手裡。

可這老大如今卻被罰在院子裡閉門思過呢。

「那老爺準備把恩哥兒關多久啊，該認錯也認了，該賠的錢也都賠了，都要算在老大的帳上，這還不成啊？」

提起胡仲恩，胡先業就吹鬍子瞪眼睛。

「哼，我巴不得關他一輩子，知不知道他這次真的闖了大禍，要是只有他手下那幾個鋪子也就算了，現在咱們好幾處的分號接到的單子，都開始質疑咱們胡家布莊的貨不好，現在就是我長了一百張嘴也說不清楚。」

「那到底有多嚴重啊，咱們賠錢不就成了嗎？」

鄭氏不知道，做生意重要的就是那塊招牌，這一塊招牌，可是辛辛苦苦幾代人打下來的。

「賠錢？這事往大了說，可能讓咱們胡家一個錢都賺不到。」

這話一出，鄭氏才意識到問題的嚴重性。她嫁到胡家來的時候，胡先業的生意就一直蒸蒸日上，她也沒怎麼在胡家吃過苦，要是突然間胡家的招牌倒了，鄭氏估計也是過不下去了。

她急得站了起來，說什麼也要去大房找胡仲恩，好好數落他一頓。

「行了行了，妳就消停些吧，生意暫時就別叫他碰了，我只求這事能快些解決了。」胡先業話還沒說完，就覺得心口一陣疼痛，嚷著要瞇著眼休息一會兒，鄭氏也就不好再打擾。

一出房門，鄭氏就問了身邊的郝嬤嬤。「妳知道恩哥兒到底為啥會犯這麼大的錯嗎？」

郝嬤嬤搖了搖頭。「我覺得，老爺就是對大少爺太有指望了，所以難免嚴苛一些，話也就說得重了一點。」

鄭氏聽了這話只能嘆口氣。「我當初就說，恩哥兒不是很聰明，念哥兒聰明，叫他帶著念哥兒去做生意，結果他偏偏不聽，說什麼都不肯叫念哥兒，現在自己倒是後悔了，唉。」

董秀湘接手鋪子裡的這個爛攤子，心裡是十分想罵人的，以至於接連著好幾天她的脾氣都不是很好。

立夏也是稀裡糊塗的，搞不清楚為啥二少奶奶這麼生氣，無奈之下只好問問比她聰明的小百靈。

可小百靈也是有些一頭霧水。「立夏姊姊，妳不要覺得我什麼都能弄明白好不好，我就是個粗使丫鬟出身的。」

「可二少奶奶總誇妳聰明，就從沒誇過我。」立夏只能小聲忿忿不平。

董秀湘也不是個鋸嘴葫蘆，有啥話該說就說。

「妳們呀，都沒看出來，這不是好事，不然也不會這麼快就落到我的肩上。」

雖然公爹是個好人，可還是個有自己心思的賊老頭。他自己不喜歡得罪人，想要好名聲，惡人就讓她這個揹鍋俠媳婦出面，真是打得一手如意算盤。

她嚴重懷疑，是不是他故意說自己特別不舒服，閉門養病的？

「可是，這也讓咱們二少奶奶進了前頭的帳房和鋪子，這不是相當於管家的好事嗎？」

立夏的認知裡，管著家裡的錢就是掌握了財政大權，就是家裡頭說了算的人，這就是好事。老爺把這麼大的事交給她們二少奶奶，就證明二少奶奶在胡家有地位。

「當然不是。」董秀湘伸手去打了一下立夏的小腦袋瓜。「這次是真的波及到鋪子的名聲，要是公爹出面，這個事處理不好，以後提起胡家布莊，首先會想到的是胡家老爺怎麼樣，只有明白內情的才會說，這是大少爺犯下的錯。」

小百靈一經提點，已經明白大半。「哦，奴婢明白了，要是讓二少奶奶出面，這個處理問題的壓力就到咱們二少奶奶的身上了。」

「聰明。」

董秀湘比著大拇指，給了小百靈一個讚。

「那老爺到底是看好二少奶奶呢，還是故意欺負咱們二房啊？」立夏覺得自己被一堆彎彎繞繞纏住了，腦子根本轉不過來。

董秀湘心中還是把胡先業歸在胡家的好人陣營裡。「當然是比較看好咱們二房啊，妳以為這種機會誰都能給嗎？」

要是董秀湘處理得好，讓公爹另眼相看，沒準兒日後真能有機會一展她的商業才華。畢竟她自己的繡坊生意暗地裡辦得有聲有色，這些日子沒少給她賺銀子。

在胡家布莊鋪子那些掌櫃和夥計們心裡，都知道胡家的二少奶奶是個小商販出身，原本是嫁到胡家給病秧子二少爺沖喜的。可是轉眼不到兩年，二少奶奶搖身一變，已經給胡家生一對龍鳳胎，還把自己的病秧子相公給治好了，現在還成了湖廣的新科解元。

原本就是個沖喜的妾室命，還要時不時擔心會不會一進門沒多久，男人就兩腿一蹬上了西天，結果現在成了堂堂正正的少奶奶。

人人都覺得，胡二少奶奶算是個傳奇人物。可她到底是個出身不高的人，處理起鋪子裡的事情也要靠運氣嗎？

董秀湘先是去鋪子的庫房裡，清算了一下收回來多少次級的布疋，又瞭解一番這些布疋到底都有什麼劣質之處。

大掌櫃的介紹完基本情況以後，董秀湘不禁咂咂嘴。

果然是人不可貌相啊！沒想到胡仲恩看起來老實，結果卻爆出這麼大的雷來。

原本胡家的布料都有七、八道工序，並不是十分快速就能出貨，而上次一筆極大的買賣，是交易到山東去的。因為時間緊，工人們又有限，胡仲恩就做主減少兩道不起眼的工序，結果很快就把那些貨給出完了，還餘下不少。

山東那邊的客戶是第一次在胡家買布，也是奔著皇商的名義，便沒多加檢查，拿到貨就走了。

餘下的那些布疋，就收歸到胡仲恩名下的鋪子裡，他自己做主把這些布疋販售出去。在湖廣的人們知道胡家布莊的布料質感，優勢在於耐磨、結實，然而少了兩道工序的布料恰恰變得脆弱不堪，一時之間讓大家覺得胡家的布偷工減料，在矇騙大家，這才爆發了後續的事情。

董秀湘大概瞭解事情的原委以後，提出讓大掌櫃去聯繫山東那邊的客戶，要求把布料全都追回，並且承諾重新完成單子上約定好的布料疋數，多給一些時間，她會叫人親自押送過去。

大掌櫃沒想到二少奶奶竟然敢下這麼大的承諾，一時間驚住了。「二少奶奶，您可知道，這成本可是……」

「那你是覺得，咱們胡記是少賺一年的銀子，還是這輩子都不要再賺銀子了？」

見大掌櫃說不出話來，董秀湘卻是調皮一笑。「也沒我說得這麼嚴重，大掌櫃別見怪，咱們都盡力就好，這事還要麻煩找一個在鋪子說得上話、有身分的人去親自遊說了。」

大掌櫃心裡為自己捏了一把汗，他感覺二少奶奶這是要吩咐他去山東辦事，可董秀湘最後點了二掌櫃，倒是讓他鬆了一口很大的氣。

鋪子上的事情處理起來繁雜得很，董秀湘既要追回布料，又要積極配合大家的退貨。她的原則是，儘量滿足此時大家的意見。

即使她做到這個分上，還是有很多老顧客指著胡家的招牌罵人，首當其衝的就是胡家老爺和這位忙前忙後處理事情的二少奶奶。

董秀湘心裡安慰自己，不管怎麼說，都是一次露臉的機會，別太往心裡去。另一方面，她沒少在心裡咒罵大房的胡仲恩是個王八蛋。

在這麼亂的情況下，胡婕思倒是熱熱鬧鬧地把自己嫁到了柳知州那兒去。

她心裡也擔心，家裡鋪子的事若影響了這樁好不容易搭上關係的婚事，豈不是得不償失了？

雖然外頭亂作一團，可是胡家內裡還是因為嫁閨女的事和樂融融，胡先業因為嫁第一個女兒，還高興地出席婚宴，那嘴角揚上去後一個晚上都沒下來。

董秀湘想：你這個老傢伙不是說你生病了？

胡仲念也因此事休息了一天，沒有去書院裡溫習。看了看身邊操勞了好些日子的娘子，他心裡沒來由地心疼起來。

「娘子該多注意注意身體，妳生了孩子也沒多久的時日，要好好養好身子才是。」

董秀湘苦悶地只能不停地搖頭。「真是裡外一團糟，你說這個節骨眼，大哥在禁足，大嫂和公爹的身子又不大好，四妹妹非要結什麼婚？」

話裡話外的意思就是，這小屁丫頭就不能消停點？看看人家乖巧的五妹妹好嗎？

「四妹自小被母親寵大，五妹妹則是深諳自己寄人籬下的道理，懂事是自然的。」

果然，沒有人是隨隨便便長大的。

「好在你四妹妹的婚事用不著我操心，都是母親在處理，不然我真是要頭疼死。」

家裡家外都是董秀湘近日來一手操持，難免會分身乏術。這幾日來，夫妻兩人雖是睡在同一張榻上，可前後沒打過照面，不是董秀湘忙完看見胡仲念先歇息，就是胡仲念學習回來後看見董秀湘已經睡了。

還是要謝謝胡婕思的親事，讓兩人有機會見面、說話。

胡仲念雖然對讀書的事很執著認真，但是對於家中的事情他也不是完全的傻子。「兄長的事情難為妳了。」

他伸出手放在她的手背上，輕輕地拍了拍。

董秀湘長舒一口氣，側著身子半靠在他的肩膀上。「真是難得聽到一句安慰我的話。你不知道，近來我在前頭都聽不到什麼好話。」

「妳是女子，跑到前頭去做這些本就是不該，更何況還是我們胡家有錯在先。也是我自小沒什麼做生意的頭腦，一門心思只知道看書、溫習、考取功名，不能幫著父親。」

董秀湘再次感慨，胡家公爹是十分有智慧的一個人，怎麼生下來的孩子裡頭除了自家相公有讀書的腦子以外，其他人怎麼都顯得愚鈍。莫非真的是鄭氏的基因太強大了？

外頭漸漸傳來喜樂的聲音，估計是柳家接親的人已經到了門口。

董秀湘不便再躲在裡間，只得收拾一番釵環，準備和胡仲念一塊兒出去。

雖然胡家的生意經歷不小的事，可是以往有交集的那些人還是願意前來慶賀，可見到底是瘦死的駱駝比馬大。

一番敲鑼打鼓歡天喜地，胡家人終於把胡婕思送上花轎，跟在後頭的是三十六箱的陪嫁，浩浩蕩蕩，很是氣派。

裡頭有二十幾箱都是鄭氏當初抬過來胡家的嫁妝，還有她自己的私房錢添置的。也就是說，按照家規，每個女兒都有十幾箱陪嫁，也不知道回頭邵蘭慧會有多少了。

胡家原本結交的富貴商賈們都來參加婚禮並集體表示祝賀，可城裡來往看到此番景象的百姓們卻是心裡不大爽快。

剛騙了大夥兒這麼多錢，轉頭在嫁女兒的時候弄出這麼些嫁妝來，不是黑心商賈騙良民的錢嗎？

見狀，大夥兒怒從心中起。

這也是一直以來讓董秀湘頭疼的事。既然已經因為鋪子裡布料的品質問題讓湖廣的百姓們不滿了，為何還要歡天喜地高調嫁女兒？嫁女兒就算了，還非要熱熱鬧鬧弄出來二十幾箱的嫁妝？這不是明擺著告訴湖廣的百姓們，你們看清楚了啊，我們給姑娘準備的嫁妝，可是從你們身上搜刮來的銀子，專門欺負你們這些平頭百姓。

這一齣真的是讓董秀湘頭疼，簡直就是她一個人在極力挽救胡家的聲譽，然後整個胡家不領情往相反方向走。

董秀湘心想：帶不動。

反正，禍兮福所倚，總歸是把胡家的任性大小姐嫁出去了，掌握胡家內院鑰匙的二少奶奶算是鬆了一口氣。

原本屬於胡婕思的院子，如今給邵蘭慧一個人居住了。

只是邵蘭慧念及胡婕思原本霸道的性子，依然是居住在偏房裡，不曾把東西搬進正房去，免得讓胡婕思歸門的時候又心裡不痛快。

趙亭勳在胡仲念兩人的指點下，帶著自己的母親前來胡家下聘禮，互換庚帖，算是訂下親事，說要等到會試過後再回來迎娶。

實際上，為了給胡先業挽回面子，這是胡仲念和董秀湘想出來最好的藉口。總不能說，他們是心疼父親身子骨兒不成，承受不了兩場親事吧？

胡家老爺雖然嘴上沒說什麼，但心裡對邵蘭慧這個養女是明鏡一般，知道她是個孝順的好孩子，對於她和趙家的婚事還在私底下問過董秀湘。

「老二家的，妳覺得這趙亭勳家裡頭是不是太過清貧了些？咱們家蘭慧雖然不是我親生，可多年來我沒讓她受過委屈，她也沒過過清貧的日子，我怕她嫁過去了會吃苦。」

這樣的話在鄭氏那裡從來聽不到，可男主外、女主內，胡先業沒什麼機會去照顧、瞭解邵蘭慧，說這樣話的機會著實不多。

聽見這話，董秀湘心裡既替邵蘭慧高興，也有些心酸，怎麼這個年代的人都不懂得什麼叫做績優股、潛力股嗎？

「父親，亭勳是官人的同窗好友，學識、武功自然是看在官人眼裡，而且他如今又中了鄉試武舉第二名，不久又會和官人一道同行參與會試，定然會取得功名，以後五妹妹也不會過什麼苦日子。」

顯然，胡先業對於自己兒子和未來女婿的信任感是完全不同的。

面對兒子參加會試，他覺得自己的兒子說不定能得中三甲。而在未來女婿參加武舉的問題上，他倒是擔心他會不會取得功名。

不過，董秀湘心裡也能理解一二，畢竟兒子唸不得書就去布莊學習幫襯生意，也餓不死；換作女婿要是不成，來了胡家幫忙，不變成了倒插門？那被嘲笑的可不僅僅是女婿，女兒的日子也不好過。

「父親放心，我和仲念都很信任趙兄。」

在胡先業先後找了董秀湘、胡仲念以及邵蘭慧親自討論過這個話題以後，他才放心踏實地接受了這親事。

第二十三章

胡家內部的婚事問題解決以後，布莊的二掌櫃從山東帶著好幾車的布匆匆趕回來，加上大掌櫃在湖廣追回來的那些次等貨，也都存在庫房裡。

董秀湘親自和大掌櫃學習如何辨認這些好貨和次貨，隨後又帶著夥計和大掌櫃去庫房裡頭挑揀，將湖廣百姓們退回來的那些貨都做了區別，把真正的次貨拿出來，因為不信任而被誤認為是次貨的好貨也單獨存放起來。

接連幾天的忙碌，董秀湘都親自在店鋪裡跟著夥計、掌櫃們一塊兒張羅，難免會落人話柄。

尤其是胡家宅院裡頭的下人們，好些都是和布莊上的夥計們沾親帶故，彼此互相這麼一對話，就發現原來是胡二少爺專注看書，無暇顧及少奶奶，二少奶奶才整日和一幫臭男人混在一起。

「不檢點啊，二少奶奶這真是……」

「誰知道關起門來，都跟夥計們做了什麼。」

「二少爺可別考試還沒結果，就遇見出牆的杏花了。」

總之，一時間人言可畏。這讓董秀湘很納悶，她之前管理莊子和繡坊鋪子，自己沒少跟那些官家男人們打交道，前前後後她也沒被人嚼過舌根，怎突然間變得流言四起？

小百靈勸慰董秀湘，凡事還是要多加小心些，以免被暗算。

可董秀湘卻顧不得這些風言風語，認為早一天解決鋪子的危機才是正途。

只是不脛而走的消息卻傳到了胡家當家主母鄭氏的耳朵裡。她原本就覺得，女人家拋頭露面做生意是丟人的事，尤其還是自家的兒媳婦。她多次向胡老爺建議，赦免胡仲恩的禁足，還是讓老大去忙生意，可胡先業並沒有原諒長子，依然信任二房。

鄭氏認為，這都是胡老爺自己不肯換人才鬧出的么蛾子，另一方面，鄭氏也深深懷疑，關於這位兒媳婦的流言蜚語，真相到底是如何。

鄭氏對於胡先業放著三個兒子不交代鋪子的事，反倒是把事情交給名不見經傳的老二家的，非常耿耿於懷。接連幾次在胡先業那裡商量此事無果以後，看著董秀湘的眼神就更加不痛快了。

這個時候，常常放在鄭氏身邊養著的心姊兒就顯現出優勢來。

鄭氏原本就寵愛二房的心姊兒，董秀湘也順手把孩子放在鄭氏那兒。如今鄭氏雖然看著董秀湘心裡不滿，可關起門來看見心姊兒可愛的樣子，心一下子化了一般，想到董秀湘生了這麼可愛的小孫女，氣也就消失一大半。

董秀湘也猜到，鄭氏鐵定看自己不順眼，還是躲著些比較靠譜。

將事情處理到一個程度之後，董秀湘選定日子，吩咐立夏通知老爺、大房還有三房的人，讓大家都到西街上的空地那兒等著。

胡仲念原本要去書院看書，也被董秀湘揪著耳朵帶了過去。

看書不差這一小會兒，反正現在胡仲念參加考試一定能中，就別對家中的事情充耳不聞了。

胡先業一聽說，老二家的今兒要把鋪子的事情都給解決，身子骨兒一下子索利了一半，精神抖擻地準備坐著轎子，跟鄭氏一起去西街。

鄭氏原本以照顧心姊兒為由，並不想湊這個熱鬧，可禁不住胡先業堅持。無奈之下，極其不耐煩地跟去了西街。

事情原本是胡仲恩捅出來的，他就是一萬個不想去也不成。

林菀清雖然身子不濟還要照顧幾個孩子，可她一心覺得夫妻同體，在這樣的時刻需要陪在胡仲恩的身邊，便也撐著身子跟著去了。

三房一家子自然不會少了看熱鬧的機會。

董秀湘命人把確定有問題的貨和疑似有問題的貨都擺在西街上，又叫了店鋪裡的諸多夥計圍在那兒等著。

幾間店鋪的大掌櫃負責去叫了不少的鄰里鄉親，說是皇商胡家要給所有湖廣百姓一個交代。

等胡家人都趕到的時候，只見董秀湘坐在正中央，身後是一堆布料，兩旁是幾大水缸的水，夥計們也都圍在一塊兒。

董秀湘見到胡先業和鄭氏，起身給兩位讓座，繼而對著圍過來的鄉親百姓們道：「各位鄉親父老，我是胡家二少奶奶，這些日子裡大家口中的黑心商戶胡老爺，就是小女子的公爹。」

話音剛落，胡先業的面色上一滯。怎麼這丫頭哪壺不開提哪壺？

董秀湘暗道：誰讓你把這攤爛事交給我，我還不得膈應膈應你？

「各位，今兒我們胡家就給鄉親們一個答覆。這是我們少東家犯了渾，少了兩道工序的布料，我們已經跑去山東全部追回來了，並且也答應山東的客人，會把原本的貨給他們補上。」

董秀湘指了指另外兩堆的布料。「這些是最近鄉親們退回給我們的布料，裡頭只有一小部分是當初山東那批的餘貨，也就是這一小堆。我們這些貨只在西街上的兩家店賣出，其他退了貨的，都是我們胡家布莊裡出產的良心貨品。」

聽了這番話，人群裡窸窸窣窣議論起來，他們私底下還是不大相信這些事。次貨都已經做出來了，不是會大規模去賣、去賺錢？

「但是，我知道大家不相信，所以今天我就做主，把這些次等的布料，全都當著大夥兒的面，一把火燒掉，畢竟差了那兩道工序，布料變得夏暖冬不禦寒，留下也是累贅。而這些我們覺得沒有問題的，今兒就在這裡捐給湖廣的百姓們，食不飽、穿不暖的人都可以來領，做衣服、納被褥，都成。」

人們這下都不說話了，只是紛紛互相看了看，對於這位二少奶奶的話表示懷疑。

畢竟大家還不習慣，一位女性的當家人在眾目睽睽之下拿主意。

胡老爺面色沈重，暗自點頭，心裡佩服這個兒媳當真是伶俐的手段，想出一套好法子。

當眾燒掉那些次貨，讓大家對此放心，也表明胡家對這些次級貨品的態度；其次，把大家不信任的貨品分發給窮苦百姓，一來是施恩，二來是讓大家證明他們並沒有說謊，好的就是好的，不以次充好，大家也別把好的當成次的。

董秀湘眼尖地看見胡老爺點頭，心裡也鬆了口氣，跟著點頭。

接下來，董秀湘吩咐大掌櫃當街燒東西，夥計們拿著水瓢等著火勢差不多了就趕緊上前去滅火。另一邊，二掌櫃當著百姓的面開始分發這些布料。

這事一直忙活了一個多時辰。

胡仲恩面子上掛不住，面色逐漸變白。他知道這麼做的唯一壞處，就是當街打了他胡家大少爺的臉面。

就連那些以往和他朝夕相處的掌櫃、夥計們，都開始斜著眼瞪他，他們心裡頭都在嘀咕。「要是沒有大少爺捅樓子，胡家這些日子不至於生意不濟，他們也用不著瞎忙這麼久。」

林菀清斜眼看了看自家官人，心裡頭跟著一滯。她也知道，這麼做的後果就是，父親很有可能不會再將胡家產業完完全全交給仲恩了，起碼近幾年是不會再有機會了。

實際上，繼承祖業是胡仲恩心裡極其在乎的一件事情。

相較於心神不寧的大房，三房的心態更多是在看熱鬧了，除此之外，還有一些暗自竊喜。誰讓大房原本一天到晚都被誇讚，而到處被擠兌的都是三房呢？

百姓們對於當街銷毀次貨，打心底裡信服了胡家布莊。一時間，原本因為胡家布料品質的話題，也漸漸淡去了。

董秀湘則是吩咐了大掌櫃，繼續拿出布疋來做成棉被和衣服，分發給窮苦人家。自然，分發下去的布大多是棉麻類素色貨品。

胡仲恩闖出的禍事，到了這般地步，已經是解決得差不多了。

胡先業的病就此好了大半，看著自家二兒媳解決事情，他心中甚是滿意，伸手就賞了十間鋪子和十畝的良田給二房。

然而已經擁有自己繡坊生意的董秀湘，心裡暢快，又可以繼續用鋪子來擴充自己的繡坊生意了。

不過，董秀湘心裡最在意的是，啥時候胡家老爺能讓她把生意接手了啊！

當然，她沒等多久，因為沒過幾天，胡老爺就精神抖擻地出了大門，並且吩咐二少奶奶可以多多休息了。

大房的胡仲恩被解了禁足，不過倒是沒有發話下來，叫他去鋪子裡幫忙，只是不限制他出門。可這並沒有讓胡仲恩心裡有多好受，依然是叫他渾身不自在，漸漸地，胡仲念養成出去喝酒的陋習。

如此這般，原本胡府裡風光無限的大房，一時間既失去管理內院的權力，也失去到鋪子裡幫忙的權力了。

胡家卻沒有這麼快就平靜下來。

大房雖然沒什麼動靜，可已經平靜好幾個月的三房卻是又鬧騰起來。

自從三房的燕雲夢懷了身孕以來，三房好久沒有吵嚷了，一直都是和和順順的，可不知怎地，近來接連聽見裡三房院落來一些吵嚷的聲音。

鄭氏心下頗為擔憂，只得親自叫來燕雲夢想要詢問，可燕雲夢哪裡是林氏那般對婆母千依百順之人。

態度不佳的燕雲夢讓鄭氏心下彆扭，竟然轉頭便離開了。

還是小百靈從三房的灑掃丫鬟那裡打聽來，三房的兩位主子是為了三少爺到底要不要去京城參加今年的科考而吵起來的。

「奴婢還聽那些丫鬟們說，三少爺自己不想折騰了，想著就多等兩年，再者三少奶奶也快生了，他也不想離開。」

小百靈真是居家必備的好丫鬟，一手的資料十分豐富，從正房到後門，沒有她套不來的消息。

「三少爺還真是有趣，竟然想著拿這些話來搪塞我們，什麼三少奶奶快生了，就燕氏這些日子以來懷孕的種種，哪件事由她自己操心了？還不是嫌棄京城山高路遠的。」

小百靈在一旁抿著嘴樂了一會兒。「二少奶奶英明。」

「呸，妳這猴兒精的丫鬟，小心我把妳塞給三少爺當小的。」董秀湘對著明白裝糊塗的小百靈啐了一口。

胡家三爺就是個富貴閒人，甭指望日後在功名或是生意上有什麼建樹。那個綿軟性子和沒毅力的樣子，簡直是讓董秀湘嫌棄得要死。

只要這位三少爺不給胡家惹事，就是燒高香了，還能指望他真的科考高中？當然，小百靈都能瞧出來的事，胡家的當家主母鄭氏絕對瞧不出來。不然，鄭氏也不會對兩口子吵架的事如此在意，還想要從中調停了。

為了避免鄭氏在這一場夫妻對決蹚渾水，董秀湘決定幫一把燕氏，自己主動把手裡的家務事交給鄭氏。讓她有時間理清楚家務事，別一門心思去管三房的事。

美其名曰：接連掌管家中事務和鋪子的事情，身子太過於勞累，想要休息養養身子。

鄭氏看了看懷裡的心姊兒。行吧，看在妳給我生了這麼可愛孫女的分上，我就勉為其難同意好了。

無事一身輕，董秀湘交出家裡一堆雜事，隨時都可以睡到日上三竿，再也沒有煩心的管家和婆子來敲門叫她看帳本、拿主意了。

董秀湘長舒了一口氣，在自己的榻上翻滾了一圈，感覺好像有點不對，這榻是不是有點小，怎麼一轉身就是一堵牆？

從她身側傳來了一道慵懶的聲音。「娘子怎麼起得這麼早？」

董秀湘覺得一陣納悶，胡仲念不上書院，怎麼還跟自己一樣賴在房裡？這可是日上三竿了，往日天不亮他就去看書了。

「今兒個是太陽從西邊出來了？官人不去看書倒是在這兒貪睡。」

董秀湘綰髮髻，緩緩直起腰來，躺得太久只覺得頭昏眼花，兩眼發直，扶了扶自己的腦袋才覺得清醒些。

「我早起看完書，想著妳應該還沒起，就回來瞧瞧妳，果不其然妳沒起。於是我又回去翻了一會兒書，這會兒已經是第三次回來了。」

聽了這話，董秀湘倒是覺得臉上有一些臊得慌。

雖然闊太太的日子很享受，可是睡到日上三竿是不是稍微有些過頭了？

「那個，官人可要用什麼早膳？」

胡仲念看了看外頭的大日頭，無奈地提醒道：「咱們該用午飯了。」

董秀湘是踏踏實實睡得舒服，鄭氏這邊就不舒坦了。一大早管家就拿了今日的採買單子來找她，說是讓她過目今日的府裡開支。

鄭氏已經多少日子不理會這些，她總覺得這些該由老二家的在月初就安排好了。

「難道是二少奶奶偷懶，拖到了今兒個才解決這些事情？」管家的臉色頗為難，回看了幾眼夫人，又瞄了瞄一旁的婆子和嬤嬤。「那個，這個本就是每日都要給管事的過目。」

鄭氏叫苦：誰來接手這個爛攤子？

常常來鄭氏這裡聊天的大兒媳林氏，倒是十分體貼自家婆母，看著鄭氏面對家事焦頭爛額，便主動請纓，重新幫襯著管理家事。

其實林氏的身子並沒有完全好，她當初產子種下的問題還沒調理徹底。如今她親自照顧自己的養子欽哥兒，以及體弱多病的雲姊兒，已經是耗費她大部分的精力了。原本她應當再好好休息一些時日，可是胡仲恩沒了之前的權力，她不得不站出來。

這樣的局面，鄭氏自然是樂得清閒，反正沒耽誤她養小孫女，也沒耽誤她過自己的小日子。

可即便是這樣，林氏在胡仲恩那裡也沒能得到更多的關愛。

自從春姨娘歿了，胡仲恩大病一場後，就似乎對情愛之事失去興致。原先隔三差五從春姨娘那兒跑來林氏的房間，可如今睡在林氏身邊卻也不會動一絲其他念頭了。

林氏只能有什麼苦果都自己嚥進肚子裡。

且說董秀湘原本是想給鄭氏找事做，別讓她摻和三房的事，結果直接把自己的管家權交還給大房，不知道上哪兒說理去。可這也沒辦法啊！鄭氏本來就是個正事辦不明白、亂事還總想插一腳進去的人。

不過好歹她是婆母，董秀湘實在懶得去理會。她如今兒女雙全，男人一心一意搞自己的事業，自己還不趕緊享受一下闊太太的感覺？怎麼能一直在這個家任勞任怨呢？

最重要的是，她之前忙碌的莊子和繡坊已經正常運作，尤其是湖繡的生意更是訂單不斷，就連之前胡家布莊出的事都沒影響她的繡坊生意，甚至還有其他的布料商人央求用自己的布疋同她合作。

董秀湘一開始做繡坊生意的時候，並沒對外交代自己的身分，一切的事情都是交給葛大娘照看。繡坊的生意蒸蒸日上，就連川蜀之地的人也都聞風而來，想要買這湖繡的圖樣手工回去做衣裳。

原本付出得多了些，如今她安心地坐在院子裡收錢就成，從胡先業那裡新拿到的鋪子，也都納入湖繡的生意。

葛大娘那邊的繡娘不夠了，她就吩咐葛大娘去找賈六，到各大街巷裡去找一些穩妥的小姑娘們來培養，邊教邊做。

再加上原本就有知府大人家的宋夫人幫襯，京城來的訂單也半點不少。

只是宋知府的任期即將結束，估計和胡仲念進京趕考前後腳。為了讓胡仲念進京時有知府大人幫襯，董秀湘特地給宋夫人送去幾批好的繡品。

郊外的那幾十畝地，原本幾乎是寸草不生的荒地，當時她花了銀子買下來，所有人都等著看她笑話。結果不到兩年的工夫，這地竟然神奇地種出了東西而且產量還越來越多？

董秀湘心裡自是爽快，只是笑話別人當初還敢言語自己的判斷有誤？現在哪個不是後悔當初沒選擇跟著自己賺銀子？

當初去莊子上照顧生意的小丁子，如今得到好結果了，也能如願以償被二少奶奶給叫回來。

只是天不從人願，小丁子去莊子上管事一年多的光景，竟然在那兒瞧上別人家的姑娘、只等著有機會請二少奶奶指派婚事，然後把人家娶進門。

那姑娘家是莊子的老佃戶，幾輩子都在那地方過活。原本因為地不好，又被原來的主子欺負，過得苦不堪言，直到胡家二少奶奶接手管理，他們才過上好日子，自然是對小丁子這位二少奶奶面前的紅人頗為滿意。

只不過人家家裡就這麼一個姑娘，跟著小丁子回胡府，也沒什麼地方待著，總不能讓人家嫁給小丁子以後還一個人留在莊子上。

小丁子倒是體貼，直接寫一封信求二少奶奶把自己留在莊子，不用回胡府了。

董秀湘看著小丁子那一本正經的信，笑得胸口疼。她還把這信唸給他弟弟丁二、立夏還有小百靈聽，讓他們一起跟著笑話笑話他。

「二少奶奶，小丁子這是明擺著有了媳婦什麼都忘了啊。」

小百靈邊笑邊指著丁二。「你呀，可憐兮兮，哥哥有了嫂子，不要你了。」丁二只能哭笑不得，他可是盼了好久，只為了和哥哥團圓。

當然二少奶奶不是冷血的人，直接叫小丁子把媳婦帶過來，在院子裡給她安排活兒，以後就專門找一間胡府外頭的矮房給這兩口子住。

二少奶奶親自掏錢給兩人準備房子，不用擔心沒地方住、沒活兒幹，小丁子屁顛屁顛地帶著自己的媳婦英子回胡府了。

董秀湘留英子在院子裡做事，沒讓她幹什麼粗使活兒，只是讓她幫襯著管理小廚房，也就是原來小百靈負責的那些。

那英子愛言語，算是和小百靈有了伴，兩人一說起話，嘰嘰喳喳都停不下來。

小丁子自從回來以後，娶了媳婦，變得越發勤快，除了主動擔著二房院子裡的活兒以外，竟然還主動往來胡府和莊子上，時常回到自己媳婦娘家去瞧瞧和照看。

莊子已經走上正軌，只要找好監工管事時常照看著，再由小丁子按時拿來帳本跟二奶奶一起對帳，也就出不了什麼大事。

莊子上的銀子來得特別快，這要得益於之前二少奶奶選擇種植的糧食。

董秀湘雖然不管家，但是手頭上越來越富裕。當然，她沒忘記之前查出那些府裡公中丟掉的銀子都進了誰的腰包，自從林氏重新拿到中饋以後，她更是盯緊眼睛看著林氏的做法，專門等著挑出她的錯處。

還沒等大房那邊出問題，三房那邊就開始不消停了。

先是胡仲意和燕氏兩個人吵得滿院子都聽見，接著是燕氏動了胎氣，驚得胡仲意抱著她就往外跑，流了一路的血，嚇得胡仲意滿臉發白。

好在那會兒董秀湘帶著邵蘭慧出去採辦成親用的首飾物件，沒留在府裡，不然這檔事她一定會被鄭氏抓去處理。

好在那會兒有林氏在，還算鎮得住場子，趕緊叫人騎著快馬去請大夫，再讓婆子去仔細檢查燕氏的身子到底礙不礙事，仔細一瞧才發現，原來流了一地的血是因為燕氏胳膊不小心被摔碎的瓷片劃傷。

再仔細探查一番，她急火攻心，提前破了羊水，住在後院的接生婆趕緊趁著大夫還沒到就早早張羅起來。

鄭氏忍不住當眾數落自家老三心裡沒有半點譜，怎就惹怒了燕氏。

「糊塗東西，你不曉得你家那個，懷著孩子還月分這麼大？你就不能讓著她些？」

胡仲意心下也是慌透了，拿不出個主意來，心裡頗為不安，只願自家的娘子相安無事。「我不知道她竟然這般，我不過是今年不想上京赴考，只想陪在她身邊，看著孩子平安生出來而已。」

鄭氏心裡一聽自家兒子不準備赴考，也猜到了他七、八分的意思。「你呀，這種話你不該說得那麼硬氣，你瞧瞧，現在倒好，把孩子給氣出來了，要是有個好歹，我看你還能不能安生。」

無須鄭氏提點，胡仲意心下已經是十分不爽利，恨不得衝進去替燕氏承受這份罪。

董秀湘回到家中時，發現鄭氏坐鎮在三房門前，心下猜到可能是燕雲夢有了動靜，便直接把東西交給邵蘭慧，讓她這個姑娘家先回院子去。

林氏正在後院幫著穩婆和大夫煎藥，鄭氏此時坐在院子當中，心下沒個懂的人和自己說話，心裡正發慌，一見到董秀湘回來，她心裡的一顆大石頭算是半落了地。

「哎喲，老二家的妳可回來了，老三家的剛剛就陣痛了，急得我喲，真的是急得上了天。」

董秀湘拉著鄭氏好一頓安慰。「沒事、沒事，可能三弟妹近來思慮多了些，孩子也有些著急，想提前出來見見咱們，沒大問題。」

結果，聽了半天，鄭氏講述燕氏是如何被老三抱著出了院子，又是如何流了一地血跡的時候，董秀湘一度懷疑，是不是家裡上演了一場諜戰片，然後胡仲意把燕雲夢給暗殺了？

不過裡頭的穩婆帶出來的消息，讓董秀湘一時之間沒辦法思慮這事。

「夫人，三少奶奶按理說已經開始陣痛了，可是三少奶奶剛才暈過去一直就沒醒過來，這可如何是好啊？」

這個消息鄭氏還沒想明白怎麼辦，裡頭的小廝也傳來了讓大家都頭疼的消息。「不好了，大少奶奶暈過去了！」

鄭氏想：怎麼一個個都不是省心的。

董秀湘很自覺地在還沒有接受命令的時候，就趕緊衝進去做第一線的總指揮。讓丫鬟、婆子們把大少奶奶送到偏院歇息，派人去請顧大夫給大少奶奶瞧一瞧，然後又吩咐小百靈盯著後院的穩婆和大夫用藥，自己轉身跟著剛從裡頭出來的穩婆進了裡間。

「妳們想法子讓三少奶奶醒過來，我不管是針扎還是潑水，再不讓她清醒，這孩子早晚得憋死在肚子裡頭，到時候所有人我看都不用活命了。」

大家一聽這個話，幾個穩婆開始實打實地著急起來，情急之下，幾個人還去掐燕雲夢的大腿，試圖用痛覺喚醒她。

站在最前面的穩婆年紀不太大，不久前剛抱了小孫女，捨不得自己有任何閃失，便深呼吸給自己壯了幾下膽子以後，大大方方地舉起手，朝著燕雲夢的臉就甩了一個結結實實的耳光。

這架勢真是驚住了站在不遠處的董秀湘。

終於，燕雲夢在那位穩婆的幾個巴掌之下，漸漸恢復了一些意識，雖然十分艱難，可最後還是費勁力氣平安生下了孩子。

董秀湘打心底裡恭喜她生下一個男孩。

林氏在偏房休息了片刻，最後被送回大房院子裡，給顧大夫瞧過以後，發現原來是身子已經有些發熱，或許是操勞過度的問題。

只不過，顧大夫還是鄭重地告訴大少奶奶，要她不能太過憂心，要少動些心思，最好清心靜養。

當然，顧大夫作為二少奶奶的好友，自然是把這話也在二少奶奶那裡說一遍的，該說的一點也不能差。

董秀湘知道，林菀清主要是心裡太過掛念胡仲恩的地位，不得不為了大房的未來考慮，哪怕自己身子還沒恢復好，也要忍著出來主持家事。

況且，大房沒了那些鋪子的管理權和胡仲恩的工錢，林菀清自然要從家用中拿錢出來，像以前一樣做一些手腳來撈油水補貼家用了。

董秀湘也不是省油的燈，本就是蹲點等著林菀清主動跳進圈套裡，到時候拿這些把柄來懲治她。然而，這回林菀清再次因為身子不好倒下，還沒來得及做什麼手腳。

燕雲夢生下了兒子，成了胡家最新一件開心的事。三房有後了，如今胡家三個成年的兒子裡頭，全都成家有了兒子，鄭氏是開心得不得了。

胡仲意做了父親，心裡也是萬般歡喜，在燕雲夢的床頭前，巴不得磕上幾個頭給她道歉，懊悔自己因為這點小事和她爭吵。

孩子的出生讓燕氏不想因為這些瑣事再煩心。

而胡仲意則表示，全都聽從燕雲夢的，去科考，去京城，到了時候就和二哥一起啟程。

燕雲夢嘴上沒說，可心裡卻是比蜜糖還要甜，這可是胡仲意難得對自己服軟。

燕氏產子，林氏又病倒了，理所應當這管家的事又回到董秀湘的肩膀上，她是真心感慨，到底要讓她承擔多久的中饋啊，這才休息幾天？

對於三房喜得貴子的事，算來算去，全家最傷心的就是林氏了。她還是那句話，別人都有兒子了，為什麼就她自己沒有呢？到頭來，懷裡的欽哥兒，就是個養子，還是個庶出，流著春姨娘的血，自己連著生了兩個，全都是不中用的姑娘家。

不過，這件事沒給林氏多久時間來苦惱，馬上又有新的事情讓她渾身不舒服了。

三房剛剛生產，還沒慶祝滿月，大房的雲姊兒就不行了，可能是母女連心，自從林氏自己受了熱，渾身難受，這雲姊兒也開始發熱。

大人尚且還受得了，挺得住，可孩子是無論如何都挺不了多久。雲姊兒發熱五、六天，出現喘不過氣的情況。

小孩子沒辦法自己喝藥，沒法子只能讓乳母喝藥，再餵小孩子吃奶。可這法子效果太慢，實在是來不及救治，雲姊兒沒幾天就氣息奄奄，最後在林氏的懷裡斷了氣。

這似乎是壓倒林氏的最後一根稻草，她原本好轉的病情急轉直下，硬生生暈過去也不見醒過來。

整個胡府原本開心洋溢喜獲新孫的氣氛，結果一下子就失去一個孫子輩的女娃。

鄭氏一時之間也不知道是該喜還是該愁。

林氏倒下了，胡仲恩在房中忙前忙後照顧她，兩個人倒是把感情又重新拾回來幾分。

胡仲恩把春姊兒和欽哥兒抱到林氏的床榻前，好生勸慰她，林氏動容，心裡開始回了些暖。

好歹還有個養子和女兒，不是一無所有。或許她就是和雲姊兒沒那麼久的母女緣分吧！自從雲姊兒出生身子骨兒一直羸弱，如今到了這個地步，也沒法子再說什麼。

三房的燕氏歡歡喜喜地帶著兒子坐月子，半點也不避諱。她原本好幾年生不出孩子的時候，林氏就總拿自己的春姊兒在婆母鄭氏面前邀功顯擺，讓燕氏看著眼紅心熱。

燕雲夢原本就沒少受大房的氣，如今自己好不容易有了孩子，還是個寶貝兒子，她半分都不想在林氏面前收斂。哪怕對方剛剛喪女，她也絕不會手下留情。

三房滿院子掛了紅布，滿院子的人都發了紅雞蛋和紅花，看在林菀清的眼裡，讓她如何心裡頭不難受鬱悶。

鄭氏自然看不懂這些小糾結，可董秀湘是明眼人，都看在眼裡。

董秀湘不是傻子，這些日子下來，她也多半猜到，當初給胡仲念下藥的主謀，多半是大房，而不是三房，雖然三房夫妻兩人對他們二房沒安什麼好心，可到底罪魁禍首還是大房。

如今的事是三房讓大房的人不舒服，她樂得旁觀，只願意睜一眼、閉一眼，存心讓林氏心裡難受。

胡仲念倒是不管，畢竟在他那裡，如今考試才是重中之重。算下來，恐怕胡仲意也不會陪燕氏做完月子，就要動身和胡仲念一同前去京城了。

董秀湘開始提前為胡仲念準備啟程的行囊，將一些盤纏和包袱行李，處處都打點好。

跟隨的隨從早早就定了丁二，他這幾年跟著胡仲念，對於主子的習慣和飲食都比較熟悉，就連小丁子一時半刻也比不過去。再者，小丁子似乎也不願意離開自己的新婚娘子陪少爺去京城。

至於宋知府那裡，董秀湘給宋夫人送了不少布疋，想著讓她帶去京城，一展湖繡的風采。

宋夫人看得直搖頭。「妳這蹄子，怎鑽到了銀子堆裡，讓妳家官人去趟京城赴考，也要擴展自己的湖繡生意？真是一身銅臭味。」

董秀湘心裡頭不給自己太大的負擔，就隨緣嘛，萬一這生意火到京城去呢？

不過，鄭氏心裡對兩個兒子去京城一事，可是十分放在心上。

前前後後，忙著跑了好些寺廟去拜神求佛，又是求平安保命符，又是給他們添置不少開過光的筆墨紙硯。

林氏嘴上不說，足不出戶，可是心裡頭十分介意。對於雲姊兒的事，鄭氏並沒有十分在意，只是流了一場眼淚，又吩咐幾個姑子做了一場法事。

相較於兩個兒子科考，對於孫女，鄭氏可謂是十分不重視。

林氏心裡憋著氣，身子骨兒好些天不見好轉。

實際上，鄭氏並不是不寵愛雲姊兒，而是嬰兒年幼夭折實在不吉利，好些事情只能私底下處理，再者，林氏自己正傷心難過，要是她再做出什麼太過於懷念的事，難保林氏不觸景生情，更加苦悶。

胡家鋪子的生意，在董秀湘處理完後，已經漸漸好轉，雖然口碑和名聲不如從前，可到底是有了很大的改變。

胡先業自己一個人操勞布莊，一時間也沒有讓胡仲恩回去幫忙的心思。

胡仲恩就只能鬱鬱不得志，待在大房院子裡。

第二十四章

胡家兩兄弟即將前往京城科考的前一天半夜，一陣馬蹄聲停在了胡府門口。

只聽見家丁們大聲地到正房裡回話。「夫人，老爺，四小姐回來了！」

這一句話讓胡先業和鄭氏再也不得安眠。

大半夜的，突然間坐馬車回娘家，任誰都會覺得，定是出什麼大事了。

如今的胡府，各房都有自己的煩心事，誰也睡不踏實。

鄭氏擔心太大聲把全府的人都吵醒，如今這會兒耽誤了哪一房都不大好。要是驚擾了林氏休息，對她的身子恢復不利；要是驚擾了胡仲念和胡仲意，也會耽誤他們明日的啟程旅途。

鄭氏披著衣服，壓低了聲音。「噓，這麼晚，妳怎麼回來了？小聲點，妳幾個哥哥都睡了，咱們小聲點。」

可胡婕思卻是半點聲音都沒壓，仍是一副盛氣凌人的模樣，大著嗓子哭喊出來。「母親，我的日子是沒辦法過下去了！」

一直以來剛強要面子的胡婕思，此時委屈地在鄭氏面前哭泣，誰看了都會心生憐憫。

「怎麼了、怎麼了？誰欺負了咱們家閨女？可是妳家官人給妳臉色瞧了？」

胡婕思嗚嗚咽咽哭了半晌，才說清楚，是她那個官人不學無術、沒學識、沒修養，只是一個三教九流之輩。她嫁過去就覺得自己倍受委屈，只是想著他日後能繼承家中的財帛，才勉強忍受著。

可今日她偶然聽見婆母閒話家常，說他們家裡其實沒什麼財產，不過是打腫臉充胖子，靠著京城裡的親戚們接濟過活。就連她公爹的官爵也是借錢捐來的，舉家跟著公爹搬來湖廣，所幸娶到當地財神爺的嫡出女兒，日後倒是什麼都不用怕了，好歹有了搖錢樹。

一貫個性要強、傲風骨的胡婕思心裡頭十分難以接受，她本是希望找到一個了不起的婆家，結果卻找到一個要靠著她娘家的人。

委屈的胡婕思和官人大吵一架，半夜回了娘家，覺得十分委屈，在鄭氏的院子裡嚎啕大哭，說是要和離。

這一哭，大房、二房、三房都聽見了，全都被吵醒了。

林氏原本就身子不大好，睡得淺眠，醒得很早。最小的欽哥兒也被吵醒了，外頭胡婕思的呼聲不斷，欽哥兒的哭聲也沒停下來，讓林氏心煩不已。

董秀湘則是被身側的胡仲念吵醒的。仔細一聽，她才聽到院子裡隱隱傳來女人啼哭的聲音，不自覺皺起了眉頭。「這，這是誰在哭啊？大嫂？還是三弟妹？」

胡仲念看了看手邊的書卷，搖了搖頭。「是四妹妹跟妹夫吵架，回來哭訴了。」

董秀湘一臉茫然，這嫁出去的女兒不是潑出去的水嗎？還能回來找人哭？

胡仲念沒抬頭，只是無奈地搖了搖頭，表示自己也不知道。

董秀湘嘗試著閉眼睛睡覺，可發現根本無法繼續，只好無奈地搖搖頭，拿過一本莊子的帳本，和自家官人一起用功起來。

「妳不再睡會兒？明早起來還有得折騰。」

「你睡不著，我也睡不著。」

外頭的哭鬧聲一直不見小，讓董秀湘心裡極其不爽。

又過了大約一刻鐘，董秀湘終於忍不住了，穿上外衣，簡單收拾一番，推門出去。

走進了正房，胡婕思的聲音越來越清晰。只聽見她不停地說自己的夫君多麼不靠譜、多麼不可靠，實在是讓她覺得自己嫁錯了人之類的話云云，反過來、倒過去都是那幾句話。

鄭氏的聲音比較低沈，聽不太到，不過估計也沒什麼有營養的勸慰話，不然胡婕思不會嚷嚷半天停不下來。

董秀湘搖了搖頭，帶著立夏敲了敲門。

出來開門的小丫鬟見到她，趕緊把她請進去，一臉相見恨晚的表情，可見這小丫鬟被四小姐也吵得煩心了。

董秀湘勉強微笑了一下，走進去直接打斷胡婕思的話。

「給母親問安，母親可安好？」

這一句話，把鄭氏和胡婕思都嚇了一跳。

「老二家的，妳來這兒是怎麼了？可有什麼事？」
胡婕思明顯白了一眼自家二嫂，心裡對董秀湘的態度也是昭然若揭。
不就是暫時管理胡家的產業？作為女人能把自己放到該放的位置嗎？要不是林氏如今身子骨兒不好，能讓她這樣出身的女子來管理胡家的中饋？也不照照鏡子瞧瞧自己。
「母親，深更半夜，聽到您院子裡傳來聲響，實在是惶恐地難以入睡，我替相公過來看看，有沒有什麼大事，也讓他睡得安穩一些。」
鄭氏一聽說耽誤了胡仲念的休息，臉上顯見著急。「念哥兒睡不著？可是我這裡聲音太過？」
董秀湘禮貌地笑了笑。
「呀，婕思，我看妳還是先去妳房裡睡上一晚吧，可別耽擱了妳兩個哥哥明日上路啊。」
當晚，胡婕思被董秀湘無情地趕回自己出嫁前的院子。
在鄭氏那裡，自然董秀湘也沒給她什麼太好的臉色。畢竟，胡仲念科考是大事，耽擱了他科考，董秀湘是半分都不想原諒她。
鄭氏自然知曉這其中的輕重緩急，可胡婕思和董秀湘也算是結下梁子了。
第二日一早，胡家人都在門口送別胡仲念和胡仲意，兩人帶著全家的希望坐上前往京城的馬車。

準確地說，只有胡仲念是帶著胡家的希望去的。

胡先業和鄭氏都很驚訝於兩個兒子竟然能跟隨宋知府的隊伍一同在官道上趕路，這不僅僅縮短進京的路程，更是大大提高兩個人路途上的安全性，也讓他們倆省下不少的關心。

兩個人自然是知道，這都得力於老二家能幹的媳婦。對昨晚上的事，自然是不敢開口言語什麼。

可胡婕思一個晚上加早上都沒機會吐露自己的苦悶，心裡頭憋得難受。昨晚回自己的院子裡，還忍不住站在邵蘭慧的房門前，想要衝進去對她講述自己苦悶的遭遇。

邵蘭慧知道她霸道不饒人的性子，一晚上都躲著裝睡避而不見，這更加讓胡婕思感到鬱悶。好不容易等一家子人送走了胡仲念和胡仲意，胡婕思終於可以找父親給自己做主了，可胡先業卻被生意上的事纏身，徑直去了鋪子裡。

鄭氏經過一晚上的休息，精神好了大半，自然就被胡婕思拉著發洩。

「娘，您要給我做主啊！」

鄭氏很無奈，畢竟女兒已經嫁過去，是柳家的人。這三更半夜，柳家的少奶奶跑回娘家，已經不是什麼說得過去的事情了，如今胡婕思還讓她去柳家給她討回公道，這無論如何都說不太過去。

「柳家的情況，妳在成親前不也是知道得差不多？怎麼今兒個自己發作了？」

成親前，胡婕思透過胡仲恩知道柳家的官爵是花錢買來的，她當初不過是圖柳家的地位和京城那幫子親戚，好歹算是官宦世家，瘦死的駱駝比馬大，嫁過去不僅無須遭罪、不用忍耐貧窮，還一輩子不愁家裡頭沒銀子花。反正這樣的世家大族想要沒落，也不是一、兩天的事，更何況「林子大，好歇腳」，有這麼好的家族支撐，未來的夫君柳公子也一定會有出頭之日。

只可惜，一切都是她自己打錯了如意算盤。

「我那官人就不是省心的人，他其實早就有外室，還懷了孩子，就等著我點頭把孩子帶回家去，壓根兒就沒打算和我商量。」

聽了這番話，鄭氏只覺得心裡頭憋悶。「妳說有外室還有了孩子？」

胡婕思點了點頭。「不然也不會因為這事全家鬧得不安寧啊，公爹、婆母都知道那外室，就住在後門邊上，是被我給撞見的。官人說沒打算瞞著我，因為那個賤人月分大了，就等著生下來帶回府裡，讓我給抬姨娘。」

心高氣傲的胡家四小姐，如何能容忍這樣的外室？

雖然不求和官人同氣連枝，只有彼此從一而終，可這樣的態度著實讓胡婕思感到心寒。

「母親，我是過不下去了，我定然是要和離的。」

鄭氏昨兒以為胡婕思只是心裡氣急了才說出和離的話，沒想到她竟然是真的動了和離的念頭。

女子和離是件大事，不能輕易下決斷，尤其胡家雖然腰纏萬貫，可是對方柳家是官宦人家，商賈無論如何也越不過官家的人。

原本在給胡婕思說親時，鄭氏和胡先業也考慮到這層關係，一旦和官府的親家出了什麼矛盾，定然是人家占著大道理，自家不能占上風。

「和離的事情可大可小，妳不能太過任性，畢竟咱們是姑娘家，和離了可是不容易再嫁出去。」

胡婕思倒是不以為然，她自恃是胡家的嫡女，有什麼不好嫁人？

「有什麼難度？便對那趙家小子說明，我願意點頭和他成婚便是，他定會興高采烈同意咱們胡家換了新娘，有什麼不容易嫁人。」

她覺得自己是嫡女，定然比邵蘭慧更容易出嫁，自己可以委屈下嫁給趙亭勳。

這話卻讓鄭氏頗為難。

自從趙家前來求親，下了聘禮以後，邵蘭慧一直在給自己準備嫁妝。她和趙家公子兩個人關係頗為親密，沒什麼芥蒂，兩個人念及胡先業的病情，沒有提前成婚，只等著趙亭勳考取功名回來成婚。怎能胡家說了幾句，就把新娘給換成了胡家四小姐呢？

「趙家已經來求過親了，人家十分中意妳五妹妹，這話可別亂講。」

胡婕思不再說這一點，只是說回了柳家。「總之，女兒想要和離，不然我也不會同意讓那個賤蹄子進門。」

鄭氏見這架勢，知道自己解決不了，便吩咐人把三位少奶奶都請來出主意。

胡婕思本不喜讓人知曉自己的事，可如今為了讓鄭氏幫著張羅和離，也顧不得這麼多了。

三位少奶奶對於這位鬧了一晚上的四小姐，都是心有餘悸，十分不想幫忙。可婆母的話又不好推脫，只好無奈前來。

林氏一聲不吭地坐在一邊，面色上雖然平靜，可耐不住心裡頭不耐煩。

董秀湘昨兒晚上發作了一次，這會兒雖然不想理會，可不好再拒絕第二次，只是支支吾吾地推脫。

只有剛剛出月子的燕雲夢，恢復了懷孕前的霸道脾氣，嘴裡沒有好話地說道：「和離？剛成親就和離的，我還沒聽說過。」

鄭氏面上有些掛不住，一旁的胡婕思也面色難堪。「他有了外室，就證明對我並沒什麼真心實意，所以我理應可以提出和離，這等見不得人又隱瞞我的妾室，我絕對不允許進門。」

「他本就沒有在和妳成親前把人帶進府裡，所以，算不上隱瞞妾室。況且人家柳家現在是徵求妳這位夫人的意見，想要妳的點頭把那外室納為小的，想通過妳來給人家名分，妳從了不就萬事大吉？」董秀湘看著胡婕思的樣子頗為不快，也是不吐不快地說了自己的看法、想法，一時間也是讓胡婕思說不出什麼話來。

另一邊的燕雲夢則是乘勝追擊。「這天下本來就是男子為綱，妳的婆家頗有權勢，母家是商賈，自然說不上什麼話，就踏踏實實過妳的日子，低了妳夫君一等便罷了。」

「我母家是皇商！」

其實素來都有「高門娶媳，低門嫁女」的說法。燕雲夢就是燕家優渥些，比胡家的根基深厚，但胡婕思卻是高嫁去官宦人家。

胡家在柳家面前說不上大話是眾人料想到的事，還不是拗不過非要高嫁的胡家四小姐，誰讓人家心氣高？

鄭氏這個沒主意的後院之主則是覺得老三家的說得太對了，止不住地點頭。

胡婕思一看自己沒了支持的人，趕忙把目光轉向大嫂林氏那兒。

林氏心裡頭不太想蹚渾水，壓根兒就沒抬頭。

「行了，還是回柳家好生過日子吧，別總是孩子氣。」

鄭氏近來身子骨兒勞累頗多，已經提不起精神再去追究，只想讓胡婕思快些回柳家，別再為此煩憂了。

胡婕思又哭鬧了半晌，見壓根兒沒效，才無奈回自己房裡。

路過院子見到邵蘭慧心情頗好地蒔花弄草，胡婕思就覺得怒從心中起。

明明自己是嫡出小姐，為何婚事如此曲折，如今還所嫁非人，而邵蘭慧卻是意氣風發，在院子裡招搖，又來刺心自己。

哪怕邵蘭慧見到她以後收斂了幾分笑意，還是讓胡婕思頗為心煩意亂，徑直衝上去打翻邵蘭慧擺在石凳上的盆栽，拂袖而去。

邵蘭慧身邊的小丫鬟心疼地看著五小姐，為她忿忿不平。「這四小姐都已經嫁出去了，怎麼還如此這般不講道理，真是太過分了。」

邵蘭慧苦笑了一下。「沒事的，四姊姊是嫡女，自然出身比我這個養女高貴，在她面前我不過是個小丫頭，沒什麼話語權。」

她此時不再是當年無依無靠的小丫頭了，她有了自己的牽掛。只求趙公子能早些考取功名，從京城回來，把自己接到趙家去，她也不稀罕這胡府的榮華了。

當日晚些時候，柳家就派了人來接胡婕思回府。

胡家沒說別的，鄭氏只是勸說了胡婕思半晌，說是胡家姑娘年幼不懂事，瞎胡鬧，讓柳家別氣。

胡婕思就被稀里糊塗地送回柳家去了。

原本，算上董秀湘，胡家人都以為，這只是胡家的一段插曲，卻沒有人知道這竟是胡家一場劫難的開始。

幾日後，晚些時分，小百靈帶來一個非常嚴重的消息。

「二少奶奶，不好了，不好了。」從大老遠跑來的小百靈是上氣不接下氣，氣喘吁吁。

「這回胡家出了大事！」

董秀湘當時正在看胡仲念寄給自己的家信。信上說，他已經平安到達京城，和胡仲意還有趙亭動住下來了，京城裡一切都好，自家的湖繡在宋夫人的引薦之下，得到不少貴胄夫人的喜愛。

小百靈的消息嚇得她一下子沒拿好信紙，掉落在地上，讓她呸呸呸地說了一句不吉利。

「二少奶奶，大事不好了，我聽門外的小廝說，咱們老爺被抬回來了，夫人緊接著叫了三、四個湖廣有名的大夫，還派了我們二房的人去叫顧大夫。」

老爺被抬回來？

隱約間，董秀湘想起顧大夫說的話，他說胡先業的身子有病兆，禁不起再受刺激，她立馬覺得此事不是這麼簡單。

胡仲恩幾乎是被關在家裡，胡仲念和胡仲意去了京城，那麼能有機會讓他動怒的人，就剩下胡婕思。

可一個深閨婦人能鬧出多大的么蛾子？不對，她總覺得不對。

「老爺被抬回來多久了，怎麼沒有管家理事的人來叫我們二房過去？怎麼是小廝偷偷差人去請顧大夫？」

小百靈一聽，還是自家少奶奶機靈，一下子就問到重點。

「這也是奴婢納悶的，所以我又去追問他們，有一個小廝年紀小禁不住我套話，我才問出來，說是那些人都讓大少爺和大少奶奶給扣住了，不讓出來報信，說是老爺差不多要不成了。」

果然事情不簡單。

顧大夫之前暗示過她，胡老爺身子骨兒不濟，會有大劫難，可沒想到會被大房給利用了。

如今尚且不知道鄭氏是否清醒，或被利用了多少。

她就是察覺到，大房沒那麼早棄械投降。

不論公爹胡先業因為什麼發了病，總之事情不太單純，而且他是從鋪子裡被抬回來的，自然不是被家中之事耽擱，想來是因為鋪子上的事情給氣得發了病。

如今大房想阻攔院子裡的消息，不讓他們知道，明擺著是在防著董秀湘，以免胡先業一時之間清醒了，把公家的事又交給二房。而鋪子上的事，他們肯定還來不及插手。

董秀湘派了小丁子到鋪子打探消息，不到一炷香的工夫，小丁子就帶著更加讓人頭疼的消息回來了。

果然不出所料，確實是鋪子裡頗大的事。

胡家四小姐嫁到知州柳家，柳家大少爺等著正妻進門，要經過正妻的同意，把婚前就有的外室接進府裡給個名分。

畢竟母親要是沒得名分，這孩子日後就是個私生子，一輩子都會受人指點，遭人唾罵。

這也是柳家公子急著成親的原由。

胡婕思在求助家中不得結果後，便自己做了主意，拒絕柳家央求納妾的說法，堅決不同意外室進門。

這一拖二拖的，胡婕思拖得起，可那外室的肚子拖不起。眼看著那女人就要生產，可胡婕思還是不鬆口。繼續下去的話，這外室的孩子就注定是個私生子。

也是趕巧，那位外室心思重，最後一次見柳少奶奶，乞求無果後，沒足月的孩子就因為受刺激提前早產了。這一番生產極其凶險，到了最後，母子兩人俱亡。

這事打擊了柳家的公子，竟然發誓要搞垮胡氏的娘家，寧為玉碎。

沒過多久，胡家就丟了皇商的名號，胡家幾十年的榮耀一朝被戶部收回。

新上任的官員還接到狀紙，說是胡家的布料偷工減料，欺騙百姓，拿百姓們當傻子，欺騙百姓的錢財。

上頭正在嚴厲處置問題，遇上這檔事，自然要仔細徹查。查案子期間，官府的封條就封了胡家布莊和幾間要緊的鋪子。

這事背後有柳家的人操控，十有八九是個跑不掉的罪責，而仔細查問，也會發現胡家原本販售次等貨物的事屬實，定然是要封鋪子。

胡家這麼久的基業，一時之間，竟然面臨崩塌，為胡家布莊奮鬥了半輩子的胡先業自然受不了這個沈重的打擊，情緒一激動就舊疾復發了。

在董秀湘看來，這個病其實就是類似於中風一類的老年病。病來如山倒，想要恢復不是十分容易的事情。

遇上這種倒楣事，胡家算是好日子到頭了。

且不說胡家鋪子保不保得住，胡家布莊這些日子被迫停工，無法完成的訂單都不知道該如何補償。

若是就此在百姓和商戶面前失去信用，那日後可是半點挽回的餘地都沒了。顯然，這種複雜的事情，大房那個草包是不會理得清楚的，算來算去也就她自己能撐得住。

可胡仲恩和林氏現在滿腦子都想著掌控住胡先業，保住大房的家產和權勢，而不是如何幫胡家度過這個難關。

董秀湘思來想去，都想不到法子，只好讓小百靈喬裝打扮，混進正房去找鄭氏商討，不過有半分明白心思的小百靈覺得，拎不清的鄭氏應該不會聽從二少奶奶的話。

「二少奶奶，如今胡家布莊欠下不少的欠款，咱們要是還不成，估計胡家日後就是病來如山倒了啊。」

言外之意，還是別蹚渾水了。

她何曾不知，小百靈的話十分有道理呢？

這原本就不是二房該繼承的產業，自然也沒理由去守護。況且，人家大房壓根兒就不想給她機會。

鄭氏自然也是耳根子軟，聽信胡仲恩了。

「可是咱也不能看著胡家就這樣敗落下去，好歹還是塊金字招牌，妳說呢？」

小百靈搖了搖頭，收拾了一番，出了院子。

董秀湘火速給胡仲念兩兄弟寫了家書，讓他們不論如何聽說胡家的傳聞都不要在意，有她在什麼都是暫時的，他們只需要專心讀書，認真考試就夠了。

這封信，她讓人火速送去驛站。

科考不等人，能少分心一個時辰，就多一分的把握。

董秀湘叫來小丁子和賈六，三個人開始清算，胡家手裡到底有多少的現銀，來抵扣近期的訂金。

算了半天的結果，就是胡家現在的銀子根本是九牛一毛。

原來胡家被大房吃掉的現銀太多，以至於胡家家中拿不出這麼多的銀錢來。而胡家的那些房子、田地、鋪子的銀票、房契、地契都在鄭氏的手裡。

沒有過多的猶豫，董秀湘拿出自己的莊子和鋪子裡的錢，湊了一些出來。她覺得還需要鄭氏點頭，用胡家的房契、地契來抵押現銀。

然而，他們的想法卻被殘酷的現實打敗了。

原本董秀湘以為，大房就是想藉機掌控胡家，想做掌權人，想要分家。可沒想到，這時候的大房真的是比小人還要小人。

他們見胡家的名聲怕是保不住，竟然從鄭氏那裡騙走房契、地契，拿著說出去辦事，然後便一去不回了。

等小百靈帶著人回到院子裡回話的時候，大家才發現，大房的胡仲恩夫婦竟然已經不見了。

傻白甜鄭氏正在自己的房間裡哭泣懊悔。

董秀湘實在無奈，只能先去正房，瞭解一下具體情況，是不是和自己想的一樣。

「母親，您先別傷心，說清楚發生了什麼，有事情還有兒媳幫您頂著。」

鄭氏抽抽噎噎半天，才吞吞吐吐不好意思地開了口。「娘真的是錯信了恩哥兒和他媳婦，他們說會抵押那些產業去賠償訂金，還說只要度過難關，咱們胡家的好日子都在後頭呢，結果他們拿了房契、地契就消失得無影無蹤，我造了什麼孽啊！」

董秀湘看著鄭氏委屈的樣子，還是在心裡感慨了一下自己這位傻白甜婆婆。

胡家欠了那麼多的銀子，不是賣些房子和地就可以補償的。現在補了銀子給那些人，日後布莊恢復了運轉，手裡的那些布料還能不能再加工販售都是未知。

胡家的名聲到底有多大影響，其實都是未知數。對於胡家來說，這是一場未知的戰役，搞不好，胡家日後什麼都沒有了。

在生意場上學習了這麼久的胡仲恩不可能不知道這個道理，所以他並不願意賭一把。他寧可做個大不孝的逆子，拿走這些銀錢。日後就算想要東山再起，起碼他也有本錢。

董秀湘也不知道這事是好是壞，反正胡仲恩是個傻子無疑了。

更讓人寒心的是，兩個人扔下了病重不起的胡先業以及驚嚇過度的鄭氏。夫妻倆只是帶了些細軟值錢貨，以及春姊兒和欽哥兒，就匆匆離開湖廣。

一直站在門口聽著裡屋胡夫人嚎啕大哭的顧大夫，只能尷尬地撓撓耳朵。「真是的，我又沒說老爺不能救了」。

胡家的人上上下下都以為胡老爺臥病不起，胡家大少爺捲款跑路了，這胡家的生意就這麼玩完了。

別說胡家的那些家丁和鋪子裡的夥計們，就連鄭氏都有這個想法。

鄭氏心裡頭十分難受，但是她只能衣不解帶地圍坐在床邊照顧胡先業。

顧大夫說了，胡老爺這病一時半刻只要不再受氣就死不了，只是要想俐落說話、下地起身，實在是不容易。

董秀湘也明白，這就是老年病，中風了，全靠養。

為了保住胡家的那塊老招牌，董秀湘只能想盡辦法去湊齊那些訂金銀子。除去他們二房手裡拿得到的銀錢外，胡家那些能抵押的房契、地契都被胡仲恩騙走，讓她一時間束手無策。

「我不是存心的，恩哥兒對我說他有法子保住咱們家的鋪子，我才把東西都交給他的。我哪想得到……」鄭氏作夢也沒想到，從自己肚子裡生出來的嫡長子，竟然為了那些房契、地契做出這種下三濫的事來，真是讓她難以接受。

董秀湘這會兒成了胡家的主心骨兒，原本不可一世的鄭氏，如今像是抓著救命稻草般緊緊抓著董秀湘不放。

「母親應當謹言慎行，有些話我說出來像是馬後炮，可事實就是，大哥和大嫂已經捲款逃走，棄咱們家於不顧了。」

鄭氏轉身看了看這會兒還昏迷的胡先業，撲在老爺的身上嚎啕起來。「老爺啊，您可要給我們做主啊。」

董秀湘只能無奈地嘆了口氣，果然不能指望自己的婆母。

「母親，我是想問，咱們胡家還有多少銀子能拿得出來，或是說，您手頭還有沒有能抵押給當鋪的憑證，比如……」

在董秀湘看來，當務之急要保住這塊招牌，日後還能有機會東山再起。

可鄭氏思來想去，數了又數，才滿面愁容地說道：「怕是沒了，咱們家裡本就為了給妳四妹妹籌辦嫁妝，花了好些銀子，房契、地契那些值錢貨也都讓大房給拿走了，剩下的就是看得到的這些了。」

董秀湘環顧了一番四周，暗示道：「母親再好好地想一想？」

鄭氏表示自己不清楚。

「咱們這間祖宅的地契，想必能換好些的銀子。」

祖宅兩個字剛剛出口，鄭氏的面色就明顯一停滯。「祖宅是祖宅，動不得，這個心思妳不用想。」

胡家的宅子與其說是祖宅，不如說是胡府一家團結的象徵。雖說沒什麼過多的奇珍異寶，可一磚一瓦都是胡家人掙來的，尤其對鄭氏是意義非凡。

可如今為了生活所迫，董秀湘可管不了什麼祖宅不祖宅的。

「那您忍心瞧著咱們胡家這百年的招牌就這麼倒了？母親，銀子就是王八蛋，沒了還能再賺回來，可這店鋪的信譽要是沒了，日後咱們胡家才是真的完了。就算想東山再起，也挺不過今年這一番陣仗了。」

鄭氏心裡不是不受影響，可是她只要一想到，如今她掏這個銀子給鋪子，最後還是有可能救不回來，胡家的銀子、房子也打了水漂兒。

要是現在及時收手，胡家的人就算以後沒了招牌，最起碼還擁有祖宅，不至於讓全家人都沒了銀子而焦慮。

「妳還是想想別的法子，妳父親說過，祖宅不能動，除非分家。」

胡先業也是擔心隨著家裡的產業更加紅火，各房就會想要分家，為了讓家裡頭的生意能長長久久地發展下去，他認為胡家的祖產無論如何都不能動。

「母親，話我說到這兒，父親之前信任兒媳，讓我管著鋪子、管著中饋，我如今也會盡全力幫胡家的忙，可這實在是需要您支援。」

董秀湘也明白，讓鄭氏這個婦女理解什麼叫燃眉之急，可能著實困難了些。

但好歹胡少二奶奶的名號，在胡家內外還是撐得起場面的。

鄭氏雖然嘴上沒同意祖宅的事，但是她也掏出自己的家底兒，把這大半輩子的私房銀子拿出大半來。

「祖宅的事咱們日後再商量，我知道咱們胡家現在十分需要銀子，我這裡都是金銀玉器，若是玉器賣不上價錢，妳只管賣金賣銀，玉器就拿去當鋪做個死當。」

鄭氏當初也算是八抬大轎迎娶進府，當初的嫁妝可是半分都沒有缺少。如今鄭氏肯拿出自己壓箱底的金銀首飾去填補窟窿，想來也算是用盡心思了。

董秀湘看了看婆母鄭氏的誠意，心裡也是一暖。沒想到，這平日裡閒散不喜歡管理中饋的婆母，出手倒是不含糊。

「母親，這都是您的嫁妝，您還有個閨女年紀小，沒出閣，兒媳不敢把您的嫁妝都給搭進去，您還是收回一些吧，再說，這些補償也不夠咱們賠償那些訂金。」

董秀湘只拿走了一半，這還是因為她擔心會讓鄭氏內心不安寧，才勉強收下了些金子。

實際上，這些統共加起來，也就區區兩、三萬兩銀子。

原本胡家布莊對應全國各地的銷售量，加上這次的訂金銀子補償，可能要花掉數十萬兩白銀，無奈之下，董秀湘只能再仔仔細細察看一下胡家的各處帳本，去仔細瞧瞧，到底哪裡還能搜刮出些錢來。

管家帶著幾個小廝，連夜清點了府裡的倉庫，拿出不少的金銀玉器，很多都是宮裡頭賞的，或者是官場上的好友們送來的。

董秀湘挑選了大半，讓管家的和小廝們分批賣給湖廣的當鋪。

這消息在湖廣不脛而走。

胡家前腳被查封，剝奪皇商的稱號，後腳胡家二少奶奶就開始變賣家產，還是籌銀子。難道是胡二少奶奶想帶著銀錢跑路？

董秀湘一時之間顧不得對百姓們解釋這事，只是跟帳房和鋪子裡的夥計們都知會了一聲，說是胡家不會虧待各位的。

至於，滿城的百姓們說胡家沒了銀子，那就沒了唄，反正她自己那點私房錢也都給違約的合作商家了。

時間緊，任務重，胡家還有不少的銀子缺口沒頂上。

然而，人往往都是患難才會見真情。

相較於大房的捲錢跑路，三房就老實得多了。在董秀湘眼中，這乖巧是有一定原因的。

燕雲夢剛剛產子，身子體虛，本就沒有精神來摻和家裡的事，再者，燕氏也是有了孩子，才感受到孩子是他們夫妻兩人的心頭好，什麼名利、掌權和中饋，不過是錦上添花而已。

燕氏拿著十萬兩銀票出現在董秀湘面前的時候，還是驚到了她。

「我知道府裡的人對我沒什麼好印象，我對妳也是沒有。」燕氏將一張銀票拍在桌子上後，落落大方、不緊不慢地說起話來。「畢竟妳只是胡家娶回來的一個沖喜丫頭。」

董秀湘就是喜歡看燕雲夢這副明明擔心得不行，卻還是硬挺著不肯服軟的模樣，她忍不住偷偷地在心裡偷笑。

「算了，雖然妳跟我互相陰毒過，可總歸都是胡家的兒媳，我不希望胡家就這麼散了，也不想我的兒子以後有一個落魄的祖家。我知道出了這樣的事，除了賠給人家銀子，上下打點也要用到銀子，我今兒都交給妳，妳且拿好了。」

看著燕雲夢傲嬌彆扭的樣子，董秀湘真的忍不住笑她。

「我還真是小瞧了妳，我還當妳跟那大房的林菀清一般，出了事就拿著錢，趕緊劃清了界線，沒想到妳卻肯出錢、出力氣。」

燕氏見她幸災樂禍的模樣，徑直打斷了她。「我沒有出力氣，我只出錢，力氣妳去使。至於林氏，我跟她差得遠了，我可做不出那要人命的買賣。」

董秀湘聽出這話裡有話的腔調。「怎麼，妳還知道她手裡捏著人命的事？」

本來是試探，燕氏卻是不吐不快。「我承認，我也不是什麼善良之輩，可我做不出殺母奪子的事情來。為了我的孩子，我會積德，我會積福。要不怎麼說報應不爽呢，害了別人家的母親，她也一樣害了自己的孩子。」

聽這話中的意思，似乎是林氏和春姨娘的死有脫不開的關係。

董秀湘只當作聽不懂，插科打諢就把話給接過去。「妳做了娘以後，果然不一樣了。」

去。

「我的心沒變，日後還是會跟妳爭個高低。」燕雲夢撂下一句聽著不客氣的話揚長而去。

胡家二少奶奶看著桌子上的十萬兩銀票，心裡沒有一絲波瀾。

這是燕雲夢將自己房裡好幾箱嫁妝抵押換來的銀子。

胡家的情況正如燕雲夢所說，胡家填補上那些欠款後，還有更大的事需要解決，他們要想辦法給胡家平反，讓胡家重新拿到機會打開門做生意。

這些無不需要上下打點，到處交銀子通融。

十萬兩銀子或許只是個起步的數目。

一想到這兒，董秀湘就恨不得把大房那對夫妻生吞活剝了去。

仔細思量一番，這事的始作俑者還是四姑娘的婆家，也就是柳大人家裡。

柳家失去自己的一房子嗣，自然是萬分悲痛，又剛好遇見胡婕思這麼個得理不饒人，時刻端起架子的商賈之女。柳家也不是個省油的燈，就是互相耗著，也決心要把胡家給耗得沒了心血。

這麼一折騰，胡家直接面臨今日的境地，那胡婕思卻是被軟禁在院子裡，過著苦不堪言的生活。

董秀湘只要四處打聽一番，仔細思量就會察覺，其實事情都是柳家鬧出來的。她先是準備不少的賀禮，到柳家去求和，只可惜，頭一回他們連柳家姑爺的面都沒見上，更別提柳家的柳大人了。

董秀湘只得託人傳話給柳家的胡婕思，父親的病情沒有大礙，讓她安心。這讓原本被軟禁在府裡的胡婕思聽了後，心裡稍稍消了些氣。

胡府裡，處處都有小百靈和邵蘭慧幫忙盯著，也沒有下人們敢乘虛而入，欺辱主家，還算是讓董秀湘心裡舒坦了些。

「二嫂嫂，可見著了？」

邵蘭慧從外頭送進來一杯參茶，放在董秀湘的几案上。

「哪有那麼容易，那個柳家的老頭子，分明就是想對我們落井下石，還非要拿出一副端起來的姿態，真當我們胡家在官場上沒人了？」

邵蘭慧常年待在深閨裡，對於這些人情世故只稍懂一些。「嫂嫂，那咱們可以去求求宋知府宋大人啊，我覺得事情是有轉機的，總不至於一直查封了我們家鋪子。」

董秀湘長嘆了一口氣。「我又哪裡不知呢？可當初到底是胡府的長公子賣過破爛貨，這也是咱們承認了的，推脫不掉，這就是他們追著我們不放之處。」

還有一點是她沒說過的，皇商的事實際屬於戶部來管理，就算事情求到宋知府那兒，人家一個地方官員，壓根兒管不到你這個鋪子的名聲。

「那如今就是他為刀俎，我為魚肉了？」

「總會有法子的，五妹妹莫要擔心。」

邵蘭慧心裡頭對胡先業生了如此重病一直心裡有愧，要是她當時能夠勸說胡婕思，她可能不至於回到柳家走了極端，鬧出這麼大的事來。雖然她這麼多年都是過著寄人籬下的生活，但是胡先業在能給予她疼愛時，也是半分都不含糊。

邵蘭慧從袖口裡，拿出一疊紙來，一股腦兒地交給董秀湘。「二嫂嫂，這個妳拿好。」

董秀湘定睛看了半晌，嚇得差點從椅子直接掉到地上。「妳哪來這麼多銀錢？」

邵蘭慧喝了一口淡茶。「這是父親給我的，在我訂了親事的那日晚上，他把我父母留下來的產業都給了我，我也驚著了，而且我從不知道我父母臨走前給我留下這麼多的產業。」

胡先業當初收養摯友的獨女，本來就不是貪圖朋友的家財。為了避免家中人覬覦，胡先業沒有對太多人講述邵蘭慧的身世和家產。

就連鄭氏都不清楚，一向以為邵蘭慧就是養在胡家的外姓人，並不和她過分的親暱。

「這、這也太多了些。」

董秀湘真是打心底裡感慨、佩服胡先業，拿著人家的銀錢這麼多年，竟然真的絲毫沒對朋友的產業動了什麼不該動的小心思，實屬難得。

這些房契、地契和銀票算起來，真是不比胡家的家底兒少了多少。

這要是讓捲款出逃的胡仲恩和林菀清瞧見，不知道會如何懊悔自己太過心急。

董秀湘整理了一番，將地契、房契歸還給邵蘭慧。「現銀對我現在來說比較需要，至於房契、地契妳還是收好，若是日後咱們還是不夠，我再跟妳討要吧。」

第二十五章

越是忙活，就越容易出現意外，這是一個亙古不變的真理，在董秀湘身上也是印證得完美無缺。

第二次在柳家吃了閉門羹後，董秀湘在回來的馬車上一下子就暈了過去。不過也不用太過於擔心，神醫妙手顧大夫近來為了照顧生病的胡先業，常駐在胡家的宅院裡。

經過顧大夫摸了摸脈搏斷定，胡家二少奶奶這是又有喜了。

這樣的消息，真是讓陰霾籠罩的胡家又有了一絲絲的生氣。可這對董秀湘來說，並不是什麼好消息。

懷著孩子還怎麼跑前跑後啊？

胡先業甦醒過來以後，不出顧大夫所料，雖然保住性命，可基本上只能躺在床上，動也動不了幾分，話也說不出幾句了。

聽聞老二家的又懷上的消息，讓胡先業覺得心情大好，當天還說出了幾個「好」字。

立夏還張羅著要給二少奶奶做燕窩來安胎養身子。

「眼下家裡是這般光景，妳還想著給我做燕窩，還要不要再奢侈一些？」

立夏吐了吐舌頭。「就算胡家的生意不成了，咱們二房的繡坊鋪子可是半分沒耽誤啊，怎麼，還不能拿咱們自己的錢給二少奶奶好好補一補身子了？」

董秀湘搖了搖頭。「還沒分家，妳就說這話了，要考慮分家，也要等二少爺和三少爺回家才成。我這樣撐著胡家，還不是為了讓他們在京城專心應考。」

柳家那兒已經碰壁兩次，想來他們壓根兒沒存心思要和解。

「等我歇息兩天，再去一次柳家，這次若還是不成，咱們日後就橋歸橋、路歸路，用不著再互相遷就了。」

小百靈從外頭端了茶水進門，聽見裡頭說的話，趕緊上去插嘴。「哎喲，二少奶奶，您沒長記性呢，還想著讓柳家再給您當頭棒喝呢？」

董秀湘噗哧笑了笑。「妳說的什麼話呢，人家劉備都是三顧茅廬，我不過是想湊個整數，給他一個機會。」

「我看您還不如直接去處理京城那邊的繡坊生意，要是真的成了，那可是大賺頭，說不定，回頭可以給皇家進繡品。」

董秀湘繡坊裡的湖繡被宋夫人帶去京城，在京城引起不小的轟動。原本大家都只知道蜀繡和蘇繡，如今新花樣湖繡進入大家的視野中，大家都頗有興致，紛紛表示願意花錢來訂。

然而原本董秀湘的繡坊都是用胡家的布料來進行刺繡，如今沒了胡家，只能改用別人家的布疋。

這其實是一個十分好的機會，能把胡家布莊的事放在京城那些權貴夫人們的眼前，將這一灘渾水鬧得再大一些。

柳家原本就是想出主意搞垮胡家，又怎麼會看在一個少奶奶去了幾次道歉的面上就饒過他們呢？

胡婕思被關在柳府裡，自從知道父親病倒了，大房捲走所有的銀錢後，什麼消息都接不著了，就此她便開始茶飯不思，人瘦得剩下一把骨頭。

董秀湘把自己想要對付柳家的想法對鄭氏說了幾分，鄭氏心裡咬著牙，讓她盡力還胡家布莊清白，至於談到胡婕思，她只是說了以大局為重。

這一番態度，董秀湘明白了大半，鄭氏選擇半放棄了自己鬧事的女兒。

懷孕的二少奶奶在胡家休息了幾日，又帶著兩個丫鬟去了柳家。

柳家是湖廣官宦之家，自然對於京城權貴們傾心於湖繡的事一無所知，仍舊是用頤指氣使的態度呼來喝去。

董秀湘只是淡然笑了笑，起身便離去了。

只能說，給了面子不想要，那就別怪她日後翻臉無情不給臉面了。

算算日子，在京城的胡仲念和胡仲意該開始會試了，自從上次董秀湘給胡仲念寫了家信後，胡仲念就真的沒有再寄回信件詢問家中的事情。

不論家中事情是大是小，都不是他能幫得上忙的，他只要挺過會試，有機會高中三甲，就會給胡家爭取到機會。

而胡仲意在兄長的啟迪和管束下，也不得不每日用功勤勉起來。

董秀湘只是寫了封信給宋夫人，告知繡坊和胡家布莊的關係，讓她把話帶給京城的大娘子和小姐們，又裝模作樣地退了一些訂金過去，並把與胡家布莊一同做出來的衣裳寄過去兩、三件，說湖廣沒了存貨，日後只怕要斷貨。

那些夫人、小姐們已經對湖繡有了心思，現在告訴她們這玩意兒沒貨了、絕版了，她們怎能受得了？只好紛紛去打聽湖廣一帶的胡家布莊，到底是犯了什麼錯，怎會落下個欺君罔上的罪名呢？

也是之前湖繡的布料在京城太過受人喜歡，如今很多人前來詢問。結果一傳十，十傳百，倒是從戶部那兒聽到了消息，說是胡家好像得罪了柳家，才被挖出布料用次等貨充好的事。

宋夫人也是人精，看見董秀湘的信件，就明白了她的意圖。宋夫人沒有過多言語，只是對外稱，胡家二少奶奶只求讓自家的生意洗脫罪名，不然誰還有工夫去張羅繡品的事。

胡二少奶奶的名聲一時間在這些權貴親眷們裡頭變得響亮，尤其是戶部侍郎家的大娘子一穿上精美的湖繡衣裙，更是讓戶部侍郎把這事放在眼下考慮。

董秀湘估算著，這套連招技巧用下來，就算胡家的事還是解決不了，但是起碼戶部也會好生查案子，不會讓柳家再白白誣陷了去。

胡家的生意暫時停下了，田產也被大房帶走，這些日子府裡的開銷大多都是用二房莊子上的銀錢。

至於胡家公中挪用三房燕氏的銀錢和邵蘭慧的銀子，董秀湘都已經明明白白記在帳本上，說好日後會如數歸還。

邵蘭慧並不曾追著要這筆銀子，她覺得胡家對自己有養育之恩，她為胡家做些什麼都是應該的。

而燕氏則是半推半搡地接受這樣的說法。她的嫁妝錢還要留著養孩子，誰知道日後胡家會不會墮落到什麼地步呢？

整個胡府上下，裡裡外外都是二少奶奶當家。

雖然二少奶奶是個身懷六甲的深閨婦人，可處理事情上卻是半分都沒有含糊。

布莊雖然停了織布，可那些夥計們並沒有因此離開，董秀湘每個月照舊發月例銀子，就是等著有一天胡家布莊還能重新開張。

原本就連大掌櫃的都說，這些夥計們還是都辭掉得好，畢竟每個月的月錢銀子是一筆不小的開支，可董秀湘堅持要留著他們，大家也就不敢有異議。

她會用實力證明，相信二少奶奶準沒錯。

也不知道是不是這一胎的孩子太懂事，董秀湘懷孕許久也沒出現孕吐之類的反應，只是格外嗜睡，每日能在床上睡五、六個時辰。

整個胡家，也就只有二少奶奶不著急了。

鄭氏隔三差五就派人到二房去打探消息，想要問清楚到底事情處理得如何，可每次得到的結果都是「二少奶奶在睡覺」、「二少奶奶在休息」。

這等來等去的，先等來的不是胡家布莊的消息，而是胡仲念在京城會試上高中的消息。這消息是從京城快馬傳來的，走的是官道和驛站，一路上都是不停換馬、換人，火速報來湖廣。

最讓人歡喜的是，湖廣這次傳來的喜訊中，除了胡仲念的名字以外，還有趙亭勳的名字也位列其中。

邵蘭慧高興地捏著自己的雙手，站在皇榜前喜極而泣。

這次會試，選出來的前面的名次還要在京城等待一些時日，前往皇宮大殿上去參加天子的殿試。

按照名字的順序來看，十有八九這次胡仲念和趙亭勳都會分別進文、武狀元的頭三名。

三房的胡仲意雖然落榜了，但是燕氏沒有那麼明顯的失落。反正在她心裡，胡仲意那點文墨，也就能勉強過了鄉試，想要去會試拿名次，還是十分艱難。好在胡仲意日後還有努力的方向，畢竟還有下次科考。

董秀湘卻是胡家對此事最為淡定的人了。

「我對官人的成績從未懷疑，只是好奇他到底會不會被點為狀元而已。」

要是在以前董秀湘說出這些話，估計八成的人會以為她愛說胡話，可現在看來，還真不是沒可能啊。

湖廣原本對胡家布莊持觀望態度的人，如今看見胡仲念科舉的名次，心裡都是一顫，不知道現在去巴結胡家還來不來得及。

柳家倒是內心很慌，可面上十分鎮定。要是真讓胡仲念走狗屎運高中前幾名，大不了就來個死不認帳。

鄭氏問來問去沒問到京城戶部的結果，卻等來兒子高中的消息，激動地一直搖著病榻上的胡先業，硬是把胡先業搖得說出了完整的一句話。「妳住手。」

這種情況在顧大夫看來，就是神來之筆啊！

「看來胡夫人的雙手能拯救中風患者。」

董秀湘躺在床上，算了算時間，估算著胡仲念在京城已經開始準備殿試，開始琢磨要不要帶兩個孩子去寺廟裡拜神。

胡仲意落榜了以後，本打算快馬加鞭往回趕，但是被董秀湘用一封書信留在京城。

這是留在那兒幫忙拓展湖繡生意的好機會，為啥要錯過呢？

董秀湘把自己的書信寄給胡仲意，一來讓他留在京城繼續把湖繡的貨款寄給她，再來就是要胡仲意好生督促一下戶部官員的妻女們。

當然這信不是董秀湘自己寫的，而是她託了燕雲夢寫好再差人送去。

胡仲意自從當了爹，見到自己的大兒子，整個人就像一隻乖順的貓咪，簡直對燕雲夢言聽計從。

戶部的侍郎聽聞新科狀元的熱門候選，是會試中的會元，湖廣人士，索性開始重視起湖廣的案子來。再經過仔細打聽，才知道湖廣的胡記布莊，就是胡會元的家所開的。

戶部侍郎立馬把事情提上日程，開始調查胡記布莊是不是賣了次貨，以次充好，欺瞞百姓，欺君罔上。

外派前往湖廣查案的戶部海大人，馬不停蹄帶著人前往湖廣去查探事情的虛實。

得到這個消息的胡仲意滿心歡喜，跟著海大人的腳步一同回了湖廣。

見到自家官人的燕雲夢滿心喜悅，畢竟當時月子剛出沒幾天，自家官人就去了京城，這一去還是好幾個月。

胡家近來發生不少事情，全家籠罩著一層陰霾，所以見到胡仲意的那一刻，抱著孩子的燕雲夢心裡也就大好了些。

可躺在房裡養胎的董秀湘，聽說三叔先回來了，心裡頭就有些惱怒。

不是說了，讓他在京城幫襯著生意嗎？

小百靈立馬就幫三少爺解釋。「二少奶奶，您別急，戶部已經派了海大人跟著一起來湖廣查清事情真相，此番三少爺才跟著一同回來。您交代的事想來也都辦得差不多了。」

「我哪裡只讓他辦這事了？不是讓他幫我多看看繡坊的生意，要是能讓我賣到京城去，那還愁什麼？我總不能把事情都託給宋夫人。」

宋知府任期結束回京城，述職後便留在京城，進了刑部，也算是正兒八經做了個京官。宋夫人理所當然留在京城，也只能跟董秀湘進行一些書信往來了。

「現在人人都說，咱們家二少爺說不定是今年的新科狀元，到時候二少奶奶還愁去不成京城嗎？還不是想做多少繡坊的生意就賣出去多少？」

雖然人前她都謙虛地推辭，可背地裡總覺得自家相公沒準兒就真的是今年的新科狀元。

「妳這張小嘴，專門撿好聽的給我說，讓我真是開心地不得了喲。」

董秀湘繼而想到了趙亭勳。「也不知道五姑娘的姑爺，這次能不能中個武狀元？」

趙亭勳的文采雖然不差，但是明顯武藝超群些，如今選上武狀元的機率也十分大。

原先湖廣那些夫人們都嫌棄趙家的門楣太低，姑娘嫁過去會跟著受苦，在說親事的時候都不想把自家的女兒說給趙家。如今趙家搖身一變，竟然成了湖廣的香餑餑，凡是家中有適齡女子者，都想帶著自家孩子去趙家問一問，願不願意說親事。

不問還好，問了才知道，原來這位科考新貴已經和胡家五姑娘說了親事，這樣算下來，胡家今年倒是有兩個熱門的科考人選。

一時之間，湖廣的百姓們都十分羨慕胡家。

「妳最近有瞧見五姑娘嗎？我怎麼都沒見著她？」董秀湘近來總想和邵蘭慧商討一下如

何給他們辦婚事，可總是見不著人。

小百靈這個知情人士抿著嘴偷偷笑了笑。「五姑娘應該是帶著準婆婆求神拜佛去了吧。」

「在背後如此念叨五姑娘，妳小心五姑娘知道，撕爛妳的嘴。」立夏端著燕窩從外頭進來，對著小百靈就是指點一番。

小百靈吐了吐舌頭，準備服侍二少奶奶喝燕窩。

「不是說別吃這些奢侈的東西了，胡家的生意還沒有變好，我可還欠著三房和五妹妹銀子。」

「哎喲，我的二少奶奶，您就安安心心吃吧，咱們莊子的錢夠養活整個胡府的開銷，用不著省吃儉用的。」

小百靈招呼二少奶奶張嘴，這才一口一口餵她吃下去一整碗。

也不知道是不是孩子懂得心疼人，董秀湘近來連嗜睡的毛病都沒有了，活脫脫就是個正常人。要不是鄭氏嚴格要求她好生休息幾日，哪裡都不准去，她還真是閒不住。

在顧大夫的調理下，胡先業的身子骨兒漸漸恢復了，就是還沒辦法行走自如，說話倒是索利了不少。

在董秀湘眼裡，這就是現代腦出血中風病，想要完全痊癒那是難上加難，只能期待別再受到刺激。

董秀湘一直沒停止尋找捲走錢款的大房夫婦。在她來看，這偌大的湖廣，他們一定會藏身在此。為了胡家布莊的生意，他們不會輕易離開湖廣。

而且他們早早就和通關文牒處的人商量妥當，若是有這兩人的消息，務必盡快通知。

她想，就算不讓這兩人把錢款全部拿出來，也要好生懲罰這兩個背叛家族的人，更何況還有他們陷害胡仲念臥病許久之事，這筆帳總得一次算清楚。

「二少奶奶，您說少爺回來看到老爺這般，會不會心裡頭難過啊？」立夏憂心忡忡地問道。

立夏還是接受不了，一直以來高大偉岸的胡老爺，突然間就一病不起，窩在榻上動不得、說不得，調養了許久也還是如今這般的憔悴面容。

若是二少爺回來，接受得了嗎？

董秀湘仔細想了一下，好像上次胡先業生病時，顧大夫說的話，自家官人都聽到了。

「應該是有準備吧，好在凶險的時候已經過去了，現在二少爺應該不會那般擔心了。」

立夏想了想，少爺會有準備？他不是每天都準備看書？

小百靈在一旁提示董秀湘。「二少奶奶，戶部的海大人今日前來查證，奴婢想是不是可以去看看，到底是怎麼回事？咱們也能在其中幫幫忙。」

董秀湘滿腦子第一個詞語就是「避嫌」。

「算了，明兒讓小丁子去配合海大人查案子，另外再把大掌櫃和二掌櫃叫上。」她思忖了片刻。「若是海大人想親自提審我，就推脫說我懷孕，身子一直不大好，行動不太方便，看看他是否還繼續堅持。」

小百靈點了點頭。

立夏立馬一個詢問的表情拋過去，小百靈只是聳了聳肩膀，意思是：反正我不知道為什麼，照著做就對了。

因為胡先業的病情好轉，鄭氏又有閒暇時光了，她閒來無事，又開始抱二房的心姊兒來房裡玩耍。

養一個也是養，抱兩個也是抱，心姊兒都抱了，難道還會留下一個銘哥兒不管嗎？這也給董秀湘減輕不小的帶娃負擔，要不然，讓她一個人帶著三個孩子，還真是忙不過來。

鄭氏帶著二房的一對龍鳳胎，難免會想起陪伴自己諸多時日的春姊兒。大房當時帶上春姊兒和欽哥兒跑了，讓鄭氏沒有心理準備，對於春姊兒這個自小就在自己身邊長大的乖孫女，鄭氏心裡十分想念。

她常常買了春姊兒喜歡的糕餅回來擺在桌子上，奢望著有一天春姊兒能自己找回家來，進到正房去吃裡頭的糕餅，然而這一次次的幻想總歸是個幻想，她只能抱著懷裡的心姊兒懷念一下大孫女了。

不過，海大人代表戶部在湖廣查詢案子的進度倒是十分迅速，不出幾天就查到不少事情。

只不過現在實在是找不到大房的胡仲恩，難以去瞭解當時以次貨充好的當事人，所以他們只能登門拜訪，找到胡家二少奶奶了。

胡家二少奶奶董秀湘利用自己的繡坊生意，千方百計就為了撬開京城戶部的大門，順利地讓戶部官員重新審理胡家布莊的案子。

戶部派來的海大人前後幾天就問清楚了，胡家布莊之前對山東的商賈交出次等貨的事情，以及後來聽了湖廣的百姓們，講述胡家二少奶奶當街燒毀了大批的次等貨。

海大人只是想來胡家，問一問胡家大少爺胡仲恩的去處，同時拜訪胡家的主事人胡二少奶奶。

董秀湘也是實話實說，說了大房的胡仲恩自從胡家出事，被查封鋪子，就帶著妻兒逃出去了，還捲走胡家的銀錢細軟，實在是無力找出人來，給戶部一個交代。

海大人驚訝於胡家為何不考慮將自家大少爺狀告到衙門去呢，到時候多少也能給胡家追回來一些銀子。

董秀湘早就有這個意思了，她心裡頭恨大房恨得牙根癢癢，只是每每提起這個話題，鄭氏就說好歹胡仲恩也是胡家的長子嫡孫，不能真的被貼了告示通緝在外。

現在雖說看不到他人去了哪裡，可好歹沒人通緝他，還能帶著老婆和孩子安安穩穩地過個好日子。

若真的通緝了，要是找得到人，就會被抓到衙門裡關起來，怎麼處置都不清楚；要是找不到就更糟了，定會逼得胡仲恩一家子到處躲藏，日子根本沒法過了。

看到鄭氏的態度，董秀湘就怒從心中起。

合著他拿胡家的東西跑了，就讓他白白走掉了？要不是他捲走胡家這麼多的房契、地契，胡家那段時間何須過得那麼艱難？要不是他胡仲恩把柳家這種人家介紹給同胞的親妹妹，胡家何至於會被小人暗算？

面對海大人的建議，董秀湘委婉客氣地拒絕了一下，不過轉頭就好奇地開始詢問。「海大人，您能做主來通緝我們家大少爺嗎？我婆母不讓我報官，可是咱們胡家確確實實快揭不開鍋了。」

說罷，董秀湘還不忘抽抽噎噎表示委屈。

海大人看了看二少奶奶露出為難的樣子，只好點了點頭。

「我會如實回稟給戶部，您放心，侍郎大人跟我說了，我一定記在心上。」

海大人心裡犯嘀咕，這胡家的二少奶奶把自己的繡坊生意都做到京城戶部侍郎大人的家眷那兒去了，現在跟他說家裡快要揭不開鍋、活不下去，這不是扯謊嗎？

再者，她一個女流之輩都能搞定朝廷的二品大員宋大人，還搞不定自己的婆母？如今這胡家可明擺著是這位二少奶奶說了算。

海大人問完話，一個人默默轉身離開了胡府。

不過在路上，他倒是詢問了幾個胡府小廝和附近的百姓，得知這胡家的二少奶奶，竟然是小商戶出身，倒是驚訝不已。

小商戶出身的胡二少奶奶，當初嫁給纏綿病榻的胡家二少爺，也是這一路走來，才成為胡家的管家人，又拿捏了田地和商鋪。

海大人摀著自己加速跳著的心臟，小小感慨了一下，胡二少奶奶這個小丫頭真的厲害！

海大人的反應其實也是全湖廣老百姓們的反應。在他們眼裡，胡二少奶奶的出身沒比他們強多少，但是卻實打實活出誰也不敢想的生活來。

就連胡家經歷這麼大的事，居然還能靠著胡家二少奶奶撐下來。

當時胡家出事的時候，大夥兒最先是攛掇趙亭勳的母親去解除婚約。這趙亭勳說不定能高中呢，要是就此和胡家養女訂下親事，就是一手好牌砸在手裡頭。

要是胡家在外欠銀子，那就更不好說了，難不成趙亭勳剛中科考，就要把妻子的娘家揹負在身上？

多虧趙母是個明事理的人，不是那等勢力眼。她念著胡家小姐不嫌棄趙家清貧的日子，也感念胡家二少爺和二少奶奶對趙家多方照顧，這才咬著牙，挺了過來。

如今戶部大人來湖廣，大家都了然於胸，這胡家的好日子啊，怕是又要接踵而來了。

董秀湘自己心裡像明鏡似的，她只管踏踏實實地窩在院子裡看帳本，絲毫不似之前那般焦慮地沒頭沒腦了。

第二十六章

且說胡仲意回到家，先是探望了病中的父親胡先業。一瞧見自己離開家之前還那般健壯的老父親，如今竟然掙扎著坐都坐不起來，他心中是萬分酸楚。

再來，胡仲意回到三房院子裡，瞧瞧自己多年的冤家娘子，還有他那個久別的小兒子。

燕氏兒子滿月那天，由董秀湘做主，按照胡家族譜選出名字。因為這一輩孩子需要從金，董秀湘就選了「銓」這個字，諧音就是「全」，希望胡家能整整齊齊，一家人在一起。

燕氏擱下心中的其他怨懟，對自己的兒子呵護備至，只求胡仲意日後不再胡鬧，規規矩矩地讀書，老老實實過日子。

哪怕胡仲意一輩子考不上會試，起碼兩個人還能開個私塾或是文房四寶的書畫鋪子，安穩度日。

且說，京城戶部派出去查案子的海大人還沒回去，殿試的結果就已經傳了出來。

那天，胡仲念和幾名文榜考生一同先去大殿上，面對當朝的天子回答關於民生、皇權還有為官的問題。

胡仲念雖然讀書很多，所幸沒有成為一個只知書本的書呆子，在大殿上對於皇帝的問答也是應對自如。

當天揭開皇榜的時候，是一位年老得體的太監總管，拿著聖旨在宮門宣布。

果不其然，胡仲念高中當期的頭名狀元，而他的同窗好友趙亭勳則中了武狀元。

文、武狀元出自同一地的機率，在本朝是少之又少。而湖廣是南方一帶，歷來是出文學士的，武狀元大多是北方人。

這一結果，讓揭榜的皇帝也是驚訝不已。

按照規矩，新科三家要前往大殿上接受皇帝的冊封，雖說不能立馬給予官職，但是總歸這狀元、榜眼、探花，也要皇帝親自點了才作數。

皇帝的注意力全都在胡仲念和趙亭勳的身上，這兩人同出身湖廣，說不定還是彼此熟識呢！

結果跪在下頭的胡仲念悶聲回了一句。「我與今科武狀元趙亭勳實屬同窗，且趙兄已經和家妹訂了親。」

這一石激起千層浪，皇帝更加瞠目結舌。

武狀元還是文狀元的妹夫，這一門出了兩個英傑啊！

「兩位愛卿都是才子，又同出一門，真是在我朝聞所未聞，是湖廣的哪一戶人家？可曾有家人在我朝為官？是不是官宦世家出身的子弟？」

雖然答案讓皇帝稍微失望了一些，不過他對湖廣的胡記布莊倒也不是完全沒有聽聞。

皇帝初初登基，如今朝局未穩。

原先許多官家世家都被皇帝斷了世襲，有的被皇帝駁回了為官的請求。皇帝一門心思提前舉辦科舉，也是想要扶持不是累世公卿家族中的人。

胡家布莊雖然耳熟，但仔細一想便知道這是個商賈之家，家中十有八九沒有官宦。

前朝皇帝留下太多的積弊，很多累世公卿的大家族都是盤根錯節，一環扣一環，如今的皇帝想要肅清朝野，其實就是需要這樣平凡、沒有官宦出身的人。

對於這兩位狀元，皇帝十分滿意。

戶部尚書已經接到湖廣的來信，對於胡家被誣陷一事，也算得上略知一二。戶部尚書看著皇帝的臉色，猜得出陛下對狀元郎頗為喜愛，便決心幫助胡家的狀元郎說上幾句。

「啟奏陛下，湖廣的胡記布莊，微臣略知一二，需要向陛下稟報。」

皇帝聽了這話倒是十分好奇。「哦？朕本來也對湖廣的胡家布莊有些印象，愛卿這樣一說，看來這胡家當真是個了不起的商賈之家啊。」

戶部尚書看了看胡仲念和趙亭勳，見兩人露出頗為感激的目光，便狠下心來，不去在意會牽扯到的湖廣知州柳家了。

「胡家本是前朝皇商，專供朝廷的供奉，宮廷裡有不少布料都是出自湖廣的胡家，前不久，有人指出胡家的布料以次充好，欺騙百姓，欺瞞皇家，已經被戶部給查辦了。」

皇帝聽到此處，不由得皺起眉頭，如若真是這般，兩位狀元的出身就只能另外算了，欺君之罪可大可小，若情況屬實，日後能不能重用兩人，都是未知之數了。

「可微臣派了特使前往湖廣查辦案子的時候，已經證實，胡家只有一筆生意上以次充好，這是胡家少東家犯的錯處。胡家已經緊急召回全部的貨物，當街燒毀，並承認自己的問題。據戶部的人查證，胡家兢兢業業，還常年給災民們分發衣服棉被，算得上是清清白白的商賈。」

這會兒，皇帝才長長地吁出一口氣，放下心來。看來這兩個小子還真是半點毛病都沒有啊！

「既然如此，戶部要盡快給胡家平冤昭雪才是。」

戶部尚書用餘光瞥了一眼一旁的刑部尚書。「陛下，微臣還有一事，當初誣陷胡家的人，也查到了，正是湖廣的知州柳司明。經查證，柳家和胡家是姻親，有諸多不愉快之事。」

柳家在京城的大靠山，就是柳家一脈的遠方親眷，這一宗廟中官爵最高的就是刑部尚書大人了。

戶部尚書此時提及柳司明，自然沒有顧忌刑部尚書的臉面，可他卻把皇帝的心思、想法摸得十分通透。

刑部尚書就是皇帝如今最不喜的一類家族體系下的人。柳家一脈，幾乎是官官相護，在前朝的後宮裡更是攪弄風雲的存在。

當今皇帝就是想避免本朝被弄得凌亂，才下定決心將這一風氣連根拔除。

如今，既然戶部尚書將此事提到這兒，那皇帝也不得不以此為由頭，好好查一查這個知州。「此事就交給戶部去查，大理寺協同，不論查到誰那兒，都給我查到根上，可不能讓今科的狀元郎蒙受不白之冤。」

「是，陛下。」

胡仲念和趙亭勳在一旁聽得樂呵。

這下子倒是好了，胡家的清白有皇帝親自洗刷，也不再怕什麼柳家拿權勢來壓人了。

按照規矩，今科的狀元要回到故鄉去宗族廟堂上叩拜先祖，輪到下一任官期的時候，再拿著文書到京城接受皇帝的聖旨。

以往，對於前三甲，京城的各大豪門和官宦家族，都爭搶著想將自家適齡的女兒嫁給他們以示籠絡。

但如今，且不說胡仲念和趙亭勳都已經有了親事，當今聖上也不是喜歡拉幫結派的人，又怎麼會接受新科狀元做出這等事情來呢？

然而，做官的人最知變通，大家找別的方法，不再帶著自家適齡的女兒們，而是開始用金錢來籠絡人心。

只可惜胡仲念自幼出身在胡家這樣一方巨賈之家，什麼金銀財富沒見過，又怎會入了他的眼呢？

趙亭勳每日跟在胡仲念的身側，自然也是和胡仲念共進退，不為富貴轉移自己的目光。

等到兩個今科狀元坐著高頭大馬，從湖廣的城門外進來的時候，湖廣的百姓們都如過年一般歡喜。

一塊寶地出了一對狀元，這可是天大的可喜可賀之事。

兩位狀元的高堂父母，早就被當地的新任知府大人請到官衙內，等著兩位前來請安叩拜行禮。

胡先業因為病著，沒辦法走動，可鄭氏不忍心讓他一個人待在家中見不到這樣的場面，就差人將他抬了過來，隔著一道屏風，讓他在裡頭看，不給外人看見。

趙母則是一個人帶著亡夫的靈位，坐在堂上，想讓亡夫看看趙家男兒出息的模樣。

按照規矩，董秀湘雖然是胡仲念的妻子，但在這樣的場合裡只能等在衙門外頭，並不能進到內院。

心裡頭無比暢快的董秀湘，讓立夏和小百靈帶上銘哥兒和心姊兒，自己也跟著等在外頭。

遠遠看過去，瞧見胡仲念騎著高頭大馬，她高興到心都快要跳出來了，只聽見胸口撲通撲通響，所有的聲音都告訴自己，這個男人啊，還真是沒找錯，乖就算了，關鍵還這麼能幹！

胡仲念不知道這些規矩，只是以為家人親眷全都在裡頭等著，壓根兒就沒往人群裡去尋覓。在裡頭行過禮後，和知府大人寒暄了一番，兩個人才從裡面走出來。

趙亭勳剛一露面，邵蘭慧就一個箭步衝了上去。

可能是礙於兩個人還沒正式成親，邵蘭慧走到他的面前還有一些羞澀，兩個人只是四目相對，傻乎乎地笑著，還是別人起鬨，邵蘭慧才羞澀地說了一句。「恭喜。」

趙亭勳則是大方地拉住邵蘭慧的手，回過神同自己的母親說道：「娘，咱們一同去胡兄家中慶賀吧，順便也該商量一下婚事了。」

當初胡家和趙家說好，等趙亭勳科考回來，兩家就把親事給辦了。原本是以胡父的身子不好延後親事，因此胡家都沒說能否高中才嫁女的話。

如今趙亭勳一舉成為當朝的新科武狀元，前途更是不可限量，如此看來，竟然是胡家占了大便宜。

原本嫌棄趙家家世、沒有跟趙家說親的適齡女子們都快把腸子悔青了。這些人家的父母們，都恨不得抽自己幾個巴掌，悔不當初，這麼好的佳婿，竟然都沒瞧出來。

更有一些馬後炮的人，還說：「我就說吧，趙家那小子應該嫁的，妳偏偏瞧不上人家。」

邵蘭慧其實對於功名等事並不十分在乎，中了功名自然是好，可名落孫山，她也要嫁給趙亭勳，當初在慌亂之中救過自己的男子。

反觀胡仲念這一邊，就比那一對尚未成親的熟稔許多。

胡仲念摸了摸董秀湘隆起的肚子，溫暖而又幸福地對她一笑。「該有五個月了吧？」

董秀湘笑著點了點頭。「你走那會兒剛好兩個月，也就是我笨，硬是沒察覺。」

胡家出事以來，董秀湘挺著肚子，懷著孩子，為了胡家的事跑來跑去，忙裡忙外，前後差不多兩個月的時間，這孩子卻是半點事都沒有，想來也是貼心。

可在胡仲念眼裡，卻是十分心裡擔憂，他覺得董秀湘為了胡家的事忙前忙後過於操勞。看著自己一雙逐漸長大的兒女，以及不久又要出世的孩子，胡仲念就覺得，自己應該在朝為官再努力些，才能給孩子們一個更好的生活環境和太平盛世，起早貪黑用功讀書才沒有白費。

胡家一行人，熱熱鬧鬧、歡歡喜喜地坐著馬車回自家宅子。

胡先業雖然不能行動自如，但是萬分高興的情緒，讓他的病情看起來似乎又好了一些。

一家人在經歷大悲大喜後，又一次熱熱鬧鬧地聚在一起。

飯桌上，胡仲念和董秀湘打趣了趙亭勳，問他準備何時迎娶胡家五小姐過門，還是趙母非常急不可耐地替自家兒子回答。「當然是越快越好了，別讓那些上門提親的鶯鶯燕燕來煩我們趙家了。」

雖然趙亭勳有了婚約，可在很多臉皮厚的人家眼裡，這胡家是沒落的商賈，雖然出了一個今科狀元，地位卻難免不如從前，而邵蘭慧又是胡家養女，配趙家的狀元真是遠遠不及。

他們都樂得再給趙家說親事，寧願是平妻，也要把自家女兒塞給趙家公子，畢竟趙亭勳的未來無可限量。

可趙家母子最不喜這種勢利之人。趙家從未改變，不論是科考中或者不中，都是那個有風骨的趙家。趙母尤其喜歡邵蘭慧，巴不得早點迎娶這個兒媳婦過門。

鄭氏對於邵蘭慧的親事原本沒怎麼留意，如今趙亭勳成了新貴，自然是高興到不能自已，可若是說給邵蘭慧準備成親的事情，她可是半點準備都沒有。就連當初趙家給的聘禮她都沒有親自過問，當時只是忙於胡婕思的那門婚事。

董秀湘這個二嫂卻是一口答應下來。「放心吧，這門親事有我來把關，保准什麼事都給您辦得妥帖就是。」

邵蘭慧卻是不好意思地低下了頭。

胡仲意和燕雲夢夫妻兩人，如今也不再對二房夫妻倆有什麼妒心，畢竟胡仲意這幾年溫習書本也沒有胡仲念一半的努力。

燕雲夢自從經歷產子之痛，也是脫胎換骨一般，只是寶貝著自己的銓哥兒，只求胡家越來越好。她還在席間安慰自家官人，莫要眼饞羨慕，只管自己努力讀書才是。

胡家難得如此熱鬧，一桌子人樂呵到兩更才各自散去。

提前帶著胡先業回到房裡的鄭氏，聽著院子裡熱熱鬧鬧的說笑聲，看著半躺在床鋪上的胡家頂梁柱胡先業，竟然忍不住哭了出來，哽咽不止。

如今病情已好轉許多的胡先業，只是柔聲詢問。「這是何苦呢？」

「我想妹妹看到這一幕，應當是無比歡悅的吧！」鄭氏擦了擦臉頰上的眼淚，似乎追憶起過去。「其實今兒個本該是妹妹坐在堂上，接受念哥兒的叩拜，可卻是我頂替了她，總歸是我對不住她。」

胡先業聽到此話，心裡也一陣悵然若失。「都過去那麼多年，妳莫要再多嘴了。」

鄭氏看了看窗外的柔和月光，一輪圓月掛在當空。「本是團圓的好日子，不知道恩哥兒去了哪裡，他帶著妻兒，也不知道能走到哪兒去。」

「那個逆子竟然拋棄了胡家，若我還能站起身來，必定打得他痛哭認錯才成！」

鄭氏想了想遇事躲起來的胡仲恩，以及如今光耀門楣的胡仲念，心裡不免又愁苦了幾分。「妹妹說得是對的，我的兒子這輩子沒什麼出息。」

原來，每當鄭氏說到這句話時，胡先業都會嚴厲回道：「我和妳的兒子才是未來的天之驕子，不要妄自菲薄。」

可面對如今的局面，他再也說不出半分違背事實的話來。

胡先業能回應的，只是無邊無盡的沈默。

本來董秀湘以為，只要等著胡家的事情正式告一段落，重新開張布莊就可以了。結果第二日一早，她才發現，原來慌亂的生活遠遠沒有結束。

一大早就有不少的湖廣媒人前來敲胡家的大門，指名說要見胡家夫人。可自從胡家出了事以後，胡家管事的人就正式變成胡家二少奶奶董秀湘。

沒辦法，不管這些媒婆再怎麼不想和胡二少奶奶溝通，都過不了這一關。

面對胡二少奶奶，媒婆們只能丟下臉面，該說什麼就說什麼了。結果這一說不要緊，董秀湘差點一口熱茶噴得在座的人滿臉都是茶葉。

什麼新科狀元不能只有一妻，什麼新科狀元的妻子不能是出身低賤之人，什麼胡二少奶奶如今懷著身孕，不能沒人伺候胡家二少爺云云……

董秀湘掃視了一圈這些媒婆才發現，原來這些媒婆啊，都是想給她官人納二房啊。

她們當著董秀湘的面，自然是不敢說讓胡二少爺娶平妻了，只敢說給納個側室做二房。她們介紹來的姑娘閨秀，都是湖廣一帶有臉面的大戶人家之女，不是官宦員外的女兒，就是富商家中的閨女。

董秀湘也不說話，只是邊喝茶邊笑看大家，時不時還用手摸摸自己隆起的肚子。

各媒婆也知道，這胡家二少奶奶不是個省油的燈，畢竟一個撐起這麼大家業的女流之輩，不能用一般深閨婦人的眼光去看她，她們便開始從其他角度試圖突破。

「二少奶奶，您看啊，您有了小姐，有了少爺，如今又懷著孩子，還要料理自己的生意，這多忙活呀！照顧二少爺的時間鐵定是少之又少，與其日後讓二少爺找一個自己心愛的女子，或是將來娶了京城的官宦之女，還不如在咱們這湖廣就給少爺找一個，讓他定定心呢。」

「就是說呀，二少奶奶，您要是覺得納個側室心裡不舒服，您就給少爺納個妾，反正都不會危及到您的地位不是？」

「二少奶奶，都是女人，這麼做真是非常有必要啊，先出手一定有準備啊！不然等少爺看上您的丫鬟，可就晚了。」

董秀湘靜靜地看著幾個人吵來吵去，提及丫鬟的時候，身側的立夏和小百靈趕緊搖頭晃腦，表示自己要極力撇清關係，她們可是半點也沒忘記，當初的夏至有多慘啊，她倆可不想重蹈覆轍。

董秀湘準備採取三不管政策，任由這些媒婆在胡家隨意亂說，自己不做出任何的回應，反正就是大家瞎猜唄，她這個正主也不準備鬆口。

一堆媒婆原本眉飛色舞地說上半天，見當事人沒有什麼反應，也就慢慢撤了。

胡仲念自然是知道這件事，可他確實不好出面。他走出去難免會被一堆媒婆圍著說三道四沒完沒了，他要是稍有言語偏差，難免會掉進那些婆子的言語圈套裡。而且要是胡仲念自己撕破臉皮，跟那些前來提親的人義正詞嚴地拒絕，難免日後會影響胡家和那些世家的關係。

董秀湘做這個惡人就更加理所當然了，畢竟沒有哪個大娘子會真心實意想給自家相公、官人挑選小老婆，尤其是這種有權、有子嗣的大娘子。

大家能抨擊的，無非就是董秀湘的出身不好，可出身好如何，不好又如何呢？

胡仲念並不介意，胡家也沒辦法介意。

如今外人還以為胡家是在吃著老本過活，可實際上，胡家已經靠著董秀湘的繡坊賺來的銀子在生活了。就連如今胡家布莊那些夥計的工錢，也都是董秀湘自掏腰包養活一大家子的人。

就是因此，鄭氏在董秀湘面前也不敢多說一二，更何況是娶側室、納妾這等事情。

不過，好在胡仲念兩人回到湖廣沒多久，戶部的海大人就到了京城，也把胡家的案子給結了大半，胡家得以昭雪，而海大人也將通緝胡仲恩的海捕文書送到各個州府。

海捕文書上寫明，胡家長子胡仲恩攜款私逃，如今胡家已經報官，決心按照公事公辦解決這個事情，抓人回來伏法。

雖然鄭氏和胡先業心裡頭難受，可畢竟這不是胡家自己上報的，是戶部大人查案子自己查到的，況且胡仲恩也是這件案子的罪魁禍首，理應查處。

董秀湘聽到這消息，心裡頭開心許多，如今就等著胡仲恩落網，抓到湖廣的府衙裡，再把新帳、舊帳一起算清楚。

第二十七章

董秀湘不再管理這檔事，而是接了重新開張胡家布莊的旨意。

胡家能夠沈冤昭雪，布莊生意也就能重新操辦起來。

原本胡家的生意就在湖廣如日中天，如今再加上出了個新科狀元的好名聲，十里八村的湖廣百姓都紛紛跑去訂購胡家的布料，要用來製作新衣，製作棉被，說是要沾一沾新科文、武狀元的喜氣。

也多虧董秀湘一直以來，堅持留下胡家裡裡外外大部分的夥計們，如今才不至於在忙於開工的時候，找不到熟人回來做工。

胡仲念心疼自家妻子，竟然開始學著看帳本，說是要幫著董秀湘料理生意。這可讓二房上上下下的人都捧腹大笑。

二少爺那不通人情世故的人，還想去做生意？還是踏踏實實做自己的狀元郎吧！

董秀湘笑著推脫再三也沒能成功，只能跑去三房抓燕雲夢來幫自己的忙，求她趕緊讓自己解脫吧，她董秀湘可是一萬個不想和胡仲念一塊兒做生意。

燕雲夢笑著推辭，自己已經有銓哥兒，要好生照顧孩子，不願意去蹚生意的渾水，只想在胡家混吃混喝而已。

董秀湘這一番話聽下來倒是覺得極其新鮮。當初燕雲夢巴不得早日拿到胡家的中饋，掌握胡家的生意，結果到了如今，董秀湘把這麼好的機會交給她，她卻開始用孩子當藉口來推脫。

這還是當初那個三房的少奶奶嗎？

董秀湘無奈，只能出下策去威脅她。「妳可小心點，要是生意不好，那些嫁妝銀子可無法還妳。」

有了銓哥兒的三少奶奶，不再是任性妄為的小丫頭。「妳愛給不給，我就不信，若真的生意不好，妳會不用手裡的那點生意來維持整個胡家！」

燕雲夢沒被她的話給唬弄，她知道董秀湘怎麼可能眼看著胡家淪落至此？這斷然是不可能的。

見自己沒辦法忽悠燕雲夢，董秀湘稍微有點小失落。本來以為自己是個老江湖了，結果還是失了前蹄，心裡難免有些不快。

董秀湘不是如此輕言放棄的人，她決定從銓哥兒下手，每日一小找，三天一大找，嘴上說著是給銓哥兒送些東西，實際上全是暗示燕雲夢去鋪子幫忙的話。

煩得燕雲夢一直作揖，求姑奶奶饒了她。

董秀湘也不是省油的燈，直接說了，要是不給她一個確定的答覆，就天天來煩她，最後把肚裡的孩子也生在三房。

二少奶奶日日來三房打擾，旁的倒還好，就是十分打擾胡仲意唸書。為了自家院子的小日子能平和過下去，燕雲夢只能每日抽出大半時間去鋪子上幫忙了。

原本京城裡，皇帝交給戶部尚書查辦湖廣知州柳司明的案子，也正式在湖廣展開了。

柳家原本風光一時，如今一朝沒落，柳司明直接被大理寺卿關進衙門。不出三日，大理寺卿和戶部的官員就查出這事屬實，當即把柳司明下了大獄。

從柳司明往上順藤摸瓜，大理寺和戶部聯合起來，把柳家查了個底朝天，包括刑部尚書濫用職權，偷換死囚或是罪犯，還有對一些犯人屈打成招，以及柳家其他地方的官員，官官相護，公報私仇，坑害良家婦女等罪行一一被爆出來。

皇帝本來就有心懲治柳家，更是趁著這次的突破口，將柳家的爛事都翻了出來，將柳家徹底拔掉了。

京城的刑部尚書一罷官，柳家也就樹倒猢猻散。

湖廣知州柳司明一家被判流放西南，永世不得召回。

胡家四小姐胡婕思雖然被柳家厭棄，可並沒有因此休妻。所以這樣的懲罰，她要與柳家共同承擔。

鄭氏去求董秀湘，讓她能不能想想法子救救胡婕思，這樣的生活想來胡婕思是挺不過去的。西南多煙瘴潮濕，胡婕思養尊處優慣了，如何能受得了呢？

董秀湘卻認為，種了什麼樣的因，就得什麼樣的果。

當初對於柳家的親事，本就是她自己一廂情願。柳家要收外室，本就是遵循禮法的事，畢竟柳家高於胡家，胡家沒法子給她撐腰，結果她卻自己去硬槓，非要鬧出人命，惹得柳家把罪責怪在胡家身上。

若說胡家的艱難是胡仲恩逃跑帶來的，那麼胡先業的病重，就是胡婕思的錯了。

董秀湘簡單地認為，自己的錯誤自己承擔。

鄭氏苦苦哀求半晌，依然沒有得到應允。她苦悶地回到自己的院子，對臥病在床的胡先業說出內心對胡婕思的擔憂。可胡先業反倒覺得，讓胡婕思跟隨柳家人去西南歷練是件好事。

只要上下打點一下，別讓她到西南再被柳家人欺凌，哪怕吃些苦頭，也比讓她繼續驕縱，覺得無論如何都有娘家人給她撐腰來得好些。

鄭氏無奈之下，只能點頭同意，同時她也深深感慨，果然自己生的孩子皆是無用之人。

「若是當初你聽了母親的話，沒有娶我當大夫人，我想你的子女也不至於落入今天的田地了。」

鄭氏邊說邊抽泣起來，竟然又開始多愁善感，追憶起年輕的事來。

胡先業也不自覺被鄭氏的話，恍惚間帶到很遠的時空，那時候胡家老夫人掌家，她不應允鄭氏這般軟弱的兒媳來做大夫人，她覺得胡家大娘子不能是這般深閨婦人，應當對胡家的事業有些助益，能夠八面玲瓏才好。可胡先業卻對鄭氏情根深種，任是說誰的親事他都不應允。

現在想來，若是當時他沒有堅持自己選了鄭氏，而是接受母親當時的說媒，可能胡家不會有後來的爛攤子，也不會有今日的局面了。

鄭氏與胡先業的事先按下不提，另一邊五姑娘邵蘭慧自然是選定一個好日子，風風光光地嫁進趙家。

原本胡家的女兒只要十幾箱嫁妝，如今胡家生意重新開張，仍是沒有以前那麼多現銀子，拿不出像胡婕思那般多的嫁妝陪嫁了，只能東湊西湊拿出胡家女兒該有的十幾箱嫁妝。

董秀湘還把原本趙家下的聘禮，一樣不少地給添了進去，自己和胡仲念也從私房錢摳出兩箱的陪嫁加進去。

當初從邵蘭慧那兒拿來的現銀，董秀湘都以胡家布莊的名義寫進去，說好日後每年布莊的盈利，都會分給五姑娘應該得的那一份。原本邵蘭慧親生父母留給她的那些財產，也都跟著她嫁了過去。

董秀湘故意安排，在邵蘭慧的花轎離開胡家的時候，由掌櫃的大嗓門在門口喊著那些陪嫁的房契、地契，以及遠在川蜀之地的豐厚家產。

鄭氏聽在耳朵裡，滿腦子都是問號：這丫頭啥時候有這麼多錢？

邵蘭慧嫁到趙家過上和和美美的小日子，這讓董秀湘心裡十分歡喜。

趙家也從未想到，胡家一個養女嫁過來的時候，竟然會帶來這麼多豐厚的嫁妝補貼，別說宅子、房產了，就是那些土地都是數不清。

眼看京城的到任書要替趙亭勳安排官家的差事，邵蘭慧也不好自己去川渝管理這些家產，就還是託付原先幫自己代為管理的人幫著照看，自己只管拿銀子利息。

趙母原本是辛辛苦苦的本分莊稼人，如今用不著自己一把年紀還親自到地裡去幹活。邵蘭慧拿了些銀子給她，叫她在本地做些小買賣，也自得其樂。

讓董秀湘值得慶賀的是，大房的胡仲恩和林菀清到底是被官家給抓著了。

這個案子當初是戶部報上去的，又有柳家和刑部的事牽扯其中，就算不上什麼小案子了。戶部和大理寺的人都覺得，這胡家大少爺應當揹上欺君欺民的這口黑鍋，不能讓胡家擔負這個惡名。

細細算來，這胡家大少爺不算犯了什麼不可饒恕的罪，只是騙走胡家的現銀、房契和地契的事也被捅了出來。

鄭氏強烈和官老爺們說明，自己家裡不追究，可事情已經通過戶部來算這樁案子，便由不得胡家人想怎麼處理。

胡仲恩夫婦是在魯地被抓住。林氏娘家祖上就是在那兒發家，還有些親戚在那邊。兩個人本來想拿著銀子去魯地躲上一陣子，再出錢做一個染布坊，重新操持家裡頭的生意。

只可惜，胡仲恩到了魯地並沒有老老實實隱姓埋名，而是三番兩次去喝花酒。這窯子裡頭有一個長相極其像立春的姑娘，更是令胡仲恩心裡頭難以忘懷。

胡仲恩不顧及林氏，非要把那姑娘納進家門來做二房，可林氏卻一改往日在胡府的好脾氣，說什麼都不同意，最後在爭執中，林氏失手推倒了那個窯姊兒，讓她的頭磕到地上的磚石，丟了性命。

惹上人命官司的林氏，很快就被官府查出是湖廣一帶登記在案的逃犯。她和胡仲恩也很快被移交給湖廣這邊的府衙來辦理。

董秀湘聽聞這些的時候，簡直是覺得不可思議，瞠目結舌。

鄭氏和林菀清相處多年，心裡頭已經當她是半個女兒。鄭氏的親女兒胡婕思被迫流放過苦日子去了，林氏還牽扯上人命官司不知道未來如何，她心裡頭越想越不是滋味。

「老二家的，妳要是能幫上忙，就多幫幫妳大嫂吧，她也是命苦啊。」

鄭氏如今知道胡家是二房掌權了，什麼事都得給董秀湘過目點頭。

董秀湘近來忙著胡家布莊生意重新開張，還得張羅京城的新繡坊鋪子，忙得壓根兒沒想起大房的事。

「大嫂的事我也是心裡頭很吃驚，可這案子是戶部和大理寺管著，我可能插不了手。」

這在鄭氏的耳朵裡，就是「不給辦」這幾個字的意思。她心裡頭憋悶，說出口的話也不大中聽。「妳這態度不知是不是存心敷衍我，妳大嫂和那窯姊兒的矛盾，聽上去就知道是那窯姊兒先勾搭妳大哥在先，怎就該償命了？」

董秀湘思來想去，也不知道怎麼和鄭氏開口解釋林菀清的為人，還好話說到這分上的時候，三房的燕雲夢剛好前來給董秀湘彙報鋪子的事。

「娘啊，我看您是近來不夠忙，才有心情管大房的家務事。」

燕雲夢這張沒好話的嘴，讓鄭氏臉上面色一冷，心下頗為不快。「沒大沒小的糊塗東西，妳又夠忙了，竟然忘了大房對你們三房的好了。」

當年，大房的胡仲恩也是從小就慫恿過胡仲意去逛窯子，後來胡仲意迷戀上那個小清倌雅妓，還是大房幫忙引薦的。

這麼些年，燕雲夢一件件都看在眼裡。二房胡仲念多年纏綿病榻的事，她也一直抱著疑心，覺得是大房在其中動了什麼手腳，只不過苦於遲遲沒有證據而已。

「別的不敢說，就咱們這位大嫂，其實也算不得什麼手無縛雞之力的女流之輩啊！人家心腸狠著呢，不然也不會有個現成的兒子養了。」

董秀湘聽了燕雲夢的話，立刻會意她可能是知道春姨娘的事，立馬遞過去一個試探的眼神。

燕氏也識相地點了點頭。

看到這反應，董秀湘心裡頭有了點底氣。哪怕是自己說得太多了，也多少有個人能幫忙撐腰。

「娘，您啊，就是被林氏的溫柔給迷了眼睛，您可知道她幹了多少下作事？」

董秀湘覺得話說得太多，容易讓鄭氏心裡不痛快，還給燕氏使眼色，讓她少說兩句，畢竟大房的爛事一說還真是一大籮筐。

如今的燕氏心裡頭不圖別的，有了孩子，管著家裡，她只求能在林氏身上出一大口的惡氣。「大嫂當初可是逼死了春姨娘，不然您以為她是怎麼得到那白撿的兒子欽哥兒？」

鄭氏被燕雲夢說得一愣一愣，壓根兒就沒摸清楚頭緒，只能用懷疑的眼光看了看董秀湘。「老三媳婦說的話是真的？」

董秀湘長嘆了一口氣，埋怨似地看了幾眼燕氏，只得親自解釋一番。「是啊，大嫂當初確實是從穩婆那裡動了手腳，害得春姨娘產後血崩，人才沒了。如今，大嫂因為那個長相酷似春姨娘的窯姊兒攤上人命進了大獄，也是因果輪迴的報應了。」

其實董秀湘並不想簡單地饒過大房，她心裡頭可忘不了大房害胡仲念纏綿病榻好些年的事，她不是這麼好說話的人，把事情說揭過就揭過了。只是她懶得跟鄭氏和一大家子人去解釋大房的那些爛事。

「聽見了吧，林氏害了人家一條命，如今又害了一條，您還想讓咱們胡家幫著去求情？可憐了那欽哥兒，生下來就沒了親娘。林氏要怪就只能怪自己造孽太多，不然怎麼生不出兒子來？」

「妳們兩個，怎在這裡胡說八道，就算是在家裡頭、在府裡，也不能信口胡說啊，可萬萬使不得，不能再這麼說了。」鄭氏擺著手，硬是不肯相信。

燕雲夢見此，直接碰了碰董秀湘的胳膊。「二嫂，妳還是把那些證據和事情都拿給咱們夫人看看吧，省得回頭還要再解釋不是？」

實際上，董秀湘確實已經準備好林菀清的各種罪證，準備明兒個就差人送去衙門裡，好好送上一份大禮。

如今面對燕雲夢的話，她也知道這事沒得藏了。

「我只能在這兒說幾句大嫂的話，我敬她輩分在我前邊，不過我的尊敬就此打住。」董秀湘於此頓了頓，深吸了一口氣，才放下心來。「大房在當家的時候，黑了咱們家公中不少的銀子，一筆一筆我都記下來了。至於這錢的去處，我也查清楚了，就是送去林菀清的娘家那裡。您當林菀清怎麼這次被抓回來，身上還有幾十萬兩的銀子？」

鄭氏一聽幾十萬兩，當即嚇得說不出話來。她完全沒想過，胡家還能掏出這麼一大筆銀子。實際上，這是林菀清管理中饋好些年，處處剋扣下來不少，又拿回娘家放印子才得來的。

「還有我家官人那麼些年的病，壓根兒不是什麼舊疾，而是被下了毒，不然我也不會當初發現以後，連忙帶著顧秉承這個大夫去老家給官人治病。至於凶手是誰，我想話說到這個分上，您也猜得到。要是您覺得我說得沒道理，我也是有理有據，那下毒的方子，我都在大房逃走以後找到了，以往我家官人看的那些沒用的大夫也都給了我證詞，統統都可以給您看。」

鄭氏原本是驚訝得說不出話來，這會兒卻變得頹喪。她不知道背地裡，自己一直信賴的長媳竟然是這副模樣，心裡頭已經是難過到不行。「怎麼會呢，這菀清，不會啊……」

「哼，還不會？她自己要不是為了拿好處，讓大房占著胡家的管家權，她能拿出那些銀子？她可是早就把自己當成胡家的正頭主人了，哪會把咱們放在眼裡。」

燕雲夢又細細說了，胡仲恩是如何教唆胡仲意去妓館、去窯子，教給他各種不務正業的活兒。

鄭氏聽了是心裡頭又難過、又無奈，只能兀自抹眼淚。

董秀湘也不做聲，只是示意鄭氏若是不信，可以去前廳賈六那兒看看所有的證據。反正她已經是鐵了心，要把這位胡家大少奶奶送進大獄，且讓她一輩子出不來。她也不指望鄭氏能夠欣然接受，或是心裡頭覺得林氏罪責應當如此。

鄭氏聽了林氏的罪行，也看了林氏這些年來管理家事的帳本，還看了林氏扣押的那些髒銀，心下對於她做的事也是了然七、八分。

礙於董秀湘的面子，鄭氏不敢言語，只是回到屋裡半哭半指責地把大房的事說給胡先業聽。

胡先業此時行動和說話還是十分不索利。對於胡仲恩和林氏的事，他先前是半點不知情，沒想到一向孝順謙恭的大兒媳，竟然做出這些事來，一股怒火湧上來，差一點就讓胡先業一頭昏厥過去。

林菀清暗中拿了胡家公中的銀子，這算是私盜，也上不得公堂。可她拿了銀子出去放印子，外加印字錢沾染血腥，這就是官府管得著的了。

不過知府大人也知道，胡家二少爺考上狀元郎，家裡頭不能有這般親戚，會降低狀元的出身，所以他把如何處理林氏的事，選擇和董秀湘一同酌情處理。

至於林菀清出手害死胡家的姨娘，以及失手打死的窯姊兒，這些事可都是近乎死刑的大罪。

胡仲恩因為先前在布莊上犯的錯誤，判了二十大板，而他騙走的所有房契、地契都要如數歸還外，還要去邊疆服苦役五年。

縱使鄭氏再捨不得，這樣的罪責對於胡仲恩來說，算是寬容至極了。

按照董秀湘的話，他讓胡仲念躺在病床上整整五年，如今去邊疆受苦刑五年一點也不算多。

官府裡頭沒多耽擱，很快就派人把胡仲恩給帶走了，說是不想讓這件事耽誤狀元郎的好彩頭。

胡仲恩流放去邊疆是跟柳家在同一天一塊兒出發。

鄭氏帶著兩個大包袱，裡頭裝滿了吃的、穿的和用的，分別帶給一雙兒女。原本她想給兩個人多塞點銀子，可胡先業事先說了，只能送些吃穿用的，不能給銀子，否則這一遭不是去受罰，反倒是享清福了。

鄭氏這才只收拾了東西而沒準備什麼銀子去。見了長子和長女那般模樣，鄭氏哭得唏哩嘩啦止不住，原本相貌堂堂的大少爺胡仲恩，那可是多少人家的姑娘都想嫁的金龜婿，還有那個如花似玉的寶貝閨女，當初也是千挑萬選如意郎君，多少好兒郎上趕著娶回家……可如今，物是人非，一雙兒女如今成為全城的笑柄。

娶妻嫁女，真是錯了一步，坑害兒子、女兒的一輩子生活。

董秀湘託人上下打點好衙役，鄭氏只能把包袱交給他們，自己遠遠地望著兒子和閨女，在心裡頭默默地道別，並不能面對面聲淚俱下地互訴衷腸。

鄭氏默默流著眼淚，一路哭回胡家。

董秀湘知道鄭氏會傷心難過，早就準備好參湯，在大廳上坐著等候，安慰這個玻璃心又直腸子、沒腦子的婆母了。

「娘，我知道您心裡頭不痛快，可這日子還是要過的，您看春姊兒和欽哥兒如今就只能靠您了，您沒理由不好好照顧自己的身子啊。再說了，父親也是要靠您呀！」

鄭氏拿出手絹擦了擦眼角的淚水，可一抬頭看見桌上那花瓶，又想起這是前年胡仲恩送給自己的寶貝禮物，心裡頭不自覺泛起不少的酸楚。

「老二家的，不是我故意包庇，可是恩哥兒和思姊兒當真是沒吃過苦的，這要是去了那窮苦的地方，當真……」

一聽鄭氏張口的解釋，董秀湘就知道定又想拿這事向她求情，只好伸出手來，示意鄭氏不用再言語了。「母親，大哥和四妹就是讓您給慣壞了，尤其是四妹妹，您打不得、罵不得，這才寵出一個無法無天的性子來，他們如今犯錯了，就應當受到處罰。」

鄭氏本想再開口，可身邊的郝嬤嬤示意她莫要再說，這才把自己的話又嚥了下去。

董秀湘見鄭氏一時半刻不再追究，便順勢找了個臺階。「母親，您放心，大哥也就去五年，年頭到了，定然會回來的。若是他不想回來也好說，咱們到時候就在邊疆開個布莊的鋪子，讓大哥直接操持咱們和胡人的生意，不是更方便？」

這話不假，董秀湘本來就有這個意思。

鋪子生意越做越大，董秀湘不能只看著一個宮廷供奉，回頭這鋪子可是要打通和西域的商路，在邊疆那邊再開鋪面也是早晚的事。

與其讓一個不大熟悉的人過去，倒不如讓胡仲恩去管理。一來，邊疆的生意日後多半是操持些小事，胡仲恩和胡先業學了這麼多年，鐵定是門兒清；二來，董秀湘身邊也確實沒有什麼人來搞定這些事，難不成讓剛結婚沒多久的小丁子過去？那小丁子估計就要拿刀戳死自己和媳婦了。

鄭氏聽了這話，停住快要哭泣的表情，等了一會兒，覺得事情可行可辦，心裡頭舒爽了不少。

董秀湘接著說道：「至於四妹妹，咱們宅子的人都看在眼裡，母親嬌慣太多了，怎麼能因為當初人家外室要入門的事鬧出人命，又給咱們家裡頭惹了這麼大的禍事呢。如今呀，讓四妹妹跟著人家去外邊流放，也不是壞事，一來治治她那個無法無天的大小姐脾氣，二來讓他們小倆口重新培養一下感情，難不成您真希望咱們四妹妹和離以後回了家，再也嫁不出去？」

鄭氏知道，胡婕思的婚事已經成定局，沒法子，這婚事認也得認，不認也得認。她當真不想胡婕思就這樣沒了官人。董秀湘這樣提議，她也不覺得有任何不妥，只好點頭同意了。

就這樣，胡二少奶奶憑藉自己的三寸不爛之舌，哄好鬱鬱寡歡的胡家夫人。

第二十八章

晌午的時候，趙家的新夫人，也就是胡家五小姐邵蘭慧，帶著人回娘家吃飯。

邵蘭慧和胡婕思好歹從小姊妹一場，今兒一早她也收拾好了，前去城門口送行。只是可惜，邵蘭慧原本一片好心，在胡婕思眼中卻是個小人得志之態，沒有得到胡婕思的感動。

「趙家少奶奶如今是武狀元的妻子，將來有個有權有勢的官人給自己撐腰，如今倒是有閒情逸致來看我了！」

胡婕思陰陽怪氣的話語讓邵蘭慧當真是後悔前來送行。

「四姊姊的嘴還是這麼得理不饒人。」

「哼，謝謝五妹妹誇獎了，當主子的感覺好吧？」胡婕思翻了一個白眼。「好好當妳的主子吧，畢竟之前十幾年，妳都是我們家的丫鬟。」

雖然兩人從小就以姊妹相稱，可在胡婕思的內心，她自己永遠是胡家的嫡出小姐，而邵蘭慧只不過是一個寄人籬下的養女，兩個人有雲泥之別。

敏感的邵蘭慧自小就拿捏事情十分有分寸，從不敢在嫡出姊姊面前放肆，自己也將姿態放得極低。可一貫如此的邵蘭慧卻換來胡婕思對自己的處處欺壓，讓她在胡家抬不起頭做人。

如今，她念及兩人從小的情誼，前來相送，沒想到得到的是如此的冷嘲熱諷，著實心寒。

「四姊姊定然是想念丫鬟了，也不知道沒有丫鬟的日子，四姊姊要在嶺南外放的日子裡怎麼熬過來，不知道姊姊會不會適應窮苦日子。」

「我就知道妳是來挖苦我的，妳才不會這麼好心安慰我。」胡婕思輕蔑一笑。

聽了這話，邵蘭慧除了苦笑，也別無其他。「隨妳吧，只求妳日後萬事順遂就好。」

其實，胡婕思也不知道自己在硬撐著什麼，明明自己的家沒了，隨著夫家流浪在外，原本以為的官宦家眷生活全都不見了。而邵蘭慧卻搖身一變，成了武狀元的夫人，而這個武狀元以前只是個有幾畝破田的窮酸小子。

胡婕思不願意承認自己的生活竟然變成如此境地，只能欺騙自己，一切都是假的。她隨著柳家踏上南下的路程，然而當初她瞧不起、看不上的胡家養女，卻成了確確實實的官宦夫人。

邵蘭慧來到胡家，見到董秀湘，忍不住將自己白日裡受到的氣一股腦兒地說了出來。

董秀湘指了指鄭氏院子的方向。「和那位一個模子刻出來的，還以為自己手眼通天了不得呢。」

「我今兒早上也瞧見母親了，她哭的樣子，簡直是一個肝腸寸斷，真是讓人見了心疼的那種。」

董秀湘知道婆母鄭氏是個戀兒女的主兒，只是皺了皺眉。「總算是把那兩個送走了，一會兒妳陪我去趟衙門吧！怎麼樣也得把胡家大房這筆帳統統都算乾淨了才成呢！總不能收拾了大少爺，便宜了咱們那位心比天高的大少奶奶。」

董秀湘當日下午就和邵蘭慧一塊兒去衙門裡，說是要去看看大嫂林菀清。

林菀清害死春姨娘和那個酷似春姨娘窯姊兒的事，已經是沒有什麼可辯解的了。這些罪責算下來，就算是不死，也得終身流放或是老死大獄裡。

只是董秀湘想去問清楚，胡家二房到底哪點對不起她，讓她費盡心思這麼多年，把胡仲念給弄病，纏綿在病榻之上。

既然事情已經眾人皆知，董秀湘也沒必要再遮掩，如今自己有了鋪子，有了房子田地，心裡更是比以前更加踏實，更有底氣。

反而原本溫婉恭順的大少奶奶林菀清，此時的心情並不似原來那般通透明快，樣子也遠沒有之前那般和美，只是一雙看破世事的眼睛讓人心裡發顫。

「二少奶奶妳來了。」

聲音平靜如同湖面。

「妳早就知道我會來。」

董秀湘也是平靜的聲音，她早料到，胡家大少奶奶並不像看上去那麼人畜無害，一切都只是裝模作樣而已。

「我做的事妳都清清楚楚，沒必要再來詢問我了，二少奶奶。」

董秀湘看了看落寞坐在那裡的林菀清，心裡並沒有起一絲絲波瀾。「我只是想知道，大房為什麼要毒害二房。我進門之前，想必妳下了不少的藥量，才能讓仲念躺在床上那麼多年，給全家一副他就要大難臨頭、翹辮子的模樣。」

林菀清笑了笑，只是默不作聲。「我還是那句話，我做了什麼妳都很清楚，用不著用話來試探我。」

「是妳和胡仲恩一起做的吧。」

董秀湘早早就猜到，陷害親弟弟這檔事，不可能是林氏自己一個人所為。一來她在胡家是媳婦，沒那麼多的人脈、心腹；二來，若是沒有官人首肯，她也不會冒然做出這種舉動來。

林菀清聽了這話才一愣，隨即又笑了半晌。「我早該想到，妳這麼聰明怎能猜不透我呢。」

「所以，就別遮著掩著了，我既然沒追究胡仲恩的責任，就已經是十分給妳面子了，我也希望妳能明白。」

林菀清聽了這話，便知道董秀湘是鐵了心要知道真相。她自己也不打算再隱瞞，畢竟自己的閨女還有養子，日後還要指望胡家養著，至於日後能不能再相見，還是未知。

「那妳要答應我，好生照顧春姊兒。我的雲姊兒命薄，沒活幾天，不過她運氣好，不用和我一塊兒在這世上遭罪。」

董秀湘點了點頭，她並不希望大人之間的仇怨波及到孩子們身上，日後銘哥兒和心姊兒該有的，大房的孩子也都一樣不會少了。

「妳放心，妳的春姊兒和欽哥兒，我都會好生照顧著，一定不會讓妳擔心。」

「呵。」林菀清冷笑了一聲，露出一種奇怪的笑容來。「誰要妳好生照顧那個賤人留下的孩子了？」

果然，她對春姨娘，是滿滿的恨意。

「以前我想收了他，不過是因為我想給仲恩留個男丁，我自己的肚子不爭氣，生來生去都是個丫頭，可我不想仲恩這輩子沒有兒子養老送終。要不是那個賤人死了，妳以為我會答應視如己出，照顧那個孩子？」

董秀湘思忖了片刻，沒有接話。

關於大房三個人的愛恨情仇，她確實是不知道應該如何開口解釋。

「那個賤人的孩子，我巴不得早點死了。反正我活不長了，我知道，仲恩日後肯定還會有姨娘，還會有填房，我擋不住別的女人給他生孩子，可是春分那個賤人我要擋住了，一輩子不給她空隙。」

看著林氏這般齜牙咧嘴的模樣，董秀湘只是覺得人性的可怕，真是讓人難以預料。

「春姨娘應該不至於這般讓妳記恨，好歹服侍了妳家大爺一場，何苦呢？」

林菀清面容極其扭曲地笑了一聲，然而那陣笑聲只是讓董秀湘覺得毛骨悚然。「哈哈哈……妳說，我對春分那個賤人若是仁慈一些，是不是會對不起我自己那個還沒落地的苦命兒子呢？」

董秀湘沒見過這樣的表情、這樣的恨意出現在一個人身上，她周身都是冷的，冰涼涼的。

「二少奶奶，既然妳想聽，那我就統統講給妳聽，妳且要聽好了啊。」

董秀湘點了點頭，除此之外她不知道該說什麼、做什麼了。

林菀清平平靜靜地坐在大獄的草蓆上，慢慢把自己知道的都交代出來。

原來，這公中的銀子進了林氏的口袋，全都是胡仲恩事先知曉的。

林氏自小在父親的熏陶下，自幼便知書達禮，識字通文，很早鄭氏和胡先業就看中她為人端莊，決定選她作胡家的長房長媳。

林菀清娘家雖然靠著祖產生活寬裕，可架不住家中有一個追求詩文卻不善做生意的父親。林家的生意在林菀清父親的手中，經營得一日不如一日。再加上，林家獨子是個不務正業的主兒，更是在家姊林菀清嫁進湖廣首屈一指的富賈家之後，更加變得放蕩起來，成了秦樓楚館和賭坊的常客。

林家經常因為拿不出多餘的銀子幫他擺平那些禍事而苦不堪言，無奈之下就只能起了動祖產的心思。可按照林家少爺這個敗家的速度，沒幾年這祖產就得被耗費得差不多見底了。

林菀清心裡頭替父母憂心，趕上她一進門就接手胡家的中饋，名義上是幫襯著婆母鄭氏處理家中的瑣事，實際上全都是她自己一個人在拿捏主意。

也就是那一次，林家實在拿不出錢來，眼看著自家獨子就要被賭場的人給抓去處置，林菀清也是一再心軟，只好出手貪了胡家公中的一百兩銀子，趕緊讓家裡的父母拿著銀子去救人。

她多少次告訴自己，就這麼一次，以後再也不幹了。

可鄭氏從頭到尾都沒發現這件事，她事後也掩蓋得非常好。這次從公中拿銀子給了她一些底氣，也讓她後來拿得更加從容。

林菀清是從自己弟弟那裡知道放印子錢的門路。一來，她想讓弟弟辦點正經事，少給家裡惹禍事；二來，她也知道，若不想法子讓錢生錢，就靠她自己手頭那點分例銀子，實在是自己都過得艱難，更別提接濟娘家。

原本林氏是想著，幹了放印子錢這事，日後賺了銀子，她只拿那些利息，本來的錢她會老老實實還給公中。可她實在太得鄭氏的信任，胡家也沒人理會她竟然拿走這麼多銀子。再加上她辦這事被胡仲恩無意中察覺，胡仲恩也從頭到尾都沒有指責她的意思，反倒是讓她小心些，只要不被鄭氏給逮住，賺些銀子無妨。

人總是得寸進尺的，得了些便宜就總想著賣乖。拿到了甜頭，就想要更大的甜頭。

就是這般，林菀清在胡家公中拿的銀子越來越多，自己從印子錢裡頭賺的錢也越來越多。

而印子錢多少都是不乾淨的，裡頭隔三差五沾上不少人命官司，他們林家明面上是書香世家，背地裡其實幹得都是一些上不得檯面的買賣。

董秀湘心裡頭忍不住嘲笑起來。當初自己嫁進胡家的時候，裡裡外外的人都嘲笑自己是小商戶出身，上不得檯面。實際上，書香門第出身的大少奶奶，卻是個做放印子錢勾當的人，這到底是誰該瞧不起誰呢？

林菀清嫁到胡家，應該是順風順水。掌家大權在握，自己又從中撈了不少的好處，面子上的名聲又好聽得很。可實際上，她的日子是極其卑微的，原因就出在胡仲恩那個從小就伺候在身邊的春姨娘身上。

胡家的規矩是正房進門前，少爺們不能把通房的丫鬟給收房抬姨娘。哪怕胡仲恩再喜歡春分，她也只能是個丫鬟。可胡仲恩和春分兩人是青梅竹馬，從小就在一起玩，春分更是在胡家老太太那兒授了意，只要好生伺候大少爺就成。

胡仲恩自小啟蒙以來，便每日和春分廝混在一起，兩個人名義上是主僕，可實際上春分早就是同房的大丫鬟了。只是礙於胡家的規定，春分不能有名分，更不能生下孩子，她便按照胡家的規矩，每次都按時喝一些避孕的湯藥。

胡仲恩也不傻，知道這湯藥喝多了對春分的身體大有害處，所以他很早就答應鄭氏和胡先業為他挑選妻子人選，沒有任何推脫。

他心裡早早就只有一個春分，也容不下別人，選了哪個來做正房夫人都是一樣。

然而，林菀清卻是抱著和夫君好好過日子的心嫁進來，她沒想到自己名義上是正妻，可實際上卻是個妾室，胡仲恩事事都以春分為先。

林菀清至今都難以忘記新婚之夜，胡仲恩便提出要求給春分抬姨娘的情景，讓她這個滿懷希望進門的新婚娘子，滿肚子只有難過。

從小的教養讓林菀清沒有跟胡仲恩和春分去鬧騰，她畢竟還是正房，只要生了嫡出的兒子，位置穩當，她只能把這個春姨娘的苦果嚥到肚子裡去。

而胡仲恩也漸漸開始信任身邊這位端莊的正妻，不過，他只是拿她當作一個軍師、一個摯友，而不是妻子。

或許是因為避孕湯藥喝得多了，春姨娘竟然真的許久都沒有動靜。林菀清第一胎是個女兒，她安慰自己，沒關係，還有第二胎、第三胎，後邊還有的是機會。可萬萬沒想到，她天生體弱，第一胎生產時有些艱難，傷了身子，好久都沒能再懷上孩子。

兩個妻妾都不能生育的事，讓鄭氏有些頭疼，不能眼看著大房沒有男丁，所以她暗示林菀清，準備再給胡仲恩納一房妾室。

林菀清知道這是自己最後的機會，她找遍所有名醫，拿出一個方子，讓自己強行有了身孕。

果不其然，這一胎懷得極其辛苦，她的身子也因此傷了根本，之後生下來的雲姊兒也沒活多少時日。

這樣的情況下，林菀清如何能讓春姨娘的孩子平安出世？

她知道，春分不論生下的是男是女，都會受盡胡仲恩的寵愛。

在林菀清的精心布局之下，胡仲恩將春姨娘送去莊子上待產，她生產那天的茶水又被動了手腳。春姨娘產後血崩，人就去了，可孩子卻留了下來。

「我多恨那個孩子啊，可是沒辦法，這個孩子是最後的希望，要是沒了他，說不定還會出現第二個姨娘。」

林菀清咬牙說著，眼睛裡布滿血絲。「妳不是還納悶，為什麼我要對你們家二爺下手嗎？呵，其實哪裡是我，我不過是替大爺揹黑鍋罷了。本來我還想替他擔了這個罪責，日後他看著孩子還能想起我來，現在我明白了，他滿心滿眼只有春分那個賤人。」

不只站在一邊聽熱鬧的邵蘭慧，就連董秀湘自己也愣住了。當初查的時候，她只覺得是大房所作所為，後來順著大房捲款而逃的事查了半天，再加上小百靈從喜鵲身上成功套話，才發現下毒的事情是林菀清做下的。沒想到，原來是林菀清替胡仲恩揹了黑鍋。

「他信任我以後，就把這事告訴我，讓我幫著他出主意、作掩護，他起先做事情沒章法，差點露出馬腳，還是我幫著他圓了謊話，後來又幫襯著掩飾。春分那個腦子，除了知道做飯、縫衣裳還能做什麼？她也配待在胡家大爺的身側？妳不是好奇，為什麼我們要這麼做嗎？其實啊，他這麼做也不是頭一回了，只不過用在胡仲念身上的劑量少了一點而已。」

害了誰呢？

董秀湘聽這話裡有話，可一時間又理不清楚。胡家就這麼些人，她除了害胡仲念，還能害了誰呢？

「他當初就是放了這藥在小鄭氏的茶杯裡，小鄭氏才一命嗚呼的。」

小鄭氏？這是誰？

「胡家老爺當年在胡家老太太的安排下，本要迎娶鄭家二姑娘小鄭氏，可胡老爺前往鄭家後只想娶老實本分的大鄭氏，不喜歡聰明伶俐的小鄭氏。可老太太不允許，兩個人為此大鬧了一場，最後還是堅持依胡老爺的想法。不過，胡老太太也沒妥協多久，不到一年就把小鄭氏給娶了過來，說是要給胡老爺做平妻。

「這小鄭氏聰明伶俐、手段高超，就算得不到胡老爺的心，也能得到他的人，還生下了一個兒子。這個兒子呢，不是別人，就是二少奶奶妳的夫婿，也就是胡家的二少爺。」

董秀湘不自覺身子一顫，自家官人竟然真的不是鄭氏的兒子？她就說，那鄭氏如此蠢笨，怎麼生得出胡仲念這般伶俐的兒子呢！

「胡家二少爺出生的時候，胡家老太太由於喜愛小鄭氏，因而極其寵愛這個胡家二少爺，胡仲恩那會兒已經六、七歲了，正是吃醋的年紀。是他當時偷了櫃上的漆毒藥，放在小鄭氏的茶杯裡，導致小鄭氏病重，後來不治而亡。

「當時小鄭氏懷疑是自己的姊姊下了毒手，還詛咒大鄭氏的孩子們一輩子蠢鈍如豬，一輩子沒出息，每一個都不得善終。至於事情的結果，大家都覺得是小鄭氏誤拿了沾染漆毒的杯子去喝水，才導致染病，多麼巧合，就這樣一個破理由，竟然讓胡家的大少爺逃過一劫。」

董秀湘感覺，這簡直比在現代看電影、看小說都要過癮啊！原來深宅大院裡真的有這麼多不著邊際的陰謀詭計。

就算林菀清千錯萬錯，可說到底她也算是封建家庭之下，一夫多妻制度的受害者。當時下藥害了小鄭氏的是胡仲恩，後來因為嫉妒胡仲念讀書更勝一籌而毒害胡仲念的人，也是胡仲恩。林菀清不過是有把柄捏在胡仲恩的手裡頭，再加上她自己對胡仲恩有種莫名其妙、讓人難以理解的迷戀情愫。

得知胡家這麼大事的董秀湘和邵蘭慧，兩個人就像是吃下什麼了不得的珍貴東西，都不好意思當著林菀清的面喘氣。

到底如何處理林氏，最終還是要胡家二少奶奶說了算。

董秀湘倒是沒有別的意思，就是覺得，不能讓胡仲念這些年受的苦就這麼算了。她思來想去，還是決定饒了林菀清一命。

林氏最後被判定流放西北，臨行前，董秀湘答應她，會好好善待春姊兒，春姊兒就一直養在鄭氏那裡，她自己也會多加照拂，至於春分生下的欽哥兒，則被送回益陽老家。

董秀湘在暗中於胡仲恩流放之地花了些銀子，讓他吃足苦頭，又商量好，絕不會讓胡仲恩日後刑期滿了再回到湖廣來。

至於小鄭氏的事，董秀湘只是稍稍找人去查了一下，就問出當初小鄭氏的死其實是一筆無頭帳，全是因為胡先業懷疑這事是大鄭氏做下的，只想著掩蓋過去；而大鄭氏則是懷疑自己的存在，讓小鄭氏精神恍惚才吃錯了東西，她一直內心無比自責。

兩姊妹在娘家的時候其樂融融，也不知怎地一同嫁到胡家來，就變得生分起來。一向天真沒什麼心機的大鄭氏，斷然是不能理解。

小鄭氏是個有心思、有心胸的女人，像極了胡家老太太。不然也不會被胡家老太太一眼看中，要把她給娶進門來。

因此，大鄭氏一直以來，對胡仲念都勝過自己兩個親生的兒子，格外重視呵護，寄予厚望。若不是因為大鄭氏這般偏心，胡仲念也不會招來殺身之禍。

如今，胡先業病倒了，後半輩子行動上會有諸多不便，這也算是他年輕時造下的孽障，如今來償還給小鄭氏。

小鄭氏當年的詛咒也是應驗了一大半，大鄭氏的一兒一女都是沒什麼出息的，如今看來往後這兩人的日子也不會好過了。至於三房和家中的小女兒，一切都只能看他們的造化了。

董秀湘算是替胡仲念母子出了一大口惡氣，直接拿下胡家布莊的經營權。

她的湖繡生意在京城進行得如火如荼，宋夫人送來消息，說京城的太太、小姐們都異常喜歡，希望她能真的把店面開到京城去，帶上幾個繡坊裡的繡娘，好生把生意辦得紅火些。

董秀湘也心動了，和胡仲念商量此事，若是胡仲念的朝廷任命下來，前往京城，她也指望著隨行過去。
胡仲念自然不希望和妻兒分開，樂意看見一家人都在一塊兒，只是他看了看董秀湘斗大如盆的肚子，心裡頭不自覺犯嘀咕，娘子的身子骨兒當真禁得起一路的顛簸和折騰嗎？
董秀湘心裡糾結的是，胡家的布莊生意剛拿下朝廷的俸祿訂單呢，難道要隨手丟棄，留在湖廣交給鄭氏這個迷糊的婆母？
兩個人還沒來得及商量好要不要離開湖廣，去京城過好日子，趙家就差人來胡家報喜了，說是胡家的姑奶奶邵蘭慧有喜了。
邵蘭慧原先是胡家的養女，她當初拿了親生父母的遺產解胡家的困。嫁入了趙家以後，又亮出親生爹娘給的鉅額陪嫁，讓各名門大戶的夫人、小姐們不敢小瞧了她。
原先趙亭勳考取武狀元時，各戶有適齡女眷的人家都後悔，這回，就輪到原本和邵蘭慧適齡婚配男子的人家懊悔了。
多麼大的財神爺啊，就這麼給錯過了。
所以說呀，人的命該是好的，誰也躲不掉。兩個人當初被別人嫌棄，如今倒是讓湖廣民眾羨慕不已。
董秀湘原本還說，要是邵蘭慧決定留在湖廣，沒準兒胡家的生意能讓她幫著暫管些時日。可如今邵蘭慧懷了身孕，又是頭一胎，估計趙家無論如何都不會同意讓她為胡家的事操勞。

京城裡關於今科文、武狀元的官爵賜封，也是在短時間就從京城傳來了文書。

湖廣的新任知府大人屁顛屁顛地從府衙趕到胡家和趙家，給兩位狀元公傳達消息。

自從新帝登基以來，京城之中的官員們都經歷一次重新的大洗牌，諸多累世公卿的家族已經受到不同程度的削弱，尤其是那些祖上有頗多庇蔭的，至於今朝沒什麼有才華之輩的人家，更是得到不同形式的打壓。

柳家就是其中一個鮮明的例子，從刑部開始下手，一直到柳家沾親帶故拿捏了好處的門戶，全都被徹查懲辦了。

此番一來，有家世背景的人家不敢輕易鬧騰，再仗著家族的庇佑狐假虎威。另一邊，那些很早之前被邊緣化、有才華、布衣出身的官員紛紛得到了重視，其中就以今科及第的士子們為例。

胡仲念作為今年的文狀元，破格成為翰林院的修撰，算是個清苦卻有前途的位置。對於胡仲念來說，他辛苦這麼些年讀書，自己也十分享受讀書的樂趣，讓他去這兒做這個官爵，也是半點都不虧，更何況，胡二少奶奶又沒指望他賺錢養家。

這聖旨一下來，陪著狀元爺在前廳接旨，董秀湘的心思就已經活絡，滿腦子都是去京城的場景。

趙家那邊很快傳來消息，說是趙亭勳被任命了御前侍衛，在宮裡御前行走。要知道，這樣的位置在原先，是無論如何都輪不到布衣出身的人。

全家都為這位姑爺高興，這御前侍衛可是出了多少的武將功臣，就是當朝的鎮西大將軍，都是從御前侍衛熬出來的。

鄭氏和胡先業更是樂得合不攏嘴，尤其是胡先業已經好些日子都沒辦法利索起身的人了，竟然還能笑半晌，也不怕自己臉疼脖子疼。

三房的燕雲夢只是附和地笑了笑，沒啥祝賀的話說得出口。

董秀湘也不見怪，畢竟就是不鹹不淡的關係，能有啥介意的？這燕雲夢的脾氣都隨她二十幾年了，還能因為來胡家就給改了不成？

胡仲意卻是打心底裡佩服自家二哥，自己就算是把書給吃下去了，估計也考不到一個狀元郎。

大家都說翰林編修是個好活兒，可在他胡仲意的心裡頭看來，這個活兒可是能要人半條命的啊！真是太嚇人了，這可是要天天看文字、看書的，還不每天都生不如死？

胡仲意自己心裡頭明白著呢，他這輩子的科舉生涯，可能就是個舉人了。

趙家人少，估計趙亭勳會帶著媳婦和親娘一塊兒到京城。

董秀湘自然也是準備陪著官人、帶著孩子一起進京。畢竟，她自己心裡頭如明鏡一樣，這京城好賺錢啊，更重要的是，以後說不定能在京城囤幾套房子還能賺錢呢？

董秀湘心裡頭自然是想甩掉胡家這一大攤子事。當初胡家鼎盛的時候，讓她管一整個家，她都不見得樂意，更別說現在這個重新起步的胡家布莊。

當然，她自己拋下這個家容易，讓胡仲念拋下可就不是這麼容易了。

心裡醞釀一肚子壞水的董秀湘，琢磨了半天，讓立夏和小百靈抱著兩個孩子去外頭玩，自己挺著個大肚子來到胡仲念的書房裡。

胡仲念這會兒心裡還是十分捨不得自家娘子，可一想到娘子要留下來照顧這個家不能陪著自己，他心裡頭就翻江倒海地難受得要命。

都說父母在不遠遊，如今倒是除了父母，連妻子、兒女都顧不得的樣子了。

胡仲念抬眼見到董秀湘，心中極其不是滋味。「娘子，妳怎麼來了？妳月分這般大，不是應該好生養著，少走動些才是好的。」

董秀湘摸了摸自己的肚子。「這次官人能陪著他出生和滿月了。」

話雖如此，可胡仲念臨別之期也就是這三、五天，哪裡來得及見到孩子出生？所以他即刻就聽出董秀湘這是話裡有話了。

「娘子此番何意？」

「官人明知故問。」

胡仲念知道，董秀湘並不想和自己分開，只希望能和自己長久相伴，可他卻是不得不如此。「娘子，世上之事總是事與願違，妳要多擔待些，家中妳就……」

董秀湘打斷了他的話。「我只要跟官人說一件事，雖然這事我本不打算告訴你，但近來我想，實在沒必要因為他們這些人，讓我們二房一家子分開，這斷然是不公平。況且，官人應該知道真相，應該盡責。」

見董秀湘如此鄭重的表情，胡仲念便猜到，這事情應該不小。

「娘子究竟是何事？」

董秀湘長嘆了一口氣。「我之前告訴過官人，當初你的病，就是大房的人在作祟。」

「是了，大嫂嫉妒我早慧，又擔心我會考取功名贏得父母關愛，所以才……」

「那官人可知道，胡仲恩也參與其中？」

許久的沈默以後，胡仲念緩緩點了點頭。

是了，聰慧如他，又怎麼會不知道？

董秀湘心裡頭只能長嘆一聲。「你可知胡仲念還做了什麼惡事？他又為什麼敢對你下此狠心？」

胡仲念思忖了半刻，搖了搖頭。

董秀湘拉著他的手，輕聲地告訴他，關於大鄭氏、小鄭氏還有胡先業和胡老太太的各種恩怨，又告訴他關於胡仲恩用了毒，害他親生母親和他的事。

胡仲念抓著董秀湘的手，一點一點收緊。董秀湘覺得自己的手一點一點從疼痛到失去知覺，只是她一聲都沒吭，她希望自己陪在胡仲念的身邊，她希望他能夠感受到她的力量。

直到她講完整件事情許久，胡仲念都沒有發出聲音，只是站在那裡低著頭。

董秀湘不知道該說什麼，只是用另一隻手輕輕拍著他的頭，表示安慰。

告訴一個人關於他養母、生母的愛恨糾葛，以及尊敬的長兄害死了自家親娘，還有讓自己多年下不了床的事，任何一個人都沒辦法完全接受。

又過了很久，胡仲念才開口。「妳是怎麼知道的？」

「我原本有些懷疑，那日在雲中寺，我看見了娘親的牌位，上頭寫著胡鄭氏，胡夫人常去祭拜送燈油。」

原本，董秀湘也懷疑，鄭氏是因為雲中寺裡的豆腐齋菜好吃，可是後來怎麼想都覺得有問題，定然是那裡可以供奉平時祭拜不到的人。

這個人應該不是上得了檯面，能拿出來大家議論的人。再加上前幾日聽了林菀清的話，她就更加確認，那寺廟裡一定是鄭氏在祭拜自己的親妹子小鄭氏。

因為小鄭氏出嫁，她不能接受鄭家的祭拜供奉，只能享受婆家的。而在胡家，如今小鄭氏就是大家藏起來的人，更不可能把她的牌位，明目張膽地放在祠堂裡頭供奉。

鄭氏雖然和妹妹兩女同事一夫，又是平妻，可她向來疼愛妹妹，也沒有非要和妹妹爭個妳死我活，所以妹妹去世，她心中也是萬分難過，只能在雲中寺裡設置靈位，暗地裡祭拜。

這也讓董秀湘回想起來，心裡頭覺得大鄭氏有些人情味的地方。

「雲中寺？」

董秀湘對著官人點了點頭。「你知道那裡風景很好，齋菜也很好吃，要不要我陪你去那邊瞧一瞧，咱們就當是郊遊，就當是去放鬆。離開了湖廣，就看不到那裡的景色了。」

胡仲念過了許久，才點了點頭。

他的生母究竟是什麼樣子，才會讓胡先業這麼多年都不想提及她？

「官人，我的繡坊在京城找好鋪面了，宋夫人都幫我安排好了，只管帶著人過去把鋪子張羅起來。你可知道，宋大人晉升刑部主司，可是風光了，想來只要我不殺人放火，應該就不會有大事了吧？」

董秀湘見胡仲念此刻心思太重，故意提了一嘴安慰。

胡仲念見自家娘子如此賣力安慰自己，只好捧場似地笑了笑。「好，只要妳不徇私枉法，隨便妳開店。」

胡仲念雖然沒表明態度，可起碼沒拿照顧家中的話來搪塞她，不讓她跟著去京城。

董秀湘心裡頭暗自竊喜的同時，還在想，這劑藥是不是下得太猛了？

胡仲念很快就打消了她這個念頭，因為一貫沈迷讀書的他，接連幾日不曾看書本，而是去胡先業的房中近身伺候，卻也沒把當時董秀湘講給他的事情透露一絲一毫。

在其他人的眼中，這舉止似乎就是他在離別之際，照顧一下病重的父親。

可董秀湘卻明白，這是一種親近，也是一種告別。

當初胡仲念病重窩在榻上，胡先業雖說嘴上疼愛兒子，可實則前來探望的次數並不多，反倒是鄭氏探望得勤快些。

現在細細回想起來，真是十分戳胡仲念的心窩。

業那裡回來了。

董秀湘答應陪胡仲念一塊兒去雲中寺裡頭看看，只是一個人默默安排好，等著他從胡先

隔天，兩人低調地前往雲中寺，爬上漫長的山階，來到祭拜小鄭氏的往生殿。

胡仲念在雲中寺裡頭待了許久，董秀湘就知趣地在外頭等了許久，絲毫沒打擾他。

她心裡明白，這些事得讓胡仲念自己想清楚，這樣才不會打擾他。

而胡仲念其實也就是在寺廟的香火靈位前，靜靜地看著那塊胡鄭氏的牌位。他對於生母完全沒有印象，自然，一時之間也提不出任何的疑問。打從他記事起，照顧他、呵護他的人，就一直是胡家大夫人，大鄭氏。就連那些年纏綿病榻，都是大鄭氏更加疼惜他。

在他的理解，親生母親的死並不是大鄭氏造成的，而小鄭氏的人生悲劇也不是大鄭氏直接導致的，嚴格意義上來看，胡先業倒是比大鄭氏該負的責任多。

不過，胡先業被自己最中意的兒子害成如今這般樣子，他自己想必也是心裡頭極為不爽快。

胡仲念只是暗自覺得，這些無非都是因果輪迴的報應，自己不能再加入這場稀裡糊塗的迴圈裡頭去了。

回到胡府，她也沒跑去問胡仲念到底怎麼一回事，給彼此留下不少的空間。

董秀湘不管不顧都是因為這是胡仲念自己的親生爹娘，應該留給他一個獨立的思考環

境。

而她就專心打包行李，打點搬到京城的事務。

很多東西她都不準備帶走了，畢竟京城是個大城市，要啥有啥，只要帶夠了銀子，就什麼都不怕了。

只是兩個孩子在路上需要的東西多一些，她準備讓小百靈都收拾起來。

可趙家武狀元的娘子邵蘭慧就沒有這麼心大了，她覺得什麼東西都要收拾好帶到京城裡去，免得到了京城，手邊的東西用不習慣，那就太不好了。

董秀湘聽見小百靈傳來這消息時，嫌棄地直眨眼睛。

「怎麼把京城想成鄉下了？什麼時候還需要她帶齊全了去那邊，倒是除了我們家的湖繡，怕是京城也沒什麼缺的了吧。」

話說到此，不得不說，胡家二少奶奶真是能幹的人，別的沒帶著，反倒是帶了幾個得力的繡娘去京城。

她這番去京城，也不是坐在那兒等著做官太太，還是想靠著自己這番使勁，去京城好好努力開創一番自己的事業。

有了小百靈這個中間的快嘴做傳話筒，當天沒多久邵蘭慧就聽說，二嫂什麼都沒帶就準備往京城去了。

她心裡頭跟著納悶，急匆匆地就趕了過來。「二嫂嫂，我聽說，妳怎麼什麼都不帶就敢去京城？真的什麼都不準備拿上嗎？」

「我的姑奶奶，妳當京城是什麼邊疆苦寒之地嗎？什麼都沒有呢？」

一旁的立夏只顧著抿著嘴笑。

這一笑倒是把邵蘭慧給笑得不好意思起來。「我這不是怕官人什麼東西都用得習慣了，免得到時候一時想起來找不到。」

董秀湘知道他們夫妻感情好，而邵蘭慧更是把趙亭勳的日常照顧得事事妥帖，極其上心。雖然嘴上忍不住調侃她這個小媳婦，可心裡頭卻是替他們兩口子高興。

胡仲念當天晚上就去大鄭氏和胡先業那裡，董秀湘就站在門外等著，也沒有進去插上一嘴。

大約站了半個時辰，董秀湘覺得自己的腳開始發麻，由於還懷著身子，她擔心會不會時間太久，傷了肚子裡的孩子，索性轉頭讓小百靈給自己拿張椅子來。

結果剛吩咐完小百靈，裡頭的郝嬤嬤就出來叫二少奶奶進到裡屋回話了。

董秀湘這才動了動自己發麻的腳，緩緩進了裡屋。

只見大鄭氏臉上掛著淚痕，鼻子還忍不住抽泣，就連躺在一旁的胡先業也是神色十分黯然。

董秀湘心裡頭知道，胡仲念似乎是把話說得不輕。

「老二家的來了。」大鄭氏半提起力氣，打了一聲招呼，直接擺了擺手讓她坐著說話。

董秀湘也是絲毫不客氣，一屁股就坐了下來。「娘，您叫我有什麼事？」

大鄭氏兩眼無神，直勾勾盯著地面。「念哥兒馬上就要去京城赴任了，雖然妳現在管著布莊的生意，可也沒有讓妳和孩子們留在湖廣，不跟著他走的道理。」

董秀湘心裡頭感慨，這大鄭氏如今說話也不拐彎抹角了，還真是直來直去，省心省力氣。

「妳就放心跟念哥兒去京城，布莊的生意，我們會和老家的幾房長輩們商量好，由意哥兒先管著，從旁支再找幾個來協管，妳就不用擔憂了。」

董秀湘知道，那胡仲意根本沒能力扛起家業，實際上，她看近來燕雲夢管事還算是清楚，所以想讓燕雲夢來主理，只不過對外不好再說，胡家把生意從二少奶奶手裡交給三少奶奶，還是女人當家管理。

這樣傳出去，胡家的臉面又是沒地方可放了。

董秀湘才不管什麼面子不面子，裡子才是最重要的。她趕忙樂呵呵地接了這個話，又連連點頭過後才離開。

房裡，胡仲念斜著眼睛瞧著興奮的董秀湘，忍不住感慨。「該不會是我太天真被妳利用了，實際上妳不過就是想得到長輩們的許可，讓妳跟我去京城上任。」

董秀湘轉臉就是一聲「嘿嘿」。「還是相公聰明，什麼都瞞不過你。」

胡仲念只是搖了搖頭，嘴角卻還是掛著寵溺的微笑。

實際上，大鄭氏得知胡仲念知道胡家上一輩的秘密，心裡頭十分愧悔。她將小妹的死全都攬在自己身上。她覺得，胡婕思和胡仲恩如今的下場，就是她應得的報應。

大鄭氏心甘情願帶著胡先業回到益陽老家去休養，把胡家的生意交出來，交給值得信任的人來管著。縱使胡先業還是不甘心，把自己一手創辦起來的家業交給胡家其他房頭，但是無奈英雄遲暮，他的病情讓他很快衰老下來，身體無法恢復到原來的模樣，只能任由鄭氏安排他的去處。

董秀湘如願以償地在赴任的那一天，坐在喜慶的馬車裡，跟著胡仲念一同前往京城。

那一天，湖廣的文、武狀元一同前往京城赴任，整個湖廣的百姓們都異常興奮，紛紛出門來到街道上十里相送。

董秀湘只有準備兩輛馬車，一輛是給自家人，另一輛則給兩個丫鬟和繡娘。

至於趙家娘子邵蘭慧，則是足足裝了三車的行李，讓趙亭動看得目瞪口呆。

只有留在湖廣的趙大娘站在人群裡抿著嘴笑，這兒媳真是知道心疼官人，總算是沒找錯。

原本百姓們還對武狀元上任的架勢指指點點，可後來仔細一瞧，發現那三車帶上的，不是書本筆墨，就是馬具針線，便偷偷在一旁議論了起來。

沒想到武狀元都要去京城了，還是這般清廉樸素！

打頭的馬車裡，坐著即將上任的文科狀元以及他的妻子。

董秀湘從一旁的食籃裡拿出一塊芙蓉糕，咬了一口含在嘴裡，輕輕咀嚼。

「人家都說是酸兒辣女，我這胎就喜歡吃甜的，你說是個大胖兒子還是個小閨女？」

胡仲念抱著懷裡的心姊兒，輕輕地拍了拍她的背，端詳著她睡熟的模樣。「估計是個像妳一樣甜的孩子。」

董秀湘不自覺吧唧兩下嘴巴，回味一番芙蓉糕的甜味，以及自家官人這番誇讚。以前她總覺得自己嫁了一個木頭，現在才知道，原來這傢伙只是躺在床上幾年，變成暫時的「床板」而已。

「不過，這個孩子是幸福的，畢竟為夫可以陪著妳生產和坐月子了。」

只要想到上次董秀湘產子後一個人孤零零的，他心裡就莫名有一些抽痛。

董秀湘倒是不覺得這有什麼不好，對於肚裡的孩子，她還是多關心幾分自己在京城的生意，不過望著官人對自己關切的眼神，她只好讓自己先忘記「做個女強人」這個終生目標。

「真的還好啦，我哪有這麼嬌貴。」她抬手摸了摸熟睡的心姊兒。「官人覺得銘哥兒在趙兒那裡，當真沒事？」

趙亭勳近來十分沈迷於照顧孩子，一來是為自己的未來生活做準備，二來也是想以後多分擔一些自家娘子的負擔。

而胡仲念自然就把自家的皮小子貢獻出去了。

胡仲念想：我家閨女只有我可以帶著！

「臭小子當然沒事。」

望著胡仲念抱著閨女的樣子，董秀湘無奈地搖搖頭，果然再聰明的男人也躲不過女兒奴的命運啊。

她倒是希望自己肚裡的這個也是女兒，她想看看同樣是女兒的話，胡仲念會不會偏心。

這樣想著，董秀湘抬手把剩下的半個芙蓉酥扔進嘴巴裡，然後輕輕地把頭靠在胡仲念的肩膀上，微微瞇起眼睛。

就這樣，胡家和趙家一行人，浩浩蕩蕩地離開湖廣，朝著官道漸行漸遠。不絕於耳的歡笑聲，隨著風聲帶到很遠的彼方。

——全書完

番外一

宮廷裡的御前侍衛們喜歡在換班的時候，在門房竊竊私語地聊上一些私人話題。

在皇家當差，嘴巴固然要牢靠，可是千篇一律當班巡邏，每天面對一樣的景色，難免心裡頭會有些煩躁。

要是當班路上常有宮女、太監經過倒是還好，最怕的就是全程都沒有人，只有光禿禿的路，這樣的差事最是讓人反感。

每當遇到這樣的情況，大家總喜歡在安全的地方沒話找話。比如，今天誰又來得晚了，準是前一天喝了酒，再比如，今兒個誰當班的時候心不在焉，說不定是和媳婦又拌嘴了。

而近幾日，神武門處的門房裡，大家議論的都是那個武狀元。

「聽說那個武狀元娶了個天仙一樣的媳婦，從老家帶過來的。」

「你說他為啥要帶媳婦來，或者說為啥要娶媳婦啊，這樣的出身將來不是能娶個什麼郡主的？」

「就是，家裡的糟糠還非要帶到京城裡頭來，真是耽誤。」

大家就著門房裡的火爐，換了當值的衣服又從桌子上拿起一個葫蘆，挨個兒輪流喝了一口裡頭的燒酒，頓時覺得心裡頭暖呼呼的，外頭的寒風好像也沒那麼刺骨了。

大家七嘴八舌剛消停，外頭就傳來了腳步聲。

幾個侍衛不再出聲討論，都閉上了嘴，沒過一會兒，趙亭勳就走了進來，撣了撣身上的雪，脫下外頭的蓑衣。他熟練地和大家打了聲招呼，換上當值的衣服，提著刀就進了皇城裡頭。

等到他走了，大家才面面相覷。

「你們說，這趙大人聽見咱們說什麼了嗎？」

「聽見了又能怎樣，咱們說的不也都是事實，不摻假啊。」

「欸，你們說，這趙夫人得多俊俏，才能讓他每天這麼滿足，半點後悔都沒有？」

「後悔什麼，有什麼後悔的，這不都是咱們私下裡說的？」

「你不知道？前兒個，慶王爺瞧上他，本想讓他做女婿，可後來知道他成了親，還死活不肯降妻為妾，才把這事作罷。」

「真是個呆子啊。」

這話還沒說完，外頭探進來一顆腦袋，只見趙亭勳說道：「今兒晚上都上我家裡頭喝酒吧，我家娘子又給我添了一個姑娘，今兒剛好滿月。」

幾個人面面相覷，十分尷尬，只好點頭說好。

到了晚上，除了值晚班的幾個侍衛以外，同批巡邏的侍衛們都去了宮苑附近不遠的一個小院子裡。

能住得離宮苑這麼近，大家都不免羨慕起趙亭勳來。要知道，能住在這邊一排房子裡的，當真是非富即貴。

許多宮裡頭上年紀的公公們，還有一些常常需要候旨進宮面聖的大人們，都在這兒有歇腳的院子。要不然，京城這麼大，常常坐著馬車跑來跑去，任是誰都吃不消。

他們不敢過多言語，心裡都在猜測，不知道這趙大人到底有多少的銀錢家底兒，能在這地界住上一戶獨門獨院。

趙亭勳熱絡地招呼大家到後廳去吃酒。那酒也不是什麼隨便的酒，可是上好的寒潭香。一旁還放著熱火爐，用來給大家溫酒。

趙亭勳是武狀元出身，雖然做宮裡的藍翎侍衛時日並不多，可未來的前途，要比這些在宮裡熬了好些年的侍衛們遠了去。

大家叫上一句「趙侍衛」，那都是客氣，誰不知道當今聖上十分重視這屆科考高中的幾個人。

「趙侍衛，恭喜你喜得千金啊，咱們就用酒祝賀你了，我們乾了！」

大家熱熱鬧鬧地祝賀趙亭勳，趙亭勳也大大方方和大家喝酒一齊歡樂。誰也沒有當面去問他，為何早早就在老家成親，又生了孩子，斷送官場上大好的關係和姻緣。

酒剛過三巡，他們只見一個清麗秀雅的女子，抱著一個用紅布包裹的孩子從裡間出來，跟大家打招呼。

那女子眉眼清秀，鵝蛋臉頰稍稍有些圓潤，可看著身段並不臃腫富態，嘴角微微翹起，像是外頭掛在半空中的月牙。

那女子的聲音也是清亮動人，一口南方口音，煞是柔軟。「帶小女兒見過幾位大人了，還要多謝各位前來捧場祝賀。」

幾個侍衛互相看了看，都心照不宣。

原來趙侍衛的夫人是這般妙人，怪不得趙侍衛早早就娶妻生子呢！

大家湊過去看了看今日滿月的小丫頭，像是白粉團一般粉嫩可愛，見了生人，不僅不哭，還擠著眼睛，吐著舌頭笑。

孩子畢竟還小，抱出來沒一會兒，趙夫人就把孩子遞給奶母。她回身拿了半杯的溫酒，說是要謝謝各位大人。

懷裡的孩子一抱下去，緊挨著趙亭勳坐的王春東侍衛，就瞧見趙夫人身上的繡紋。王春東侍衛的夫人，算是京城裡極能追捧新潮的人。凡是京城裡當下時興的玩意兒，她全都知道，且全都想要買回家。

趙夫人身上這個繡紋，他可是聽自家媳婦說過，這是一種京城當下最受歡迎的布料加刺繡工法，名字叫做「湖繡」。

要是王春東沒記錯，趙侍衛就是在湖廣考取功名，而湖繡剛好就是從湖廣傳來的。

「趙夫人，妳身上這布料可是湖繡？」

趙夫人微微一笑，輕輕拂了幾下衣襟。「是啊，這就是咱們家鄉的湖繡，也是用我們家的布料，就是胡家布莊配的，要是大人您想給夫人做，儘管來問我。」

王春東知道這東西不是價錢的問題，而是有價無市，畢竟湖繡傳進京城的時間還不長，能穿上的大多是一些官眷和豪門大戶。他承認自己沒能力給自家夫人買這種繡品。

「趙夫人客氣了，這布料自然是難買，我家娘子說她可不敢奢望。」

他權當趙夫人是在客氣，雖然他們和趙亭勳同為皇宮侍衛，可人家是藍翎侍衛，有多少偉大的將軍武將，都是藍翎侍衛的出身啊，他可不敢去比較。

趙夫人卻是十分認真地說道：「我沒有誆騙大人的意思，這布料乃是我娘家所出，就是湖廣的胡家布莊，這繡品是從我娘家二嫂嫂的繡坊裡出來的，雖說是難買，可若是我去說一說，當然是能通融的。若是您家夫人不介意，我房裡還有好些湖繡布料，直接扯去就能做衣裳呢。」

王春東和其他幾位侍衛聽了這話，都不禁坐直身子。

雖說認識湖繡的人大多是女人，可湖廣出來的「湖繡坊」，卻是大多數人都聽聞過的。那是皇商胡家開的鋪子，一年多前剛剛在京城開店，生意更是好得不得了。

皇商在他們心中已經是有錢得不能再有錢的商賈，如今又從湖廣開到京城，更是讓他們覺得是富貴上頭加了富貴。

原來趙亭勳大人的娘子是皇商胡家的女兒啊！可是，他們怎麼記得趙大人說過，自家夫人是姓邵呢？

「原來趙夫人是胡家小姐啊，失敬失敬啊。」

趙夫人用絹帕掩面笑了兩聲。「大人，我是胡家的養女，所以是邵氏，可是讓大家納悶了？」

趙亭勳吩咐家中的小丫鬟給大家斟酒，別讓大家光顧著說話，都停了喝酒吃菜。「我家娘子原籍是川渝人，不過是養在湖廣，所以沒有改姓氏，是胡家老爺受故去的摯友所託，而撫養成人。」

胡家老爺的摯友？妥了，那也是個有錢人家出身的千金小姐唄。

在座的侍衛們心照不宣，比剛才更加熱絡地敬起酒來。

往後的一段日子裡，誰也不敢再在背後念叨，這趙侍衛過早娶妻生子、耽誤前程的事了。

畢竟，家中有嬌美的娘子，娘子又是個頂有錢的富賈人家出身，到底也不算是高攀了武狀元啊。只不過，就是在仕途上，少了一些人脈關係幫襯。

且說王春東的娘子，自從聽了趙亭勳夫妻的事以後，千方百計也要讓自家官人去幫忙牽線搭橋，弄了一疋湖繡的布料來，而這一來二去，她也跟趙夫人成了好友。

兩個人閒暇時，也會一同去喝茶逛鋪子，一塊兒去聽戲逛園子。

王春東的娘子從趙大人家回來的時候，忍不住滿口稱讚人家家裡的闊氣和豪氣。

這話讓王春東直納悶，他也去過趙亭勳家裡，雖然地段好，可就是個小院子啊，離闊氣還遠著呢！

「你知道什麼，人家在宮苑旁邊，只不過是個歇腳的地方，還不是為了你們當值。人家家裡可是在京郊民巷那邊，遠著呢，一來一回，多少時間都耽擱在路上了。」

京郊民巷？

「人家那房子，少說得有三、四個院子，幾進幾出的，闊氣得不行。」

王春東只是點點頭，心裡頭卻沒啥太大的波瀾。

畢竟是皇商的娘家，家裡頭合該有的是錢。

「你猜，我今兒還碰見了哪位夫人？」

「哪位？」

「今科的狀元夫人，就是翰林院的胡大人妻子，我的天，那胡夫人是趙夫人的嫂嫂，也就是說胡大人是趙夫人的哥哥！」

這雄厚的娘家實力，當真是讓人羨慕得緊。

王春東決定，就此收回他之前所有的態度。

趙亭勳大人這媳婦，娶得真是太有先見之明了吧！

——全篇完

番外二

悶熱的晌午，讓原本柳巷裡該在房裡午睡的女人們，此時都拿著小板凳坐在自家院子的大樹下乘涼。

黃四家的也抱著自家不到一歲的孩子，坐在葡萄架下頭乘涼喝茶。

這茶葉是她婆婆前一陣子託人從京城捎來的，聽說是什麼上好的雨前龍井。她之前可從沒聽過這東西，也不知道原來這玩意兒可以賣那麼多銀子。

巷子裡住著的都是鄰里鄉親，從小就是和黃四做鄰居。

老黃家一共四個孩子，前三個都是丫頭，只有黃四是個大小子。

老黃家的人在柳巷裡也吃得開，尤其現在他們家的環境好了，生活好了，大家都願意沒事往黃四家的院子裡坐著討口茶喝。

黃四家的也是大方，家裡有啥都往外掏，絕不藏著掖著。

她婆婆說：「柳巷裡頭的人，都是熱心腸的。」

隔壁的孫大嬸和趙家嫂子，帶著自家小娃娃跑來串門子。

只見黃四家的穿著一塊素色的印花袍子，雖然顏色不顯眼，可上頭的花樣紋路卻是那般不俗。

「喲，大妹子又泡茶了啊？」

黃四家的笑著轉身回房裡拿出兩個茶杯，轉身就給滿上。

「咱當家的說了，這龍井是降火的，免得咱們在這悶熱裡中暑，別看它還熱著，喝下去可涼快著呢！」

趙家嫂子拿起一杯喝下嘴。「喲，還真是味道半點不一般啊，可我還是熱啊！這是拿熱水泡的茶，又不是冰，怎就能讓咱們降火呢？」

孫大嬸哄了哄懷裡半睡著的小孫女，嗔怪了兩句。「妳這老東西懂什麼啊！人家說了是減火氣的就是減火氣的，妳還能有她婆婆，我葛大姊有見識？」

聽了這話，趙家嫂子也不敢多說什麼，只是跟著笑了笑，怪只能怪她嫁過來得晚，沒看見所謂的葛大娘。

黃四家的也是跟著笑了笑，她也不常看見自己那個住在京城裡的婆婆。她只知道，黃家的三個姊姊還有婆婆，都在京城裡過著吃香喝辣的日子，根本就是吃穿不愁。

「大妹子，這衣裳是妳自己繡的？」

黃四家的看了看自己衣服上的水墨山水畫，點了點頭。「這還是生大毛之前，在家待著無聊繡的，現如今要帶孩子，壓根兒沒工夫回繡坊，技術都生疏了。」

孫大嬸看了那布料子上的繡工忍不住咂了咂嘴。

這麼好的繡工，當初還不都是葛大姊一針一線傳授的？她當初怎麼就沒有這個頭腦，讓自己的閨女去學這麼個東西呢？

就算去不成京城，好歹也能有一技傍身，在這湖廣的湖繡繡坊裡當差，現在找一份好的親事，根本就不是什麼難事。

可惜了她那姑娘。

「你們繡坊現在沒了妳，誰頂在那兒呢？」

「是北城的那個胡家妹子，算是我的嫡親師妹了。」

趙大嫂顯然對繡坊的事情不感興趣。

葛大娘的富貴是人家的事，她老人家是湖繡的繡娘，自己又培養了三個會湖繡的好閨女，還給自家兒子找了一個繡坊管事的兒媳婦，關她們趙家什麼事？她男人家裡就是活該的窮苦命。

原本對賣魚商販董家愛理不理，後來又對葛大娘不夠客氣，活該借不到人家的東風，占不到人家的便宜。

但是，趙大嫂卻是對湖廣的各路小道消息極為熱衷。「妳們聽說了不？胡家布莊最小的小姐要招婿了。」

說來這胡家和黃四家還有些彎彎繞繞的關係，算是黃家的主子，黃四家的多少聽聞了一些關於胡家的消息。

「當然聽說了，那小姐現在放在湖廣，根本找不到合適的婆家呀！」

整個湖廣都知道，胡家還剩下一個未出閣的小姐，只不過這位小姐自小就在胡夫人身邊帶大，難免脾氣秉性格外驕縱了些。

「哎喲，但是有個大將軍的姊夫，還有個大學士的哥哥，家裡頭又有個開大鋪子的嫂嫂，這樣殷實的家業，誰要是趕上去，還不是得倒插門？」

趙大嫂邊說著，邊搖頭表示感慨啊！這小丫頭，是在蜜罐子裡長大的，誰也沒這個命啊！

胡家原本要垮了，突然間出了一文一武兩個狀元，又被當家的少奶奶把全家生意給拉了起來。

孫大嬸繼續搖頭。「那董家的丫頭也是我眼瞅著長大的，真的瞧不出有這份能耐，他們那一家子當初把她賣進胡家做沖喜新娘，真是悔得腸子都青了吧。」

黃四家的畢竟還在胡二少奶奶的鋪子上做工，不便說自己東家，只是給大家沏茶添水。

趙大嫂卻是一臉鄙夷地看了看孫大嬸，人家沒能耐的時候妳就瞧不上，非要等人家有出息才想著去湊熱鬧？

「這董家要是重視這個閨女，按理說也等不到嫁了人才有能耐翻身，還是這董家自己活該，現在沾著閨女的光，又在集市口把賣魚的生意做得不錯，算是積德了。」

孫大嬸只是搖搖頭，並沒有回話。實際上她心裡頭也是無比鬱悶，要是她當初討好董家的丫頭，現在說不定自己就成了葛大娘，跟著人家少奶奶去京城享福了。

「趕明兒，聽說胡家真的準備開門招婿啊？」

「應該是了，據說之前上門提親的人都一一被回絕了……也是啦，湖廣的高門大戶中，憑官爵做不過人家哥哥、姊夫，做生意比不上人家嫂子，也不知這胡家小姐會看上什麼樣的人？」

趙大嫂天生就愛熱鬧，趕緊吆喝黃四家的一起去胡家門前看看熱鬧，說不定還真有什麼話本子裡，佳人才子的佳話呢。

黃四家的因為帶著孩子耽擱了不少繡活，索性也不差這一日、半日。兩個人央求孫大嬸幫忙帶孩子，第二日準備一同去胡家瞧熱鬧。

孫大嬸搖著頭同意了，左不過帶幾個奶娃子。她錯過太多了，不想再去湊熱鬧，要不然回來她該惆悵，為啥自己沒有個大一點的孫子，去娶胡家小姐了。

聽聞胡家小姐要招婿，別說是湖廣各地的青年才俊了，十里八村尚未婚配的年輕男子全都跑來準備湊這個熱鬧。

從商的巴不得跟巨賈沾親帶故，稍微能幫襯著一些自己的生意，說不定也能當個了不得的皇商。

讀書人更是想跟胡家有些關係，別管將來是想從文還是從武，胡家上頭可都是有人的，任誰都想和這戶人家攀親戚。

隔天一早，黃四家的果真和趙大嫂來湊熱鬧。

不過，相比之下，黃四家的老實得多，她只是來圍觀湊熱鬧，瞧瞧那些上門來推銷自己的男人們，而趙大嫂則是帶著自家幼弟前來參加招婿。

黃四家的看了一眼趙家嫂子那年幼的弟弟，不由得搖搖頭。

胡家未出閣的小姐就是再小，也不能找一個十六歲的夫君吧？這趙家嫂子的弟弟是不是年紀太小了點？

「哎呀，反正也沒說得多大，只說是適齡，我家弟弟本來就要說親事，怎麼不算是適齡呢？」

黃四家的縮了縮脖子，沒說話，只能說自己太年輕，沒見過世面。

不過一個上午下來，她見這胡家外院裡、大門口站著形形色色的人，也是感慨，還真有四、五十歲過來說自己適齡的？合著是娶個填房？

估計快到晌午，該來的差不多都來了的時候，胡家的外廳裡才出來一個類似主人模樣的人。

「感謝各位鄉親們抬愛了，我們胡家很是感念，煩請各位移步後院用午飯，我們有何處照顧不周，還請各位體諒。」

大家都是驚訝，沒想到帶著自家兒子前來求親，還能趕上人家請客吃飯，從來沒聽過這麼好的事啊！

胡家出來主事的人，只是吩咐丫鬟、小廝們趕緊把大家安排入座，自己站在院子當中，朝著不遠處黃四家的點了點頭。

黃四家的看得一愣，這才想起來，眼前可不是什麼主事的管家丫鬟，而是胡家三少奶奶呀！

「那姊兒認得妳？可是妳們繡坊裡頭的？看起來模樣多標致的小媳婦呀。」

黃四家的用手肘碰碰趙大嫂，示意她千萬別亂說話。「嫂子，可別亂說，那是胡家的三少奶奶，如今湖廣的布莊生意，都是捏在她的手裡頭。」

趙大嫂定睛朝著那小娘子看了好幾圈，除了模樣標致，身段可人外，還真瞧不出有什麼三頭六臂的本事。

胡家這麼大的布莊生意，還拿著皇商的名頭，生意場面自然是不能小了。

她還真是想不到，這樣一個普通的小娘子就能撐得起來這般的生意。

「這三少奶奶怎麼比起二少奶奶要普通許多？這做生意的女子，不都是八面玲瓏、三頭六臂？」

黃四家的聽了趙大嫂這話，噗哧一聲沒忍住笑出聲來。

不知道的人還以為，趙大嫂見過三頭六臂的胡二少奶奶呢！

「大嫂子，妳可是連我們繡坊的大老闆都沒見過的人，怎就說她三頭六臂了？」

趙大嫂嫁進柳巷比較晚，嫁過來的時候，二少奶奶已經跟著胡家二爺去京城，她是一次也沒見到人。但在她心裡頭，這二少奶奶可不就是八臂哪吒的模樣嗎？

胡家三少奶奶站在院子裡，等著所有人都跟著隨從去後院，她才嘆了口氣，抬頭看了一眼站在一旁的郝嬤嬤。

「是不是這裡頭還沒有？唉，妳說小姐怎麼就一根筋，非要找這麼個人呢。」

胡三少奶奶搖了搖頭，轉身進了裡間。

如今湖廣的胡家只剩下三房和未出閣的小女兒。

夏日的季節，鄭氏早就帶著胡家老爺回益陽老家避暑去了。

不再操心產業的胡家老爺，身子恢復得十分好，已經能夠下地扶著人慢慢行走了。

只是顧大夫說過，這病要多靜養，且不能勞累傷神。眼看著家產在二兒媳和三兒媳的連番打理下，逐步蒸蒸日上，胡家老爺也就放心地頤養天年了。

胡家七小姐胡婕慈自小跟在鄭氏身側長大，算得上是他們老來得女，本是寵溺無邊。

胡三少奶奶如今無須理會公婆的晚年生活，卻對小姑的婚事格外慎重。費了這番的周折，請來這麼多人，無非就是為了滿足胡婕慈的心願。

「郝嬤嬤，明日還有一日需要忙碌，妳且回屋去幫襯照顧一下慈兒吧，我怕她心願未遂，會想不開。」

這樣大的排場來安排招婿，實屬勞民傷財，相當於胡家要接連安排好幾天的流水席。可要是排場不大，又如何讓那個小姑奶奶得償所願呢？

胡三少奶奶對於這個小姑可是束手無策了。

這般主意，還是她寫信向京城的二嫂求救，從二哥和二嫂那裡得到的法子。也是這個法子，才讓求活求死的胡婕慈鬆口，甘願配合招婿呢。

郝嬤嬤算是一直帶著胡婕慈的老嬤嬤，自然是希望小姐得償所願，找到一個如意郎君，她對三少奶奶的話也是定然依從。

等郝嬤嬤離開以後，院子裡剛好剩下胡家三少奶奶一個人。此時，胡家三少爺從大門外頭進來，手裡拎了幾個盒子，嘴角帶著微笑，雙眼牢牢地盯在她身上。

「娘子可是累得焦頭爛額了？這都準備第幾天了，那人到底找到了沒？」

兩人雖說已經做了十幾年的夫妻，就連兒女都已經有了三個，卻是越發恩愛起來。

胡三少爺從遠處越走越快，踱步到三少奶奶的身邊，輕輕攬過她的腰身，扶著她，讓她可以完全靠在自己的肩上，休憩片刻。

「不累，就是人還沒尋到。你說妹妹怎麼就看中那天，她偷偷跑出去玩遇上的那個人了？我現在是真的好奇，這人到底是誰，是不是真有三隻眼睛，把咱們家眼高於頂的妹妹給迷成這般樣子。」

「眼高於頂？這話說的，不知情的人還以為妳在說婕思呢。」

說起胡婕思，三少奶奶卻是禁不住扯了扯嘴角。

這個人該有多少年沒見過了？

那一年，全湖廣最眼高於頂的女子。

「你少拿她來堵我的嘴，人家現在在西邊過得好著呢，又是牧羊、又是販賣東西，兒子都生了三個，你還拿當年的事來嗔怪。」

是啊，誰也不會想到，當初發誓非富即貴不嫁的胡家嫡出大小姐，竟然甘心洗手做羹湯，改嫁給一個邊塞的商人，過上普通人的生活。

「那相比之下，小妹就不算眼高於頂，她就是想找尋第一次心動的人罷了，也可能見到第二面，就後悔選擇而換成旁人呢！」

這話讓三少奶奶想起，當年兩人初次相見的情形，真是一眼心動。十幾年過去了，恍若隔世。

「你不說我都忘了，當初胡家三少爺可是風流倜儻，又是青樓雅妓，又是標致妾室，真是風流才子陪佳人。」

胡三少爺心裡真是後悔莫及，每一次自家娘子在討論問題沒話說的時候，總是會提到年輕時自己的那些風流韻事。

真是哪壺不開提哪壺。

但凡他自己說錯了一句話，那就是慘死的結果呀！

「娘子妳今日一定疲累了，咱們還是進去歇息吧，明日還有得忙呢。」

三少奶奶見他這般畢恭畢敬的樣子，也是見好就收，不再追究過問了，點點頭隨著他往裡間走去。

兩人還沒走幾步，就聽見身後有人叫道：「請問，是慈小姐的府上嗎？」
三少奶奶猛地一回頭看過去，真的讓他們瞎貓碰上死耗子找到了？

——全篇完

番外三

益陽老家傳來胡家七小姐胡婕慈即將成親的消息，位居京城郊外的胡家宅子裡自然是歡喜一片。

趙夫人緊忙讓下人去拖馬車，嚷著馬上就要收拾東西回湖廣。

一旁的胡夫人滿臉嫌棄地瞪了她一眼。「瞎忙什麼，妳說套車就套車？這兒可都是我的人，我不讓他們動，誰敢給妳套車？」

胡夫人的強大氣場，時常與之交往的人對她只敢說一不敢說二，誰知道原本柔柔弱弱的趙夫人竟然吹鬍子瞪眼睛起來，並沒有把胡夫人放在眼裡。

「妳不讓小言子給我套車，我現在就騎馬去，妳信不信？」

趙夫人雙手扠腰，站在人家對面，語氣絲毫不弱，氣場也絲毫不輸。

本來一副挑釁的樣子，可看在胡夫人眼裡，卻是玩鬧一般，她壓根兒就沒把對方放在眼裡，徑直起身繞過了趙夫人，去拿另一側放在櫃子上的木箱子。

「將軍夫人也是爽快，連馬都會騎了啊，也不擔心你們家姑娘跟妳學壞了？」

平日裡趙夫人總是說，胡家的心姊兒就是跟著二嫂學壞了，好好的一個小姑娘，偏偏要學什麼看帳本、做生意、拋頭露面的，傳出去簡直讓人笑掉大牙。

如今，總算讓胡夫人找到機會回嘴一次，用來調侃趙夫人。

「我們家歡兒本來就會騎馬，將軍家的掌上明珠不會騎馬，傳出去還不讓人家笑話，那不是讓大家說我們亭動的將軍是投機取巧得來的？」

站在她們身後的小百靈，禁不住抿嘴笑了笑。

多少年過去了，原本溫柔大方的五小姐，如今也變得伶牙俐齒了啊，真是難得啊難得。換作以前，五小姐還不是只有被數落的分？

小百靈這小小的一聲笑，卻讓趙夫人聽見了，馬上轉頭看向另外一邊。「怎麼，如今戶部尚書家裡的侍女都能笑話我了，妳看胡夫人調教的！」

等胡夫人把剛才看好的帳本放回匣子裡，才有力氣轉過頭來和趙夫人對峙。

「將軍夫人要幹什麼？難道還想來我們胡府當家不成？嫁出去的女兒，潑出去的水，妳可不是胡家的女兒了，妳是趙家的人，少來我們胡家指手劃腳！」

一時間，兩個人之間的火藥味漸漸濃了起來，兩個人的氣勢更是互不相讓。在外人眼裡，眼看著兩個人就要互相捲袖子打起來，嚇人得很。

正當這會兒，外頭跑進來一個梳著兩條羊角辮的奶娃娃，後頭還跟著一個半大姑娘，亭亭玉立，面容姣好，動作也爽利。

「二……深，深，麼……」

小孩子走路一歪一正地在那半大姑娘的攙扶下跨過門檻，然後就朝著胡夫人過來，撲騰一下撲到她的腿上。
「哎喲，嬸娘的小寶貝怎又一個人跑過來了呀，心姊姊可把妳照顧好了？」
那小孩子咿咿啞啞也說不清楚。
趙夫人見自己的小閨女來了，不再硬氣十足，眼神一下子溫順下來，轉頭去看胡夫人懷裡的歡兒。
「娘，您怎麼又跟五姑姑在這兒瞎鬧了，妳們兩個是嫌自己吵架太少，經常在這裡吵著玩是嗎？」
聽見孩子念叨自己，胡夫人只是聳了聳肩膀，吐一吐舌頭。「誰讓妳能幹，把鋪子、繡坊的帳本都算得清清楚楚，反倒讓我自己沒事做了。」
這話倒是不假，實在是自家閨女太能幹了些。
一旁的趙夫人邵蘭慧從二嫂手裡接過自己的小閨女。「剛好，我跟妳娘得空，要回湖廣去參加妳小姑姑的親事，可有得忙了。咱們好些年沒見三嫂了，我可要去瞧瞧他們家那兩個大小子！」
胡夫人董秀湘這才想起，兩個人剛才吵起來的話題。
「我不讓妳去湖廣，自然是有我的道理。就算妳現在去了，到時候妳也得屁顛屁顛地跟著隊伍回到京城裡來。」
「還會回京城來？難道咱們家小妹是要嫁到京城？」

胡家明明是在湖廣公開招婿，怎能招來一個京城的女婿了？這消息讓邵蘭慧一頭霧水。

而事先知道內情的董秀湘，自然是一副天下之事盡在我心的架勢，自信地拍了拍胸脯。

「不知道還不好好問問我，就急著要回去？」

邵蘭慧見她故意擺起架子，索性拉著心姊兒要回到裡間去。「可不能再聽她講了，她什麼都不清楚，就知道胡說八道。」

董秀湘這個人就是禁不住激將法，轉過頭就瞪大眼睛。「我怎麼胡說八道了？難道妳沒聽聞京城別的什麼關於婚事的消息嗎？」

和胡二少奶奶在一起久了，邵蘭慧拿捏到幾分董秀湘的脾氣秉性，知道說出什麼樣的話能激怒她。

邵蘭慧聽了這番話，又仔細想了好一陣子，才極為勉強地開口道：「我素來不和權貴家眷們接觸，又怎麼知道這種消息。我只知道明王殿下要娶正妃了，可這跟小妹有什麼關係？」

待在一旁的心姊兒像是猜到了什麼，吃驚地摀住嘴巴，這才讓邵蘭慧意識到什麼，她極其不敢相信地看了看董秀湘。

董秀湘淡定地微笑著點點頭。

「等著在京城參加婚事就成了，妳且不用慌亂，一切有我家尚書呢。」

董秀湘試圖低調一些微笑，可是這嘴巴怎麼也藏不住過分的愉快。

這胡家呀，還真是「福星高照」了。

——全篇完

2020年2月出版

富貴不求人

文創風 822～824

都說有錢人家的飯碗不好捧，幸好她也不稀罕，
錢財雖然迷人眼，但榮華富貴她卻是不求人給的，
銀子嘛她有能力賺，當然也能自個兒當個有錢人嘍！
再說了，她跟他家門不當戶不對的，他家裡能接受她當媳婦嗎？
所以兩人還是繼續合夥做生意就好，那些情啊愛的就先擱著吧……

貧賤親戚離　富貴他人合／塵霜

月幼金合理懷疑老天爺在弄她啊！
死都死了，竟還穿越，穿越便罷，偏偏讓她出生在一個「極品」家庭，
由於娘親蘇氏一連生了七個女兒都無子，在月家的地位可想而知，
他們二房受盡奚落，包攬大部分家務，還老是吃不飽、穿不暖，
倘若親爹是個會疼人的倒也能勉強度日，可他卻只會動手家暴她們母女！
於是她想辦法讓父母和離，順利帶著娘親和手足們遠離月家，改隨母姓，
因著外祖家曾是宮中御廚，娘親小時候跟著學了不少，燒得一手好菜，
所以她決定靠著這門祖傳手藝賺錢，畢竟民以食為天嘛，
果然，小試牛刀的酸梅湯不僅讓她賺飽飽，還引得肖家繼任家主來買方子，
五百兩哪，她當然毫不猶豫地賣給那富商肖臨瑜，並進一步開起糕餅鋪啊！
由於生意大好，她緊接著又分別開了專賣蜂蜜及特色花茶的店鋪，
甚至，她還搞起飢餓行銷，開了間酒樓，每日販賣限量菜餚吊人胃口，
正當她賺錢賺得眉開眼笑之際，那肖臨瑜突然頻繁地跟她書信往返，
她忙著拚事業，根本沒空回信，這位大哥居然親自上門堵她，並在她家住下了！
他、他究竟想幹麼啊？難不成這回是看上她這碟清粥小菜了？不會吧？!

2020年1月出版

瑤娘犯桃花

文創風 819

【重生之四】

棄婦瑤娘被人追殺而死，幸而她救的小狐狸(妖？)犧牲一條尾巴讓她重生！
自此瑤娘和小狐狸成了好友，還多了個狐狸精萬人迷的外掛，
讓專門收妖的道士靳玄對她難以抗拒，但又嘴硬不承認。
說起靳玄，八歲被師父騙入門下，十四歲接下掌門人之位，
如今長成二十二歲少年郎，沒有道士該有的仙風道骨，
反倒英武昂藏，還很care自己的打扮，重點是把捉妖當經商，
沒辦法，小門派窮得揭不開鍋，要想發揚光大，只能當「奸商」！

花樣百出 本本驚喜／莫顏

靳玄一身正氣凜然，渾身是膽，人們說他天地不怕，只有他自己知道，他怕瑤娘。
他俊凜魁偉，氣宇軒昂，眾人皆讚他不近女色，只有他自己清楚，他心癢瑤娘。
連三歲小孩都知道，靳玄最討厭狐狸精，女人勾引他，無異於自取其辱，
只有靳玄心裡明白，他的貞操即將不保、色膽已然甦醒，因為他想要瑤娘。
偏偏瑤娘不勾引他，因為她討厭他，只因他一時嘴快，罵她是個狐狸精……
瑤娘清麗秀美，賢淑婉約，從不負人，只有別人負她，但她從不計較，
她對人總是溫柔以待——只有一個人例外。
「瑤娘。」
「滾。」
靳玄黑著臉，目光危險。「妳敢叫我滾？」
「你不滾，我滾。」
「……」好吧，他滾。

文創風
835

旺門小喜婦 下

國家圖書館出版品預行編目資料

旺門小喜婦 / 白露橫江著. --
初版. -- 臺北市 : 狗屋, 2020.03
冊 ; 公分. --（文創風）
ISBN 978-986-509-092-0（下冊：平裝）. --

863.57　　　　109000520

著作者	白露橫江
編輯	黃鈺菁
校對	沈毓萍
發行所	狗屋出版社有限公司
地址	台北市104中山區龍江路71巷15號1樓
電話	02-2776-5889～0
發行字號	局版台業字845號
法律顧問	蕭雄淋律師
總經銷	知遠文化事業有限公司
電話	02-2664-8800
初版	2020年3月
國際書碼	ISBN-13　978-986-509-092-0

本著作物由北京晉江原創網絡科技有限公司授權出版

定價250元

狗屋劃撥帳號：19001626

網址：love.doghouse.com.tw　E-mail：love@doghouse.com.tw